CLAUDE DOMINICY

Die Knuedler-
Verschwörung

CLAUDE DOMINICY

Die Knuedler-Verschwörung

KRIMINALROMAN

GMEINER

Immer informiert

Spannung pur – mit unserem Newsletter informieren wir Sie regelmäßig über Wissenswertes aus unserer Bücherwelt.

Gefällt mir!

Facebook: @Gmeiner.Verlag
Instagram: @gmeinerverlag

Besuchen Sie uns im Internet:
www.gmeiner-verlag.de

© 2024 – Gmeiner-Verlag GmbH
Im Ehnried 5, 88605 Meßkirch
Telefon 0 75 75 / 20 95 - 0
info@gmeiner-verlag.de
Alle Rechte vorbehalten
1. Auflage 2024

Herstellung: Mirjam Hecht
Umschlaggestaltung: U.O.R.G. Lutz Eberle, Stuttgart
unter Verwendung eines Fotos von: © sabino.parente / stock.adobe.com
Druck: GGP Media GmbH, Pößneck
Printed in Germany
ISBN 978-3-8392-0685-0

LANDKARTE LUXEMBURGS

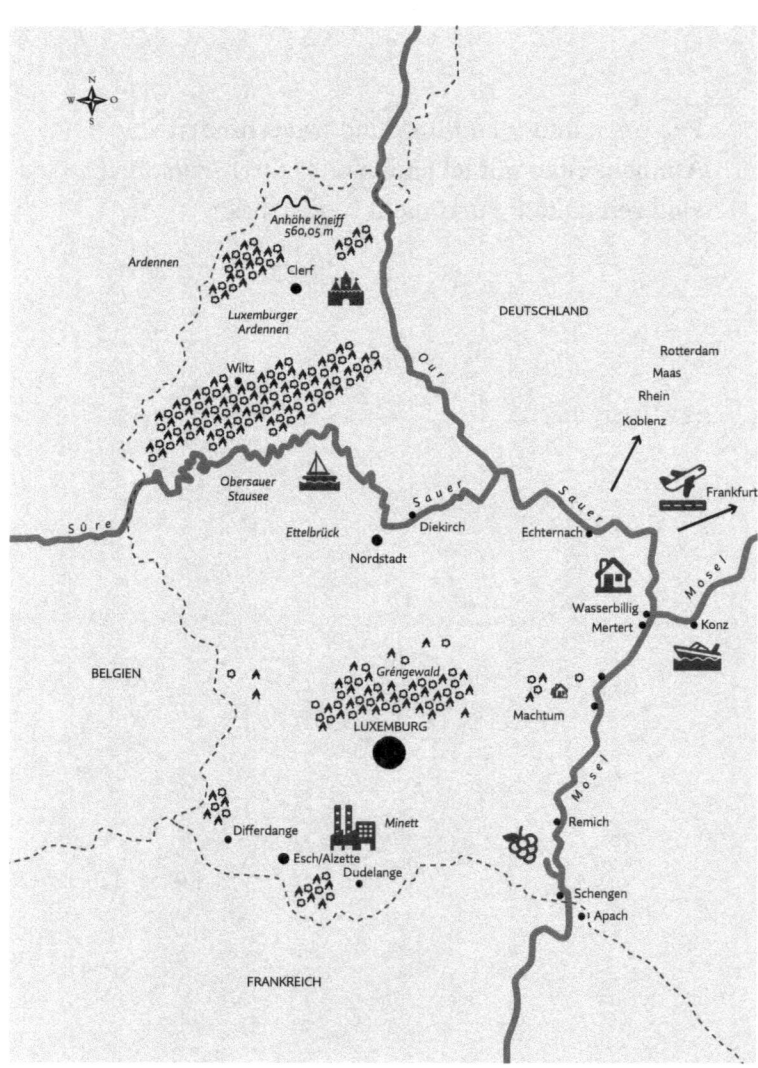

PROLOG

Freitag, den 17. Dezember, 15.50 Uhr

Die Mittagssonne hat dunklen Wolken Platz gemacht. Schneeflocken schweben vom Himmel herab. Am Freitagnachmittag kommst du erschöpft aus einem Meeting mit dem Stadtrat der Nordstadt Ettelbrück. Was für eine Erleichterung, es liegt hinter dir. Feuchte Kälte kriecht unter deinen Mantel. Du fröstelst und knöpfst ihn schnell zu. Dir ist bitterkalt. Du ziehst deine ledernen Handschuhe an und schiebst die Mütze tief ins Gesicht. Eine dünne Schneeschicht bedeckt bereits den Bürgersteig. Die Autos hinterlassen ihre Spuren auf der Straße. So kurz vor Weihnachten ist nicht viel los. Die Schulferien haben gerade begonnen und viele Familien fahren in die Berge. Der Wetterdienst hat fürs Wochenende einen Schneesturm angekündigt. Aber trotz der eisigen Kälte merkst du, wie du dich allmählich entspannst. Das Meeting hat unendlich viel Kraft gekostet, doch jetzt musst du nicht mehr stark sein. Es ist Wochenende und du kannst ganz du selbst sein.

Du wirst die Stille, die zu Hause auf dich wartet, kaum ertragen. Zu mächtig ist die lähmende Einsamkeit. Zu heftig sind die Erinnerungen und die Trauer. Außer deiner Katze wird niemand dort sein. Sie wird sich freuen und sich schnurrend auf deinen Bauch legen, wenn du heute

7

Abend auf der Couch liegst und Netflix schaust. Mit einem Glas Rotwein und einem Schinkenbrot. Keine Termine. Keine Rendezvous. Das ganze Wochenende nur du und die Katze. Nur Schweigen.

Du steigst müde in dein Auto und fährst los. Das Leder des Sitzes fühlt sich trotz deines Mantels kalt und steif an. Du stellst die Sitzheizung an. Gleich wird es besser.

Der Weg nach Hause führt über eine einsame Landstraße. Schön ist es hier. Sanft hebt sich die hügelige Landschaft vom Horizont ab. Bald wirst du das Haus des alten Glauber passieren, das abgeschieden in der Natur liegt. Beim Vorbeifahren hast du noch nie eine Menschenseele gesehen, aber du weißt, dass er hier wohnt. Das Schwein! Gänsehaut. Du schauderst. Als du sein Haus erreichst, siehst du ihn, den Glauber. Du erschrickst, bremst ab, beobachtest ihn. Heute ein alter Mann, steigt er in seiner Garageneinfahrt aus seinem Wagen. Dir stockt der Atem. Deine Haare sträuben sich und dein Magen zieht sich zusammen. Da ist er. 17 Jahre lang hat er sich regelmäßig in deine Träume geschlichen. Die Angst, die du glaubtest, endgültig begraben zu haben, steigt wieder auf und schnürt dir die Kehle zu.

Mittlerweile muss der alte Sack über 80 sein. Du bleibst stehen und siehst ihm zu, wie er in der Einfahrt seines Wohnhauses mit gebeugtem Rücken aus seinem Auto steigt und vorsichtig zum Garagentor trippelt. Nur einige Meter von deinem eigenen Wagen entfernt, den du inzwischen neben seiner Einfahrt geparkt hast. Draußen wütet nun ein heftiger Schneesturm. Es ist spiegelglatt.

So auch seine Garageneinfahrt, die stark abfällt. Du bemerkst voller Genugtuung, wie Glauber ausrutscht, als er das Garagentor öffnet. Jetzt liegt er zwischen der Garageneinfahrt und seinem Wagen, dessen Motor noch läuft. Wie ein Käfer liegt er auf dem Rücken, die Arme und Beine in der Luft.

Die Erinnerung an damals kommt mit voller Wucht zurück. Eine unglaubliche Wut, die sich über die Jahre aufgestaut hat, steigt in dir hoch. Der elende Scheißkerl. Wie er sich mehrfach an dir vergangen hat und dich in all diesen Nächten im Traum heimsuchte. Dir deine Beziehungen vermieste. Da liegt er nun im Schnee. Dieses armselige Schwein.

Du kannst dein Glück kaum fassen. Was für ein Zufall. *Die* Gelegenheit, sich an ihm zu rächen. Erregt schaust du dich um. Die Gegend ist menschenleer. Die weiße Decke auf den Feldern verdichtet sich. Der Horizont verschwindet hinter einem Vorhang aus Schneeflocken. Glaubers Haus ist ein dunkler Fleck in der makellos weißen Landschaft. Du bist allein mit ihm. Nicht zu glauben. Ohne zu zögern, steigst du aus.

Du schreitest auf ihn zu, dein Herz rast. Er liegt am Boden, keucht und schaut zu dir hoch. Von seiner damaligen Kraft scheint nicht viel übrig zu sein.

»Helfen Sie mir! Ich komme nicht hoch.« Er stöhnt. »Ich glaube, ich habe mir die Hüfte gebrochen. Rufen Sie einen Krankenwagen. Machen Sie schon«, fordert er unwirsch, ganz der Glauber, wie du ihn in Erinnerung hast.

Er erkennt dich nicht wieder. Tja, 17 Jahre sind eine lange Zeit.

Die Fenster seines Hauses liegen im Dunkeln. Seine Frau scheint nicht zu Hause zu sein. Vor Jahren bist du den beiden einmal begegnet, wie sie in der Brasserie Guillaume saßen und Austern aßen. Vornehm und wortgewandt hatte der Heuchler im renommiertesten Fischrestaurant der Hauptstadt Luxemburg getan, als sei er der beste Ehemann überhaupt.

Wäre seine Frau zu Hause, hätte er dich gebeten, an der Tür zu klingeln.

Du antwortest ihm nicht, sondern drehst dich um und gehst zurück zu seinem Wagen.

»He, wo wollen Sie hin?«, schreit Glauber dir hinterher. Du steigst ein, löst die Handbremse und gibst Gas, beide Hände fest am Steuer. Er kreischt verzweifelt. Aufgeregt beschleunigst du etwas, um das Hindernis zu überwinden. Es ruckelt und fühlt sich brutaler an, als du dachtest. Übelkeit steigt in dir hoch. Trotzdem machst du weiter. Du legst den Rückwärtsgang ein und fährst noch mal zurück. Dann wieder das Gleiche. Bis die Euphorie schwindet und der Mut dich verlässt, bis du nicht mehr kannst.

Du steigst aus, wie du eingestiegen bist, gehst wieder zu deinem Wagen, setzt dich hinein und fängst an zu keuchen. Du keuchst und keuchst und keuchst … bis dein Keuchen in ein Lachen übergeht. Ein hysterisches Lachen, das nicht aufhören will.

Allmählich beruhigst du dich, schaust dich um und bemerkst, dass weiterhin niemand zu sehen ist. Du musst überprüfen, ob er noch lebt. Sein Wagen steht nach wie vor mit laufendem Motor in seiner Garage. Es wird so aussehen, als hätte er die Handbremse nicht richtig gezogen. Ja, und er? Du schaust nach. Er ist tot. Unmissverständlich tot. Es besteht kein Zweifel. Schleppenden Schrittes begibst du dich zu deinem Wagen.

Niemand hat dich bemerkt. Die Straße bleibt menschenleer. Benommen machst du dich auf den Weg nach Hause. Was hast du getan? Unterwegs versuchst du deine Gedanken zu ordnen, aber es gelingt dir nicht.

Hätte Glauber sich damals anständig benommen, wärst du vorhin weitergefahren und hättest den alten Mann in Ruhe gelassen. Aber so …

Als du zu Hause ankommst, bist du erleichtert, dass keiner da ist. Du gehst in die Wäschekammer, ziehst dich aus und schmeißt deine Kleidung in die Waschmaschine. Der Mantel, die ledernen Handschuhe und die Schuhe werden das schlecht vertragen, aber das ist dir egal. Alle Spuren müssen weg.

Im Schlafzimmer legst du dich hin und starrst an die Decke. Erst jetzt erlaubst du dir, an das zurückzudenken, was du getan hast. Du begreifst nicht, wie du so ruhig sein kannst; ruhig und gleichgültig. Wie leicht es dir gefallen ist. Wie gut es getan hat, ihn totzufahren. Förmlich zu spüren, wie du ihm ein Ende bereitet hast, ein qualvolles noch dazu. Genau so, wie du es dir immer erträumt hast. Ein Glucksen steigt in dir auf. Wie lange ist es her, dass du etwas empfunden, sogar Glück gespürt hast? Aber ja, genauso fühlt es sich an. Wie Glück.

Er ist krepiert. Du hast es getan. Du hast dich gerächt. Es ist möglich. Das kannst du auch mit den anderen tun. Dich rächen. So schläfst du ein, mit einem zufriedenen Lächeln im Gesicht. Wie schon lange nicht mehr.

KAPITEL 1

Freitag, den 21. Januar, 16.20 Uhr. Einen Monat später.

»Das gibt's doch nicht!« Kriminalkommissarin Dany Kerner nimmt die erstbeste Zeitschrift, die sie zu fassen kriegt, und schleudert sie durch ihr Wohnzimmer. Genervt fährt sie sich mit der Hand durch ihr kurzes, dunkles Haar.

»He, die war neu!«, ruft Nathalie aus der Küche.

Es ist ein kalter Tag in Luxemburg-Stadt. Dany sitzt mit ihrem Laptop in ihrer Wohnung am Esstisch und liest ihre Mails.

Erst gestern ist sie mit ihrer Frau Nathalie und den beiden Adoptivsöhnen Felix und Anton aus einem Segelurlaub auf den Seychellen zurückgekommen. Heute hat sie sich extra freigenommen, um behutsam wieder in den Alltag einzusteigen.

Nathalie sieht vom Kochtopf hoch, in dem sie gerade am Herd herumrührt. »Was ist denn los?«

Dany schweigt. Erst mal abwägen, wie viel sie Nathalie erzählen darf. Sie schüttelt den Kopf.

»Während ich weg war, wurde die Anklage gegen einen Geschäftsmann fallen gelassen, den wir erst vor drei Wochen festgenommen haben. Bei einer Razzia in einem Bordell haben wir ihn auf frischer Tat mit Kokain erwischt.«

»Und wieso wurde die Anklage zurückgezogen?«

»Wahrscheinlich kannte der Typ wieder mal ein hohes Tier im Justizapparat. So was zieht mich echt runter. Wieso machen wir uns die Mühe eigentlich noch?«

Ein Gefühl der Ohnmacht überfällt sie. Nathalie hebt die Augenbrauen und blickt Dany mitfühlend an. »Ich habe dir doch gesagt, du sollst deine Mails nicht vor Ende des Urlaubs lesen. Ich wusste, du regst dich dann nur auf.« Sie dreht sich wieder zum Herd.

Nachdenklich starrt Dany aus dem Fenster. Sie klappt entschlossen ihren Laptop zu und steht auf. »Ich muss gleich ins Büro!«

»Jetzt?« Nathalie wendet sich wieder Dany zu und legt ihren Kopf schief. »Ich habe grad einen Risotto aufgesetzt. Wir wollten es uns doch gemütlich machen und Capitani schauen.«

»Sorry, Nathalie, aber das lässt mir jetzt keine Ruhe. Außerdem habe ich ausreichend Capitani im Büro, und auf den Seychellen hattest du genug Gelegenheit, Zeit mit mir zu verbringen. Aber da wolltest du ja lieber Müll sammeln.«

»Das ist unfair! Warum hast du nichts gesagt?« Nathalies Stimme zittert.

»Was hätte das gebracht? Alles andere ist dir wichtiger als unsere Ehe.«

»Nun werde mal nicht so melodramatisch, ja?«

Wortlos greift Dany nach ihrer schwarzen Lederjacke auf dem Stuhl und macht sich auf den Weg. Kaum zu Hause, geht alles wieder so weiter wie vor dem Urlaub. Nein, nicht wie vor dem Urlaub, noch schlimmer. Als sie die Tür hinter sich zuzieht, lässt sie Nathalie wild fluchend zurück.

Das Kommissariat liegt mitten im Zentrum der Hauptstadt Luxemburgs, mit Blick auf den Wilhelmsplatz, den Knuedler.

Nachdem sie an der Rezeption niemanden angetroffen hat, lehnt Dany sich an den Türrahmen zum Großraumbüro und schaut sich suchend um. Außer ihr scheint niemand im Büro zu sein, es herrscht totale Stille. Sonst sitzt hier ein Dutzend Beamte an den Schreibtischen, entweder laut gestikulierend am Telefon oder auf den Bildschirm starrend. Natürlich, es ist Freitagnachmittag, aber trotzdem. Sie lauscht. Aus der Küche hört sie entspanntes Gelächter. Als sie näher kommt, ertappt sie Julia und Leo, ihre engsten Mitarbeiter, bei einem Glas Luxemburger Crémant. Beide blicken sie erstaunt an.

»Was machst du denn hier?«, wendet sich Leo an Dany, während Julia sie mit offenem Mund schuldbewusst anstarrt. »Hast du heute nicht noch frei?«

»Leider konnte ich es nicht lassen, zu Hause schon meine Mails abzurufen. Die Anklage gegen Schroeder wurde zurückgezogen?«

»Oje.« Julia blickt zerknirscht zu Leo. Der sieht Dany resigniert an.

»Tja, der Untersuchungsrichter meinte, die Menge Kokain, die wir bei Schroeder fanden, würde nicht für eine Anklage reichen und wir sollten durch die Finger schauen. Na ja, und du warst nicht da.«

Am liebsten würde Dany laut schreien. Wie ist es möglich, dass die beiden das so ruhig hinnehmen? Sie selbst wäre in deren Alter am Boden zerstört gewesen. Aber diese Einstellung ist goldrichtig. Was man nicht ändern kann, muss man akzeptieren, sonst ist man in diesem Beruf fehl am Platz. So wie sie selbst? Dany stößt leicht mit dem Fuß gegen den Tischpfosten.

Als junge, aufstrebende Polizistin gehört Julia erst seit einem knappen Jahr zu Danys Team. Groß und sportlich, trägt sie ihr langes, blondes Haar stets in einem Zopf. Leo, Technik-Nerd und Meister der Netzrecherche, würde das Büro am liebsten nie verlassen. Dass er selbst in seinem Privatleben viel Zeit am Computer verbringt, sieht man ihm an. Sein schwarzes Haar bildet einen krassen Kontrast zu seiner blassen Haut. Für seine Muskulatur könnte er ruhig mal etwas tun, denkt Dany. Wenn Leo nicht aufpasst, wird er früh einen Buckel bekommen. Doch was er an der Tastatur und im Kopf zu leisten vermag, ist für ihre Abteilung unverzichtbar.

»Habt ihr vielleicht noch ein Gläschen für mich übrig?«

»Na klar.« Julia steht erleichtert auf.

Dany lässt ihre Lederjacke auf einen Stuhl fallen. »Was feiert ihr denn?«

»Och … nichts Besonderes.«

Leo reicht ihr Chips. Sie nimmt sich gleich eine Handvoll.

»Ihr dachtet sicher, bevor die Chefin aus dem Urlaub zurückkommt, lassen wir's uns noch mal gut gehen, was?« Dany zwinkert ihnen zu. »War sonst nichts los?«

»Nur das Übliche. Ein paar Betrunkene und Kloppereien am Silvesterabend.«

»Und warum seid ihr noch nicht im Feierabend?«

Julia schenkt Dany ein. »Wir sind beide heute Abend in der Stadt mit Freunden verabredet. Da lohnt es sich nicht, vorher noch nach Hause zu fahren. Lieber vertreiben wir uns die Zeit im Büro bei einem edlen Tropfen.«

Dany versteht das gut, den Verkehrsstau vor dem Wochenende tut sich niemand freiwillig an. Zu den 180.000 Pendlern, die tagtäglich aus den Nachbarländern Frankreich, Deutschland und Belgien nach Luxemburg kommen, addieren sich am Freitag noch die Wochenendpendler dazu. Als Leo und Julia gegen 20 Uhr aufbrechen, begibt Dany sich an ihren Schreibtisch, um ihre Post durchzusehen. Da Nathalie eh schon sauer auf sie ist, kann sie genauso gut noch eine Weile im Büro bleiben.

Die Ferien auf den Seychellen sollten ein weiterer Versuch sein, ihre Beziehung zu retten. Es läuft schon eine Weile nicht mehr gut zwischen ihnen. Dany spielt in letzter Zeit öfter mit dem Gedanken, sich zu trennen. Nathalie ist selten zu Hause und sehr engagiert bei der Grünen Partei. Dany fährt am liebsten Motorrad. Danys Leder bedeutet für Nathalie Tiermord, ebenso jeder Hauch von Genuss abseits veganer Strenge. Sogar ihr geliebtes Motorboot, mit dem Dany auf der Mosel ein wenig Frieden findet, stellt für Nathalie einen Krieg gegen die Klimaziele dar. Wie soll das gehen? Gemeinsam gestartet, leben sie mittlerweile in zwei verschiedenen Welten.

Tieftraurig wischt Dany sich eine Träne von der Wange und versucht sich erneut auf ihre Post zu konzentrieren, als ihr Handy klingelt. Wenn man vom Teufel spricht, denkt Dany. Schon bald neun, aber unter den digitalen Ziffern steht nicht wie erwartet Nathalies Name, sondern der von Jean Brauer. Der Untersuchungsrichter? Das ist kein gutes Zeichen.

»Guten Abend, Herr Brauer.«

»Ah, Frau Kerner, schön, dass Sie drangehen. Wie war Ihr Urlaub? Hatten Sie einen guten Start?«

»Gut, danke, offiziell fange ich am Montag wieder an.«

»Ja, also, hören Sie, das tut mir leid, aber Ihren Urlaub müssen Sie leider abbrechen. Eben habe ich von der Notfallzentrale einen Anruf erhalten. In der GDE auf Cloche d'Or fand heute Abend der alljährliche Umtrunk statt, wo der Wirtschaftsminister mit den IT-Lobbyisten aufs neue Jahr anstößt.«

»GDE?«

»Na, Sie wissen schon, die Gesellschaft für Digitale Entwicklung. Ist doch heutzutage in aller Munde, das Thema!«

»Okay. Und …?« Dany schwant Böses.

»Während der Feierlichkeiten sind zwei männliche Mitarbeiter zeitgleich zusammengebrochen und verstorben. Die Notärzte haben uns ihren Verdacht auf Vergiftung mitgeteilt. Ich war eben schon vor Ort, habe die Gerichtsmedizin informiert und die Spurensicherung angefordert sowie alle verfügbaren Polizeibeamten, um Ihnen bei den Ermittlungen zu helfen.«

Dany verdreht die Augen und legt ihre Stirn auf den Schreibtisch, während sie auf Brauers Anweisungen wartet.

»Bitte trommeln Sie Ihr Team zusammen und kümmern Sie sich um den Fall. Da Sie die meiste Erfahrung mit solchen Fällen haben, möchte ich, dass Sie die Leitung übernehmen. Aber seien Sie diskret. Machen Sie nicht zu viel Wirbel. Ich will nicht, dass morgen über uns in der Zeitung berichtet wird. Sie haben sicher schon gehört, dass ich erst letzte Woche Ihre Kollegen zusammenstauchen musste, weil Sie einen wichtigen Geschäftsmann fälschlicherweise festgenommen hatten.«

Fälschlicherweise? Alarmiert hebt Dany den Kopf. »Ja, davon habe ich gehört, aber das war nicht …«

»Kein Aber, Frau Kerner, es eilt. Machen Sie sich an die Arbeit.«

Aufgelegt. Erregt blickt Dany zur Decke. Er weiß genau, dass sie über seine Aktion letzte Woche wütend ist. Doch es ist sinnlos, sich an oberster Stelle zu beschweren. Das haben andere schon vor ihr versucht und dafür ihre Karriere einbüßen müssen. Dany seufzt. Das Wochenende kann sie sich abschminken. Nathalie wird begeistert sein.

KAPITEL 2

Als Dany eine knappe halbe Stunde später beim Umtrunk der Gesellschaft für Digitale Entwicklung ankommt, warten Julia und Leo bereits vorm Eingang auf sie.

»Was guckt ihr so genervt? Seid ihr nicht froh, dass endlich mal was los ist?«

Beide schauen zu Boden und trippeln weiter von einem Bein aufs andere. Die Nacht ist feucht, kalt und nebelverhangen. Dany selbst ist auch nicht begeistert über die Situation, aber was soll's?

Sie schiebt ihre Hände in die Taschen ihrer viel zu dünnen Lederjacke. So kurz nach dem Segelurlaub auf den Seychellen hat Dany komplett vergessen, wie sich die klammen Temperaturen Luxemburgs im Januar anfühlen.

Dr. Luc Alberti vom SERVICE D'AIDE MEDI-CALE URGENTE, kurz SAMU, Luxemburg verlässt das Gebäude. Dany eilt auf ihn zu.

»Hey, Luc, warst du wieder der Erste am Tatort?«

»Und du, solltest du nicht noch im Urlaub sein? Glaub mir, hättest du gewusst, was für ein Schlamassel hier auf dich wartet, wärst du dortgeblieben.«

»So schlimm?«

Luc grinst schadenfroh. »Da drinnen warten vierhundert Gäste auf euch, die alle darauf brennen, nach Hause zu dürfen. Das Who's who der IT-Welt. Die haben keine Ahnung, was heut Nacht noch auf sie zukommt. Viel Spaß kann ich da nur wünschen!«

Dany schaut zuerst Leo und dann Julia beunruhigt an.

»Tja, so was haben wir auch noch nie erlebt.«

Tatsächlich handelt es sich bei den meisten Morden, in denen die Mordkommission in Luxemburg ermittelt, um Familiendramen oder sie spielen sich im Drogen- und Prostituiertenmilieu ab. Dort gibt es nie viele Zeugen. Im Gegenteil, wenn die Polizei am Tatort erscheint, sind die meisten wie vom Erdboden verschluckt.

»Na dann mal los.« Dany schubst die Kollegen ungeduldig vor sich her.

Im Eingang bleibt Julia staunend stehen und sieht nach oben. Fast wäre Dany in sie hineingestolpert. Sie folgt Julias Blick und hält überrascht inne. Sie erinnert sich vage daran, wie damals die Medien darüber berichteten, dass ein Pariser Stararchitekt in dem Quartier Cloche d'Or der Stadt Luxemburg eine kleine architektonische Sensation planen würde. Es wurden exorbitante Summen genannt. So soll der Bau des Gebäudes über 50 Millionen Euro gekostet haben. Aber tatsächlich hier gewesen war Dany noch nie.

Sie dreht sich um ihre eigene Achse. Ein prachtvolles Gebäude, überall Glas, dunkles Glas, die Fundamente aus dunkelgrauem Stahl und die Böden mit dunkelgrauen Schieferplatten bedeckt. Architektur gewordene Macht-fantasien. Es würde nicht einfach werden, das Gebäude abzuriegeln. Von der Eingangshalle aus sieht Dany durch das Glas hindurch bis in den achten Stock, wo uniformierte Beamte bereits die Arbeit aufgenommen haben. Alles ist transparent, sogar die Versammlungsräume.

Wo kämen wir da hin, wenn die Mitarbeiter Privatsphäre hätten?

Julia berührt Dany sanft an der Schulter und deutet mit dem Zeigefinger in den ersten Stock, wo sich eine große Menschenmenge versammelt hat. Dany wusste gar nicht, dass die IT-Föderation so viele Leute beschäftigt. Wofür wohl?

»Was meinst du, soll uns das jetzt einschüchtern?« Dany zwinkert Julia zu.

»Tut es nicht«, sagt Julia und lächelt.

»Genau.«

Das kleine Team folgt Luc über eine Rolltreppe in den ersten Stock, wo in einer großen, hellen Lobby die vierhundert Geschäftsleute bereits ungeduldig zu ihnen hinunterblicken. Vierhundert adrette Maßanzüge mit Krawatte in einem hohen, an den Wänden mit hellem Leder verzierten Raum. Hier und da haben sich kleine Gruppen betroffen dreinschauender Gäste gebildet. In einer Ecke bemerkt Dany eine schluchzende Dame im schicken Kleid, die sich von einer Kollegin trösten lässt. Aufgeregtes Gemurmel geht durch die Menge.

Die Spannung ist überall spürbar. Obschon sie ihren Mitarbeitern gegenüber die Starke spielt, flößt der Anblick der hochrangigen Gesellschaft Dany durchaus Respekt ein. Sie hebt den Kopf, reibt ihre Hände und betrachtet die Feiergesellschaft nachdenklich.

Ein Polizeibeamter in Uniform kommt zu ihr und flüstert ihr ins Ohr. »Hallo, Frau Kerner, gut, dass Sie da sind. Es gibt hier keine Videokameras, da die angeblich gegen das Gesetz zum Schutz persönlicher Daten verstoßen. Wir müssen uns also auf die Indizien und die Aussagen der Zeugen verlassen. Wie sollen wir am besten vorgehen?«

»Lieber Kollege, Sie brauchen nicht zu flüstern. Nehmen Sie erst mal alle Personalien auf und fragen Sie, ob jemand etwas Verdächtiges gesehen hat. Außerdem sollen alle Gäste auf Giftspuren getestet werden. Halten Sie nach kleinen Döschen, Fläschchen et cetera Ausschau. Die Spurensicherung hat ihren Spürhund mitgebracht, der auf giftige Substanzen spezialisiert ist. Lassen Sie den durch die Menge gehen und das Gebäude sowie alle Autos durchsuchen.«

Der Beamte nickt unsicher.

Dany schaut sich um. »Wo sind die Leichen?«

Der Polizist zeigt nach rechts. »Gleich hier, neben der Rolltreppe.«

Zwei Männer mittleren Alters liegen in ihren Anzügen mit geöffneten Hemden und nacktem Brustkorb auf dem Boden, von den Wiederbelebungsversuchen sichtlich gezeichnet. Ihre Haut ist voll blauer Flecken und Druckstellen. Die kriminaltechnische Abteilung hat sich ihrer schon angenommen.

Neben den Leichen befinden sich ein umgefallener Stehtisch und zwei zerbrochene Biergläser, deren Inhalt sich auf dem Boden ausgebreitet hat. Die Spurensicherung hat den Tatort abgesperrt und mit mobilen Whiteboards vom Publikum abgeschottet.

Dany blickt in einen kleinen, dunklen angrenzenden Gang.

»Wohin führt der?«, fragt sie einen der Kollegen.

»Die rechte Tür zu den Toiletten, weiter hinten links

geht's zu einem Versammlungsraum und dem Aufzug, der ins Parkhaus und auf die weiteren Etagen fährt.«

»Habt ihr schon das ganze Gebäude abgesperrt und durchsucht?«

»Wir sind noch dabei. Es ist riesengroß. Wir können nur hoffen, dass uns da nicht jemand durch die Lappen gegangen ist. Auf jeden Fall haben wir so schnell wie möglich sämtliche Ausgänge gesperrt, aber auch das hat eine Weile gedauert. Alle Anwesenden sind nun hier in der Lobby versammelt. In den Etagen war außer der Putzkolonne niemand mehr. Einige wenige Besucher haben wir im Parkhaus auf dem Weg nach Hause abgefangen.«

»Gibt's schon Anhaltspunkte?« Dany geht in die Hocke und beugt sich über eine der Leichen.

»Nicht viele. Die Beamten, die zuerst an Ort und Stelle waren, haben anhand der gefundenen Papiere die Opfer als Philip Sinner und Mike Foerster identifiziert. Beide langjährige Mitarbeiter der GDE. Sinner ist außerdem Mitglied des Direktionskomitees. Momentan haben wir nur die detaillierte Aussage eines gewissen Herrn Kluge, ein Geschäftsmann, der zuletzt mit den Männern sprach, als ihnen plötzlich schlecht wurde. Ihm ist nichts Verdächtiges aufgefallen und er selbst trug auch nichts Verdächtiges bei sich.«

Dany richtet sich wieder auf und sucht mit den Augen den Raum ab. Leo, der mit der Spurensicherung redete, kommt auf sie zu.

»Leo, ich möchte, dass du Kluge übernimmst. Das technische Team soll ihn und seinen Wagen gründlich untersuchen. Sprich mit ihm und suche alles zusammen, was du über ihn finden kannst.«

»Wird gemacht, aber dafür brauche ich etwas Zeit.«

»Höchste Priorität hat doch sicherlich die Sicherung des Gebäudes und der Zeugen?«, ergänzt Julia, die neben Dany stehen geblieben ist.

»Natürlich.«

Zum Polizeibeamten gewandt fügt Dany hinzu:»Seht zu, dass ihr die Liste der geladenen Gäste bekommt. Ach ja, und wenn ihr mit dem Gröbsten fertig seid, fahren wir beide, Julia, zu den Familien der Angehörigen. Sie sollen es nicht von Außenstehenden erfahren. Das heißt, wenn es inzwischen nicht schon zu spät ist.«

Dany widmet sich Dr. Luc Alberti, der zusammen mit seinen Kollegen des SAMU Esch geduldig auf sie gewartet hat.

»So, Luc, erzähl mir bitte noch mal alles von vorn.« Dany wischt sich den Schweiß von der Stirn. Hier drinnen ist es viel zu heiß. So langsam dämmert ihr, was für eine Baustelle sich hier auftut.

»Also, heute Abend wurden wir gegen 19.25 Uhr von der Interventionsstelle Luxemburg in die GDE gerufen. Zwei Personen müssten reanimiert werden. Als wir mit unserem SAMU ankamen, war die Lobby voll mit Gästen der GDE, darunter der Zeuge Romain Kluge. Er hat uns am Eingang erwartet, zusammen mit dem Direktor Pit Muller und dem Präsidenten Paul Zwirbel. Herr Kluge berichtete uns, dass die beiden Mitarbeiter der GDE, Philip Sinner und Mike Foerster, sich gerade mit ihm unterhielten, als sie kurz hintereinander keine Luft mehr bekamen, zusammenbrachen und ohnmächtig wurden. Das geschah so gegen 19.15 Uhr. Sechs Minuten später ging Kluges Notruf in der Zentrale ein. Kluge erzählte uns, dass Keiner der Betroffenen sich vorher auffällig verhalten habe oder gar betrunken gewesen sei. Direktor Muller fügte hinzu, dass beide seines Wissens auch keine Drogen konsumieren würden. Nachdem wir versucht hatten, die Opfer zu reanimieren, haben wir eine Stunde später die Polizei und den Untersuchungsrichter angerufen und ihm unseren Verdacht auf Vergiftung mitgeteilt. Da beide Opfer hellrote Schleimhautblutungen aufwiesen, vermuteten wir eine Vergiftung mit Zyankali. Daher wurde gleich eine Blutprobe sowie eine Probe des Mageninhalts entnommen, um sie im Labor untersuchen zu lassen. Dany, ich habe gehört, dass ihr die Beschlagnahmung des Caterings angeordnet habt?«

»Ja, natürlich«, entgegnet Julia an Danys Stelle, »wir werden auch die persönlichen Gegenstände der Toten sowie die Biergläser und deren Inhalt untersuchen lassen. Eben hat Metty, unser Gerichtsmediziner, mir berichtet, dass Dr. Anton Steil vom öffentlichen Gesundheitslabor telefonisch eine toxikologische Analyse der Lebensmittel, des Blutes und des Mageninhalts angeordnet und auch noch eine Urinprobe der Opfer angefordert hat.«

Dany nickt zufrieden. »Julia, sieh zu, dass Metty die Proben entnimmt und dem Labor zukommen lässt.«

»Mach ich.«

Luc, der ungeduldig zappelnd neben ihnen steht, fügt hinzu: »Falls ihr uns nicht mehr braucht, machen wir uns wieder auf die Socken. Heute ist viel los. Freitagabend halt.«

»Klar. Danke für eure Hilfe.«

»Keine Ursache. Du weißt ja, wo du uns findest, falls noch was ist.«

Der Polizeibeamte kehrt zu Dany zurück, in seiner Hand die Liste der Gäste. Sie wirft einen Blick darauf.

»Wer hat hier in der GDE das Sagen?«, fragt sie.

»Der Direktor Pit Muller und der Präsident der GDE, Paul Zwirbel. Sie stehen dort drüben.« Er zeigt zum Podium.

Dany räuspert sich und geht auf die beiden zu. Als der Präsident sie sieht, kommt er ihr händeringend entgegen und redet unmittelbar auf sie ein.

»Sie sind sicher Frau Kerner. Herr Brauer hat mir mitgeteilt, dass Sie die Ermittlungen leiten werden. Wir sitzen hier schon seit Stunden fest. Wann lassen Sie uns endlich gehen? Die Gäste werden ungeduldig.«

Dany atmet schwer. Sie spürt den Druck, der auf ihr lastet. »Es wird Ihnen nicht gefallen, was ich zu sagen habe, Herr Zwirbel. Sie sind doch Herr Zwirbel?«

Der Präsident nickt ungeduldig.

»Leider müssen wir zuerst alle Anwesenden einzeln vernehmen und Personen- und Fahrzeuguntersuchungen durchführen. Es ist wichtig, sofort alle etwaigen Spuren zu sichern.«

Zwirbels Gesicht verfärbt sich dunkelrot. Die Augen stehen ihm weit aus den Höhlen, er gestikuliert noch wilder, die Stimme überschlägt sich. »Das wird ja Stunden dauern. Bei allem Respekt gegenüber unseren verstorbenen Mitarbeitern, Frau Kerner, aber so geht das nicht. Sie können uns nicht alle so lange festhalten. Wissen Sie, mit wem Sie es hier zu tun haben? Wir sind die oberen Vierhundert Luxemburgs. Ich bin der Präsident des größten digitalen Entwicklers der Welt. Dort hinten steht der Präsident der größten Metallindustrie. Seine Firma hat das World Trade Center in New York gebaut und unterhält in der ganzen Welt Niederlassungen. Hier links, der Vize-Präsident der GDE, Präsident der luxemburgischen Handwerkerföderation.«

Wie soll Dany bloß darauf reagieren? Sie muss Zeit gewinnen und lässt ihn reden. Am besten, er wird seinen Frust erst mal los.

»Dann dort hinten«, Zwirbel zeigt mit der Hand zur Theke, »die Präsidenten der Versicherungsföderation, der Konstruktionsföderation, der Föderation der Fondsgesellschaften, der Handelsföderation.« Er atmet tief ein und mustert Dany herablassend.

Ihr läuft es nass den Rücken herunter. Hoffentlich merkt das keiner.

»Mit uns springt man nicht so um! Für wen halten Sie sich? Ich werde mich bei Ihrem Vorgesetzten beschweren. Sie denken doch nicht ernsthaft, dass einer von uns etwas mit den Morden zu tun hat?«

Der Mann glaubt, was er sagt. Geht auf in seiner eigenen Empörung, dass der Rechtsstaat und seine Maßnahmen auch für Menschen wie ihn und seine vierhundert VIPs gelten. Dany fällt auf, dass er überhaupt nicht trauert. Hat der Mann denn gar kein Mitgefühl?

»Tut mir leid, aber die Vorgehensweise ist im Einvernehmen mit dem Untersuchungsrichter so entschieden worden«, antwortet Dany ruhig. »Sie können gerne Herrn Brauer anrufen. Sie kennen sich sicher, aber ich sage Ihnen, ich befolge nur strikt seine Anweisungen.«

Dany dreht sich um und lässt Zwirbel sprachlos stehen.

Sie kennt das, wenn auch nicht in dem Ausmaß. In einem kleinen Land wie Luxemburg ist so ein Gehabe der oberen Schicht gang und gäbe. Dany seufzt. Da ihre Heimat als eines der reichsten Länder der Welt gilt, zieht es leider eine außergewöhnlich hohe Anzahl rücksichtsloser Narzissten an, die es nur aufs schnelle Geld abgesehen haben.

Dany wendet sich an den Direktor Pit Muller, der ihr Gespräch mit Zwirbel im Hintergrund verfolgt hat. »Wo können wir beide uns in Ruhe unterhalten?«

Muller, ein kleiner, schlanker Mann um die 50, führt sie an den Toten vorbei den schmalen Gang entlang in eine weitere Lobby, diesmal nicht ganz so luxuriös wie die erste.

»Der Versammlungsraum der GDE.«

Dany nimmt auf einem Stuhl Platz und bittet Muller, es ihr gleichzutun. Dieser setzt sich zögerlich hin und wischt sich trotz der Klimaanlage den Schweiß von der Stirn. Dany ist beruhigt, dass sie nicht die Einzige ist, der diese Situation zusetzt.

»Frau Kerner, ich weiß nicht, was ich zu alledem sagen soll. Ich kann es nicht fassen, dass beide tot sein sollen. Wir sind alle am Boden zerstört.«

»Herr Muller, ich kann Sie sehr gut verstehen und habe schon dafür gesorgt, dass die Anwesenden psychologisch betreut werden. Bitte erzählen Sie mir doch, um was für einen Umtrunk es sich heute Abend gehandelt hat? Wer war alles eingeladen?«

Pit Muller berichtet, dass jedes Jahr im Januar vierhundert Gäste eingeladen werden, um zusammen auf das neue Jahr anzustoßen.

»Minister, Parlamentarier, Kommunalpolitiker, hohe Beamte der Ministerien, Mitglieder der verschiedenen Business-Föderationen Luxemburgs. Alle kommen hierher, um sich die Rede des Wirtschaftsministers anzuhören und im Anschluss gemeinsam ein paar Häppchen zu essen und etwas zu trinken. Es ist das Event des Jahres und immer eine nette Gelegenheit, ungezwungen aktuelle Wirtschaftsthemen zu besprechen.«

»Das glaub ich gern. Ist der Wirtschaftsminister noch hier?«

»Nein, er und seine Begleitung verließen das Gebäude kurz nach 19 Uhr. Sie gingen noch auf eine zweite Veranstaltung.«

Dany ärgert sich. Sie darf nicht vergessen, die Personalien des Begleitpersonals herauszufinden. »Was können Sie mir über die Opfer erzählen?«

»Ich weiß nur, dass sie hier hinten in der Nähe der Rolltreppe standen und ihr Bier getrunken haben, während der Minister vorne auf dem Podium seine Rede hielt. Beide stehen immer dort, wenn sie an einer Konferenz der GDE teilnehmen. Es ist ihr Stammplatz. Dort müssen alle vorbei, wenn sie zur Toilette oder nach Hause gehen. Somit konnten beide bequem und ganz beiläufig Gäste ansprechen.«

»Wie oft finden die Konferenzen der GDE statt?«

»In etwa ein- bis zweimal im Monat. Philip Sinner ist … war Mitglied des Direktionskomitees. Es gehörte zu seinen Aufgaben, an diesen Konferenzen teilzunehmen.« Muller sieht Dany an. »Wissen Sie, Frau Kerner, Mitglied der Direktion zu sein, bedeutet viel Repräsentationsarbeit.«

Dany nickt und blickt Pit Muller verstohlen in die nun eiskalt wirkenden blauen Augen.

»Ich weiß, was Sie denken, Frau Kerner.«

»Ach ja? Was denke ich denn?«

»Sie denken, wir Businessleute würden es uns nur gut

29

gehen lassen, währenddessen wir unser Personal ausbeuten, aber ich versichere Ihnen, jeden Abend auf solchen Veranstaltungen zu verbringen, ist kein Spaß. Das ist harte Arbeit!«

»Sicher doch!« Dany hat keine Lust auf das pathetische Gejammer auf hohem Niveau.

»Hatten Sinner und Foerster Feinde? Haben Sie eine Ahnung, wer ihnen so was hätte antun wollen?«

»Sie stellen Fragen! Natürlich waren die beiden nicht bei allen beliebt. In unserem Milieu ist das unmöglich. Man muss sehen, wo man bleibt. Aber jemanden umbringen? Das kann ich mir beim besten Willen nicht vorstellen.«

Dany atmet tief aus. Wie oft hat sie das schon gehört?

Als Dany später mit feuchten Händen die Anwesenden übers Mikro über den weiteren Verlauf des Abends informiert und die erregten Gesichter ihr entgegenblicken, wird sie sich erst recht der Tragweite ihrer Aufgabe bewusst. Gerade wischt sie sich die Hände mit einem Taschentuch trocken, als Metty Reuter zu ihr stößt, Gerichtsmediziner und Chef der Kriminaltechnischen Abteilung. Er trägt seinen Tyvek-Anzug und Kautschuk-Handschuhe.

»Na, Metty, wie weit bist du?«

»Wir haben uns einen ersten Überblick verschafft und ich kann dir schon mal versichern, dass wir einen versehentlichen Verzehr von giftigen oder abgelaufenen Lebensmitteln ausschließen können. In dem Fall hätten die Opfer ganz anders reagiert. Die Symptome und der Tod wären bei beiden zum Beispiel nicht zeitgleich eingetreten. Das Gleiche gilt für eine allergische Reaktion auf irgendein Lebensmittel. Ich erspare dir die Details. Wir wissen ja alle, wie es ist, wenn man ein Lebensmittel ausscheidet, das man nicht verträgt. Wir hätten zumindest Gallen- oder Darmreste an ihren Körpern gefunden. Nach Rücksprache mit der Notrufstation ist klar, dass sich auch sonst niemand mit den gleichen Symptomen wie die Opfer gemeldet hat. Die beiden sind also die einzigen Betroffenen. Falls ein Gift die Todesursache war, dann muss ihnen diese Substanz unmittelbar vor dem Tod verabreicht worden sein, also kurz vor dem Auftreten der Übelkeit. Klar ist auch, dass sie in hoher Konzentration erfolgt sein muss. Weiteres kann ich dir erst nach der Obduktion sagen.«

»Was bedeutet ›kurz vor dem Auftreten der Übelkeit‹?«

»Na, ich schätze, nicht länger als eine halbe Stunde zuvor.«

»Und in welcher Form wurden Sinner und Foerster vergiftet?«

»Das wissen wir noch nicht. Wir vermuten, dass das Gift in einer Flüssigkeit aufgelöst und verabreicht wurde. Genaueres kann ich dir erst nach näheren Untersuchungen berichten.«

»Okay, danke, Metty. Dann bis später.«

Zurück bei ihrem Team, verkündet Dany: »Julia und ich fahren gleich zu den Familien der Opfer. Tut mir leid für alle, aber wir müssen das Wochenende zur Vernehmung der geladenen Gäste nutzen.«

KAPITEL 3

Dienstag, den 25. Januar, 9 Uhr

Anstrengende Ermittlungstage liegen hinter dem Team, als sich an diesem Morgen alle im Versammlungsraum vor den Whiteboards einfinden. Der Raum wurde erst vor Kurzem frisch gestrichen und riecht noch nach Farbe. Das grelle Weiß sollte eigentlich für neuen Antrieb sorgen, aber die Kollegen wirken erschöpft und missmutig. Dany kann sie gut verstehen. Auch sie war eben nur kurz zu Hause, um zu duschen. Das ganze Wochenende verbrachten sie mit den Vernehmungen der Gäste des GDE-Umtrunks.

An den Whiteboards hängen die Fotos der Opfer, die ihrer Familienmitglieder, der Mitglieder des Direktionskomitees und des Verwaltungsrats der GDE sowie das Foto des Zeugen Kluge.

»Na, wer möchte ein Kaffiskichelchen? Ich hab Schnecken, Croissants und Pasteis de Nata mitgebracht.« Dany hat Frühstücksgebäck besorgt, sie weiß, wie sehr ihre Kollegen das mögen.

Begeistert strecken alle ihre Hände aus. Beim Verteilen der Stücke beginnt Julia mit der Beschreibung der Opfer Philip Sinner und Mike Foerster. Wer sie waren, was sie beruflich taten und wie ihre Familiensituation aussah.

»Mir fehlen noch die Namen der Begleiter des Wirtschaftsministers am Abend des Umtrunks«, fügt Dany hinzu, »wurden die schon erfasst?«

Sie betrachtet ihr Team. Neben Julia und Leo besteht es aus jeweils einem Ermittler der Landesregionen Norden, Süden und Osten, die kurzfristig vom Untersuchungsrichter aus dem ganzen Land zusammengerufen wurden. Na, wenigstens ein bisschen Unterstützung. Alle kennen einander schon von früheren Ermittlungen: Marc Hoffmann, wegen seines Aussehens der Schmusebär genannt, Emil Berg, nebenbei noch Winzer, sowie Manuel Gabler, der in Esch/Alzette als unbequemer Kerl bekannt ist. Metty Reuter betritt den Raum und nimmt Platz.

Marc Hoffmann, der Kollege aus dem Norden, reagiert als Erster auf Danys Frage.

»Der Wirtschaftsminister Roger Schmidt war in Begleitung seiner Regierungsräte Olli Welter und Caro von Stetten. Sein Chauffeur hat sie um 18 Uhr abgesetzt und Punkt 19 Uhr wieder abgeholt. Er hat ausgesagt, dass er sich während der Rede des Ministers ein Brötchen im Supermarkt Auchan im Quartier Cloche d'Or holte. Das bestätigte uns der Bäcker im Auchan. Der Chauffeur hielt sich eine Weile dort auf, bevor er den Minister pünktlich wieder abholte. Zeitlich haben wir seine Hin- und Rückfahrt von der GDE zum Supermarkt und seinen Aufenthalt dort bereits rekonstruiert. Das kommt genau hin. Der Wirtschaftsminister fuhr wie gesagt gegen 19 Uhr mitsamt seiner Begleitung zu einem weiteren Termin mit der Winzergenossenschaft nach Grevenmacher.«

Hoffmann gibt sich betont lässig. Er möchte tough wirken mit seinem breiten Lederband am Handgelenk und der Lederweste, die er über seinem groß karierten Hemd trägt. Mit seiner gedrungenen, kräftigen Statur und seinem langen braunen Haar, das er zu einem Zopf gebunden trägt, würde er gut in einen Biker-Klub passen. Aber Dany weiß, dass er einen weichen Kern hat.

Emil Berg greift nach einem Puddingtörtchen. Er kommt aus dem Osten, lebt im verschlafenen Winzerdorf Niederdonven an der Mosel und hat das Team am Wochenende oft mit seiner guten Laune und seiner Liebe zum luxemburgischen Moselwein aufgemuntert. Tatsächlich hatte er ihnen am Sonntagabend vorm Nachhausegehen sogar seinen eigenen Wein präsentiert.

»Wir haben bei der Winzergenossenschaft nachgefragt«, sagt er. »Sie kamen gemeinsam gegen 19.30 Uhr in Grevenmacher an.«

»Gute Arbeit, Leute. Was sagen die Zeugen in der GDE über den Minister und seine Regierungsräte? Wie hießen die noch mal?«

»Olli Welter und Caro von Stetten.«

»Hat sie jemand in der Nähe der Opfer gesehen? Sind sie zwischendurch auf die Toilette gegangen?«

»Na, klar haben wir die Zeugen auf sie angesprochen. Was denkst du denn, Dany?«

Den Escher Kollegen Manuel Gabler kann Dany nicht ausstehen. Viel zu emotional, meckert ständig herum und sieht nur das Schlechte in seinen Mitmenschen.

»Alle können sich daran erinnern, dass der Minister mit seinen beiden Beamten in der ersten Reihe saß, bis zu dem Zeitpunkt natürlich, als er auf dem Podium seine Rede hielt.« Manuel zieht eine Augenbraue hoch.

Manuels Großeltern mütterlicherseits sind in den Sieb-

34

zigern des letzten Jahrhunderts aus Portugal nach Luxemburg gezogen, um in der Stahlindustrie zu arbeiten. Damals gab es nicht genug Arbeiter und das Land warb um Kräfte aus Portugal. Tausende kamen nach Luxemburg und sind bis heute geblieben.

»Gut, Metty, könntest du uns etwas zu den toxikologischen Befunden sagen? Es würde mich interessieren, wie das Gift wirkt und in welchem Zeitraum es verabreicht wurde.«

Der zwei Meter große Schwarzhaarige wendet sich an die Kollegen und beginnt mit seinem Bericht. »Also, wir haben in beiden Biergläsern der Leichen Spuren von Zyankali gefunden. Alle Lebensmittel und sonstigen Getränkeflaschen, die wir vor Ort mitgenommen haben, enthielten jedoch keins. Auch bei der Obduktion der Opfer konnte Zyankali nachgewiesen werden und wir gehen davon aus, dass die Verabreichung nicht länger als eine halbe Stunde vor Einnahme erfolgt ist. Gemäß Dr. Alberti zeigten die beiden Betroffenen bei seiner Ankunft keine Herzaktivität und dies hatte sich auch während der Reanimation nicht geändert.«

Metty tippt zwei Fotos auf dem Whiteboard an, die die Leichen zeigen.

»Als der SAMU ankam, lag Philip Sinner mit dem Rücken auf dem Boden und streckte Arme und Beine aus. Mike Foerster fanden sie halb sitzend, halb liegend, mit dem Rücken zur Wand gelehnt, den Kopf nach links geneigt, die Pupillen geweitet. Beide Personen wiesen keine sichtbaren äußeren Verletzungen auf.«

Metty dreht sich wieder um.

»Beide hatten ein hämorrhagisches Lungenödem sowie flüssiges Herzblut in ziemlich hohen Mengen. Bei Mike

Foerster ergab die Autopsie außerdem eine Dilatation des rechten Ventrikels seines Herzens und eine Vergrößerung der Milz. Bei Philip Sinner konnten zusätzlich noch ein Hirnödem und eine akute Blutstauung festgestellt werden. Alle diese organischen Veränderungen sind Anzeichen einer Vergiftung.«

Metty macht eine Pause und sieht seine Kollegen kurz an.

»Zum Zeitpunkt des Todes oder in dem Moment, wo die Substanz ihre maximale Wirkung erreicht hat, muss die Konzentration des Giftes wesentlich höher gewesen sein als das, was später bei der Autopsie gefunden wurde. Wenn man bedenkt, wie hoch die Konzentration schon bei unseren Untersuchungen war, gehen wir davon aus, dass die Dosis enorm gewesen sein muss. Da die Kreislaufstillstände fast synchron eingetreten sind, muss den beiden jemand das Gift praktisch gleichzeitig verabreicht haben.«

»Der Einzige, der dafür unmittelbar infrage käme, ist der Zeuge Kluge«, sagt Manuel. »Er stand die ganze Zeit bei Sinner und Foerster.«

Leo antwortet: »Aber wir waren uns doch einig, dass es der Kluge nicht gewesen sein kann!«

Leo hat recht. Nachdem Kluge noch am Freitagabend durchsucht worden war und eine akribische Spurensuche auch innerhalb seines Wagens zu keinem Ergebnis geführt hatte, wurde diese Theorie schnell wieder fallen gelassen.

»Seine Vernehmung am Samstagmorgen hat ergeben, dass er kein erkennbares Motiv hat«, fährt Leo fort, »er war nur zufällig an Ort und Stelle, als der Doppelmord geschah. Als Chef einer Advertising-Firma und Mitglied der Marketing-Föderation kannte er die beiden Opfer zwar schon lange, aber scheinbar nur flüchtig aus Meetings in der GDE.«

Dany fährt fort: »Ein zweites Gespräch mit Direktor Pit Muller hat ergeben, dass Philip Sinner seit Jahren Mitglied des Direktionskomitees und Chef der Abteilung Unternehmensberatung für Start-ups war. Mike Foerster arbeitete in der Abteilung für Fortbildung und vermittelte junge Azubis an die Mitglieder der GDE. Sowohl Beratung wie auch Fortbildung hatte Kluges Firma in der Vergangenheit regelmäßig in Anspruch genommen. Daher kannte er die beiden. Kluge hat beim Verhör erzählt, dass er nach der Rede des Wirtschaftsministers, so etwa um sieben, in Richtung Toilette gegangen und unterwegs auf Sinner und Foerster gestoßen sei. Sie hätten dort an einem der hinteren Stehtische gestanden und sich gerade lachend miteinander unterhalten, als sie Kluge zu sich riefen. Obwohl Kluge es eilig gehabt habe, sei er dann doch kurz bei ihnen stehen geblieben, um ein paar Worte mit ihnen zu wechseln, bis Sinner sich plötzlich vor Schmerzen krümmte, gefolgt von Foerster. Auf die Frage, ob die beiden während des Small Talks aus ihren Gläsern getrunken hätten, wusste er keine Antwort. Er hätte nicht darauf geachtet. Sie hätten gleichzeitig über Atemnot geklagt und seien ohnmächtig umgefallen. Alles Weitere ist bekannt.«

Marc Hoffmann richtet sich an Leo. »Du sagst, Kluge könne es nicht gewesen sein. Aber was, wenn er die Gelegenheit gehabt hätte, das Gift zu entsorgen, bevor die Einsatzkräfte angekommen sind?«

»Dann hätte man an seinen Händen und in seinen Taschen Spuren finden müssen. Aber da war nichts.«

»Außerdem haben wir im ganzen Gebäude nach Überresten des Gifts gesucht und weder auf den Toiletten noch in der Tiefgarage etwas gefunden«, fügt Emil hinzu. »Sogar die Untersuchungen aller Gärten und Ausgänge ergaben nichts.«

Dany schüttelt den Kopf. »Der Kluge hat kein Motiv. Die beiden haben ihn jahrelang unterstützt. Er beißt doch wohl kaum die Hand, die ihn füttert.« Dany überlegt kurz. »Und die Autos in der Tiefgarage? Wurden die auch alle untersucht?«

»Bis jetzt nur flüchtig. Nichts.«

Marc ergänzt, dass auch bei allen anderen Gästen keine Giftspuren oder Fläschchen gefunden wurden.

»Da alle sichergestellten Getränke giftfrei waren, muss jemand den beiden das Gift ins Bier getan haben«, fügt Dany noch hinzu.

»Und uns mitsamt seinem Fläschchen entkommen sein, bevor wir den Tatort erreichten.«

Dany nickt kurz zu Marcs Worten und fährt sich durchs kurze Haar. »Wir sollten Kluge noch mal befragen. Er muss doch was gesehen haben! Hakt nach, ob er sich nicht doch noch an auffällige Personen erinnern kann. Fragt ihn, ob Sinner und Foerster ihre Gläser in der Hand hielten, als er auf sie zuging, oder ob sie einen Moment unbeobachtet auf dem Tisch standen. Der Tisch befand sich doch in der Nähe des Toilettengangs. Bestimmt hat ihnen der Mörder das Gift unbemerkt ins Bier getan, als er vorbeilief.«

Alle sehen einander ratlos an.

Julias Gesicht hellt sich auf. »Während der Rede mussten sie dem Tisch den Rücken zudrehen, um dem Minister zuzuhören. Vielleicht standen die Gläser schon etwas länger unbeobachtet, bevor sie davon getrunken haben. Jemand könnte das Gift noch vor dem Ende der Rede verabreicht haben, das heißt, bevor Kluge zu ihnen stieß. Wir müssen herausfinden, wann der Kellner ihnen das Bier gebracht hat.«

»Ja, sehr gut, Julia.« Ihre Spürnase wird stetig besser, denkt Dany und schmunzelt. »Metty, kann sicher kein anderes Lebensmittel vergiftet gewesen sein?«

»Wir haben nirgends Zyankalispuren gefunden. Alles Essbare wurde akribisch analysiert.«

Dany dreht sich zu ihren restlichen Kollegen im Raum. »Bitte geht noch mal alle Zeugenaussagen durch und besonders die der Personen, die angegeben haben, dass sie zwischendurch zur Toilette mussten. Lasst euch bestätigen, wann genau das war, und gleicht es mit dem Zeitraum ab, zwischen dem die Opfer das Bier bekamen, und dem Zeitpunkt, als sie zusammengebrochen sind. Da muss doch jemandem was aufgefallen sein.«

KAPITEL 4

Dienstag, den 25. Januar, 11 Uhr

Zurück in ihrem Büro, ruft Dany Julia und Leo zu sich. Sie setzt sich und schlägt ihre Beine übereinander. Da sie während der Besprechung stand, tut das gut. Dany merkt, dass sie in letzter Zeit die schlaflosen Nächte nicht mehr so wegsteckt wie früher.

»Julia, toll, dass du am vergangenen Freitag noch den Polizeipsychologen erreicht hast.«

Nachdem die zwei Frauen in der Nacht von Freitag auf Samstag zu den Familien Sinner und Foerster gefahren waren, um sie zu benachrichtigen, mussten sie zu später Stunde den Polizeipsychologen zu Mike Foersters Frau beordern.

Isabelle Foerster wurde hysterisch, legte sich weinend auf ihr Sofa und schluchzte unentwegt, sodass nur noch eine Beruhigungsspritze half.

Julia fährt sich durch ihr schulterlanges blondes Haar und verändert ihre Sitzposition. »Die Foersters sind kinderlos und wohnen in einem Einfamilienhaus im Norden des Landes«, erklärt sie Leo. »Es liegt weit entfernt der Zivilisation, inmitten grünen Weidelandes, mit Blick auf die Täler des Öslings. Wunderschön! Isabelle Foerster zuzuhören, war anstrengend, weil sie zwischen den

Sätzen immer mal wieder losheulte. Sie klagte, dass sie sich nun ihren Lebenstraum nicht erfüllen könne, und hat sich unendlich lange darüber ausgelassen, wie es denn nun weitergehen solle. Über den Tod ihres Mannes kein Wort! Ich konnte mir den Kommentar nicht verkneifen, ob das alles sei, woran sie in dieser Situation denkt.« Sie verdreht die Augen.

Allein die Erinnerung an Isabelle Foersters Benehmen lässt Dany erschaudern. Grässlich, wie egozentrisch die ihre Hysterie zur Schau stellte.

»Gut, dass der Polizeipsychologe dir die ganze Zeit beruhigende Blicke zuwarf. Ich hatte Angst, du könntest jeden Moment die Beherrschung verlieren«, meint Dany.

Leo grinst. Gut, dass er nicht dabei war, denkt sie. Mit Gefühlsausbrüchen kann er nicht umgehen.

»Auf die Frage nach ihrem Lebenstraum erklärte Isabelle Foerster, dass sie und ihr Mann ihr ganzes Leben lang gespart hätten, um früh in Pension gehen zu können und die Welt zu bereisen. Sie machte den Eindruck, als trauere sie mehr um ihre verpasste Chance als um ihren verstorbenen Mann. Einen Verdacht, wer ihrem Mann Böses wünschen könnte, hatte sie nicht. Nach ihrer Aussage war er ein sehr geselliger Typ und hatte keine Feinde«, fährt Julia fort.

»Und wo war Isabelle Foerster am Freitagabend?«, fragt Leo. Er kaut auf seinem Kuli herum.

Julia steht auf und holt Obst aus der Küche, das sie am Morgen mitgebracht hat. »Anscheinend allein zu Hause«, antwortet sie, greift nach einem Apfel und beißt hinein.

»Bitte bestellt sie aufs Präsidium«, fügt Dany hinzu. »Ich möchte gerne noch mal mit ihr reden. Irgendetwas stimmt da nicht. Leo, bei den Sinners hast du erst recht was verpasst. Julia, erzähl mal.«

Julia hebt die Augenbrauen. »Philip Sinners Frau Erin saß ruhig da und wirkte überhaupt nicht überrascht. Blieb die ganze Zeit mit gefalteten Händen am Esstisch sitzen. Als wir ihr mitteilten, dass jemand ihren Mann umgebracht habe, antwortete sie, dass sie das nicht wundere und sie nur darauf gewartet habe, dass so etwas passiert. Du kannst dir denken, wie erstaunt wir waren.«

Julia hält kurz inne, beißt ein zweites Mal in den Apfel und streicht sich wieder eine Strähne aus dem Gesicht. Dany ist froh, dass sie selbst ihr Haar kurz trägt. Langes Haar würde sie zu sehr ablenken.

»Sogar ihre beiden Töchter haben merkwürdig reagiert. Die Teenager waren beide dabei, als wir mit ihrer Mutter sprachen, schauten aber weiter fern, als ob nichts wäre. Haben gebannt auf den Bildschirm gestarrt, obwohl der Ton abgestellt war.«

Leo öffnet die Schublade seines Schreibtisches, um sich ein Kaugummi zu nehmen. »Ist der Sinner nicht schon zu alt für Teenager? Der ist doch schon über 60! Wie alt ist eigentlich seine Frau?«

Julia erwidert: »Er ist 63 und sie 58. Haben sich, wie es scheint, spät für Kinder entschieden und dann noch lange probieren müssen, bevor es schlussendlich funktioniert hat.«

»Was meinte sie damit, als sie sagte, dass sie nur auf so was gewartet habe?«

»Sie fand, ihr Mann sei nicht besonders feinfühlig gewesen und hätte sich im Laufe seiner Karriere viele Feinde gemacht.«

»Konnte Sie euch sagen, wem er alles auf den Schlips getreten ist?«

Julia schüttelt in Richtung Leo den Kopf.

Dany reckt sich.

»Wir werden die Familienmitglieder sowieso alle noch einmal vernehmen müssen. Dann sehen wir weiter. Wie steht's mit den Alibis der Familie?«

»Sie haben anscheinend alle eins«, sagt Julia. »Wir überprüfen die aber noch genauer.«

»Okay, bestellt sie ein. Ich werde sie mir einzeln vorknöpfen. Wie ist es mit den Kids, die sind doch über 16, oder? Ich möchte sie unbedingt getrennt von der Mutter vernehmen.«

»Ja, antwortet Julia. 16 und 19. Das dürfte kein Problem sein.«

»Gut. Außerdem soll Marc mit jedem einzelnen Direktionsmitglied der GDE sprechen. Emil und Manuel fahren zur GDE, um mit allen Mitarbeitern der zwei Abteilungen von Sinner und Foerster zu reden. Ich möchte wissen, wer von denen beim Umtrunk war. Wenn Sinner tatsächlich so schlimm war, werden die sicherlich mehr wissen. Ach ja, und Leo, wo bekommt man eigentlich Zyankali her? So was kriegt man doch sicher nicht einfach so.«

Leo, der schon auf dem Weg nach draußen war, dreht sich um. »Du würdest dich wundern. Das ist ganz einfach. Wenn man sich im Darknet etwas auskennt, kommt man an jede Substanz. Dort gibt es sogar Foren, in denen man sich über die vielfältigen Giftmethoden informieren kann. Aber auch im öffentlich zugänglichen Internet findet man jede Menge Informationen.«

»Ja, aber wie bezahlt man solch eine Anschaffung? Das fällt doch auf!«

»Na, mit Kryptowährung«, entgegnet Leo und geht zu seinem Büro.

Dany atmet erleichtert aus. Ihre Kollegen scheinen inzwischen genauso für den Fall zu brennen wie sie.

KAPITEL 5

Dienstag, den 25. Januar, 12.08 Uhr

Dany tritt vor das Polizeigebäude und blickt auf die türkisfarbene Büste des ehemaligen holländischen Königs, der inmitten des Knuedler-Platzes auf seinem Pferd thront. Der Volksmund nennt den großen Platz mit dem Rathaus und dem Reiterstandbild deshalb den Knuedler, weil die Knoten der Kordeln am Gewand der Mönche so hießen, deren Franziskanerkloster einst hier stand. Wilhelm II. war im 19. Jahrhundert Großherzog Luxemburgs. In der Sprache der Luxemburger hat das Niederländische daher seine Spuren hinterlassen.

Das Polizeipräsidium befindet sich am Gruef, mitten im Zentrum der Hauptstadt. Gleich hinter dem Präsidium liegen der Palast des Großherzogs und das Parlament.

Dany schätzt sich glücklich, dass ihr Büro so zentral liegt. Das macht die Mittagspausen angenehmer. Sie sieht auf die Uhr. Um 14 Uhr hat sie einen Termin bei Jean Brauer, dem Untersuchungsrichter.

Dem Revier schräg gegenüber gibt es ein nahöstliches Restaurant, das täglich ausgezeichnete Menüs zaubert wie etwa pochierten Kabeljau auf Hummus mit Harissa und Avocado oder gebratenen Blumenkohl mit Paprika und Tahini. Das Gebäude namens Lassner, in dem sich das Restaurant befindet, wurde kürzlich aufwendig renoviert und Anfang des 19. Jahrhunderts errichtet.

Sie geht hinüber ins Restaurant und wird sofort an ihren Stammplatz geführt. Der Raum ist groß mit einer sehr hohen Decke. Mit den hellgrünen, gemusterten Fliesen an den Wänden erinnert der Stil an eine moderne Version des Art déco. Sofas und opulente, exotische Blätterpflanzen umsäumen die Tische und geben dem Restaurant ein gemütliches Flair. Das Restaurant ist wie immer komplett ausgebucht und der Geräuschpegel hoch, doch Dany genießt die lebhafte Stimmung. Die Bedienungen, bei denen es sich ausschließlich um junge Menschen aus dem Nahen Osten handelt, sind warmherzig und entgegenkommend. Ihnen gelingt es, den Besuchern die Illusion zu vermitteln, sie befänden sich – und sei es nur für einige Minuten – im Nahen Osten auf Reisen. Dany genießt es, ihre Mittagspause hier zu verbringen, die einzige Zeit des Tages, in der sie allein ist und in Ruhe nachdenken kann. Sobald sie hier sitzt, fällt jede Spannung von ihr ab. Außerdem kann sie hier Fleisch essen, was zu Hause undenkbar ist. Die Bedienung eilt herbei und sie bestellt das Tagesmenü, Perlhuhn auf Hummus und Kräuter-Pesto, begleitet von gerösteter Aubergine.

Während Dany auf ihr Plat du jour wartet, schweifen ihre Gedanken auf die Seychellen zurück. Türkisblaues Meer, Sonne, weißer Strand und Palmen. Endloses Schnorcheln mit Meeresschildkröten in lauwarmem, klarem Wasser. In das kräftige Rauschen des indischen Ozeans mischt sich das Nörgeln von Nathalie. Sie hatten es wieder miteinander versuchen wollen und sich dann doch nur gestritten.

Dort, im Paradies, hat Dany begriffen, dass sie so nicht weitermachen will. Dort, wo andere ihre gemeinsame Reise beginnen, war es an der Zeit gewesen, sich einzugestehen, dass ihre Ehe am Ende ist.

Ihr gegenüber sitzt ein junges Paar und stößt verliebt mit Champagnergläsern auf etwas an. Dany denkt sehnsüchtig an die Verliebtheit in der Anfangszeit ihrer Beziehung zurück. Wie konnte es nur so weit kommen?

Als die Bedienung ihr gerade das gebratene Perlhuhn serviert, sieht Dany Tom Bach ins Restaurant eintreten. Eine willkommene Ablenkung. Er trägt lässige dunkelblaue Cordhosen und ein kariertes Hemd, hat braune Augen und hellblondes Haar.

Sie kennt Tom schon eine Weile und findet ihn unglaublich sexy. Schon als beide noch ins Gymnasium gingen, liefen sie sich öfters über den Weg, hatten aber unterschiedliche Freundeskreise. Damals fand sie ihn großartig, wie er selbstbewusst und von Mädchen umringt über den Pausenhof schritt.

Leider ging er nach dem Abitur nach Aix-en-Provence, um Journalismus zu studieren, und sie für ihr Studium nach Brüssel. Geheiratet hatte er nie.

Dany winkt ihm kurz zu.

Als investigativer Journalist veröffentlicht Tom seine Artikel auf seinem eigenen Blog. Da er in der Regel brisante und skandalträchtige News im politischen Milieu aufdeckt, erfreut sich seine Arbeit einer beachtlichen Leserschaft. Oft erhält er Tipps aus der Bevölkerung, denen er mutig nachgeht. Dass manchmal probiert wird, seinen Blog zu hacken und ihn zum Schweigen zu bringen, scheint ihm nichts auszumachen. Als Erbe eines reichen Notars kann Tom es sich leisten, auch mal zu pausieren und bei seinen Themen wählerisch zu sein. Er ist nicht auf jeden Cent angewiesen wie manche seiner Kollegen und muss keine Rücksicht auf gesellschaftlichen Druck nehmen. Auch Dany steckt ihm manchmal eine Info zu, wenn sie in einem Fall nicht weiterkommt. Dann stürzt er sich in die Recherche und beginnt zu schreiben. Auf diese Weise ist es bereits öfter vorgekommen, dass er sich nach Veröffentlichung eines Artikels bei Dany für ihre Hilfe revanchierte und ihr brauchbare Informationen zuspielte, die ihr bei der Lösung eines Falles halfen. Natürlich durfte sie nicht zu viel aus dem Nähkästchen plaudern, aber ein kleiner, unverfänglicher Tipp hier und da hatte noch nie geschadet.

Als er sie bemerkt, winkt er ihr strahlend zu und kommt zu ihrem Tisch.

»Dany, da bist du ja wieder! Wie war der Urlaub?«

»Zu kurz, wie es aussieht.«

Sie hebt die Schultern und lächelt zerknirscht.

»Ich habe davon gehört. Gibt's schon eine interessante Spur?«

»Nee, noch keine konkrete. Wenn du magst, können wir morgen Mittag einen Happen zusammen essen. Vielleicht hab ich dann was für dich.«

»Ja, gerne, lass uns das machen. Um zwölf beim Thai Celadon?«

»Ja, das passt.«

Er geht wieder und setzt sich an die Theke, Dany sieht ihm nach.

KAPITEL 6

Als Brauers Sekretärin Dany kurze Zeit später die Tür zu seinem Büro öffnet, sitzt dieser an seinem riesigen Mahagonischreibtisch und blickt hinaus auf das alte Sparkassengebäude. Dazwischen das Petrusstal der Hauptstadt, das mit seinen alten Eichen und dem renaturierten Fluss die Altstadt vom Bahnhofsviertel trennt.

Dany beneidet Brauer um die fantastische Aussicht. Na ja, sie hätte auch Anwältin werden können. Dann säße sie jetzt vielleicht hier anstatt gegenüber im Gruef mit Sicht auf Wilhelm II. Obwohl dieser Blick auch nicht zu verachten ist.

Brauer sieht sie an und zeigt auf einen Sessel vor seinem Tisch.

»Frau Kerner, Gudde mëtteg, kommen Sie doch herein. Wie geht es Ihnen? Schlimme Sache, die Sie da aufklären müssen. Auch noch in der GDE. Haben Sie schon eine Spur? Ich kenne den Präsidenten Paul Zwirbel. Er hat mich um rasche Aufklärung gebeten.«

Das gibt's doch nicht. Dany wird ganz heiß. Sie muss sich eine Bemerkung verkneifen. Ein persönlicher Kontakt zwischen dem Untersuchungsrichter und einer involvierten Person in einem Mordfall ist inakzeptabel. Das weiß jeder.

49

Sie reißt sich zusammen und erzählt kurz, was sie weiß.
»Wie es aussieht, wurden beide mit Zyankali vergiftet.«
Brauer lehnt sich vor und greift nach seinem Mont-
blanc, als würde er seinen Unmut über die Sache unter-
streichen wollen. »Es kann auf keinen Fall jemand aus der GDE gewesen
sein. Das ist eine respektable Institution, die strengstens
darauf achtet, wen sie zu ihren Veranstaltungen einlädt.«
Na klar, denkt Dany, es kann natürlich keiner aus der
GDE gewesen sein. Sicher geht Brauer bei den Herren
des Verwaltungsrats regelmäßig ein und aus. Sie blickt
aus dem Fenster, damit er ihre Gedanken nicht an ihrem
Gesicht ablesen kann, atmet tief ein, um sich zu beruhigen, und dreht sich ihm wieder zu.

»Obwohl sich auf den Gläsern nur die Fingerabdrücke
der Opfer und der Bedienung befanden, schließen wir das
Service-Personal aus. Alles nur Franzosen, die kurz zu
Land waren, um auszuhelfen, und vorher keinerlei Kon-
takte zu den Opfern hatten. Auch an den Bierflaschen
wurde nichts Auffälliges gefunden. Wir gehen davon aus,
dass das Zyankali später in die Gläser kam. Zurzeit haben
wir unter den Zeugenaussagen noch nichts Brauchbares
vorzuweisen.«

»Wie steht's mit den Autos in der Parkgarage?«
»Eine erste erfolglose Spurensuche wurde am gleichen
Abend vorgenommen, aber es dauert voraussichtlich bis
Ende der Woche, bis die Autos alle minutiös kontrolliert
worden sind. Ich habe mir erlaubt, die deutschen Kolle-
gen aus Trier zu fragen, ob sie uns mit ihrem technischen
Dienst unterstützen. Sie schicken uns ihre Einheit morgen
vorbei. Das wird die Sache etwas beschleunigen.«

»Gute Idee, Frau Kerner. Nur nächstes Mal informieren Sie mich bitte vorher darüber, ehe sie über die Grenzen hinweg Einheiten mobilisieren. Sie wissen, dass es politischen Unmut hervorruft, wenn Sie spontane Alleingänge unternehmen.«

Dany lässt Brauers überheblichen Blick über sich ergehen. Auf Nachfrage berichtet Dany von den Reaktionen der Familienmitglieder der Opfer und dass sie vorhat, noch mal mit jedem Einzelnen zu reden.

»Die Ehefrau des Herrn Sinner hat erzählt, ihr Mann sei sehr unbeliebt gewesen. Wir werden der Sache auf den Grund gehen.«

Brauer runzelt die Stirn. »Herr Zwirbel hat betont, dass die GDE alles tun wird, um Ihre Ermittlungen zu unterstützen. Bitte rufen Sie Herrn Muller gleich nachher an und halten Sie mich weiter auf dem Laufenden.«

KAPITEL 7

Mittwoch, den 26. Januar, 09.10 Uhr

Prall und reif fühlt sich die orangerote Mango an, die Dany sich gerade im Supermarkt zum Frühstück gekauft hat. Während sie die Mango auf ihrem Schreibtisch in ihre Einzelteile zerlegt, überfällt Dany eine unbändige Vorfreude auf den süßen Geschmack der verbotenen Frucht. Tatsächlich käme Nathalie nie auf die Idee, Obst zu kaufen, das mit dem Flugzeug die halbe Welt zurückgelegt hat.

Dany hat Nathalie vor 25 Jahren an der Uni kennengelernt. Sie selbst, Tochter eines renommierten Richters, war jung, rebellisch und neugierig gewesen, als Nathalie in ihr Leben trat und sich gleich zielstrebig an sie heranmachte. Ihre Unbeirrtheit überwältigte Dany, die sich sofort in Nathalie verliebte. Diese strotzte vor Energie und Unternehmungslust, war in vielen Verbänden der grünen Bewegung engagiert und wollte gleich eine Familie gründen. Kinder waren für Dany nicht wichtig, aber sie stimmte damals zu. Obwohl Nathalie eigentlich keine Kinder bekommen konnte, wollten sie allen zeigen, dass es doch geht, dann eben anders. Adoption durch gleichgeschlechtliche Paare stellte für die beiden kein Tabu dar, aber in den Neunzigern war das in der Gesellschaft noch schwierig. Sie versuchten es zuerst in Luxemburg und dann in Belgien. Um die Jahrhundertwende bekamen sie dann zuerst Felix und ein paar Jahre später Anton.

Felix will Jurist werden und studiert im letzten Jahr an der Uni in Straßburg. Anton ist eher technisch begabt und hat deshalb den Weg des Ingenieurs gewählt. Er befindet sich im ersten Jahr am Karlsruher Institut für Technologie und will »Nachhaltige Energiesysteme« studieren.

Als beide zusagten, mit ihr und Nathalie zum Segeln auf die Seychellen zu fliegen, hatte Dany sich sehr darüber gefreut. Überhaupt war es schwer gewesen, Nathalie dazu zu bewegen mitzufahren, hauptsächlich wegen der CO_2-Emissionen des Flugzeugs. Dany hatte ihr aber unmissverständlich zu verstehen gegeben, dass sie diese Reise als ihre letzte Chance ansah, ihre Beziehung zu retten. Schlussendlich hatte Nathalie eingelenkt.

Als sie dann alle zusammen auf einem Katamaran auf Mahé saßen, wurde es ziemlich schnell offensichtlich, dass es alles andere als ein entspannter Urlaub werden würde.

Während Dany sich mit Anton und Felix beim Schnorcheln und Paddelborden austobte und sie die Jungs dabei beobachtete, wie sie Kite surften, verbrachte Nathalie ihre Zeit am Strand damit, Abfall einzusammeln und die Einheimischen von einem ökologischen Umgang mit Lebensmittelverpackungen zu überzeugen.

Abends bei Tisch beklagte sie sich endlos über die Sorglosigkeit der Seychellois, bis Dany ihr schließlich trocken vorschlug, doch auf den Seychellen zu bleiben, um dort die Menschen zu bekehren. Woraufhin Nathalie wütend ihr Besteck hinschmiss, aufsprang und weglief. Es war das erste Mal, dass Dany ihr nicht folgte.

Anton feixte Dany erstaunt an. »Krass! Ey! Bist du tatsächlich gegen nachhaltige Müllentsorgung?«

Dany konnte nur die Augen verdrehen. Anton war genau wie Nathalie, sah alles in Schwarz und Weiß, dazwischen gab es nichts.

»Klar will ich nicht, dass überall Müll rumliegt, aber so kriegen wir das Problem ganz bestimmt nicht in den Griff. Außerdem bin ich der Meinung, dass man das Thema Nachhaltigkeit im Urlaub auch mal auf sich beruhen lassen kann und die kurze Zeit, die man miteinander hat, genießen sollte.«

Felix, pragmatischer als sie alle zusammen, sprach es schließlich aus: »Ihr beide solltet es besser sein lassen! Ihr passt nicht zueinander. Seid ihr euch bewusst, wie sehr ihr uns mit euren Streitigkeiten nervt?«

Als Dany sich an diese Situation erinnert, überfällt sie eine schwere Traurigkeit. Sie fühlt sich stumpf und leer. Für Felix sagt sich das so leicht. Er ist jung und ungebunden, weiß noch nicht, was es bedeutet, so lange mit jemandem zusammenzuleben. Nach fast 20 Jahren geht man nicht einfach so fort.

Anton schlug abschließend eine Paartherapie vor, die Nathalie aber in der Vergangenheit schon mehrmals abgelehnt hatte. Sie sehe nicht, wo das Problem liegt, und würde sich keinesfalls »durch die Psychomühle drehen lassen«, wie sie es nannte. Ihrer Meinung nach würden die Spannungen zwischen ihnen daher rühren, dass Dany sich nicht genügend Mühe gibt, sich aktiv am Kampf gegen den Klimawandel zu beteiligen.

Dany hat nichts gegen Ökologie, nur ist sie durch ihren Beruf so stark mit einer ganz anderen Realität beschäftigt, dass ihr der Glaube an das Gelingen solcher Aktionen abhandengekommen ist. Ohne die großen, multinationalen Firmen dazu zu bewegen, Vorreiter zu sein, lässt sich kein Klimawandel stoppen. Dany merkt bereits in ihrem kleinen Alltag, wie schwierig es ist, die Politiker für sich zu gewinnen. Als Kriminalkommissarin muss sie dem Untersuchungsrichter und der Politik gegenüber so viele Kompromisse eingehen, dass sie es im Privatleben immer weniger erträgt. Das Coronavirus hat sie, wie viele andere, diesbezüglich auch nicht stärker gemacht.

Außerdem tut sie zu Hause schon, was sie kann, um ihren Beitrag zu leisten. Nur, Ökolatschen wird sie niemals tragen und sicher nicht gänzlich auf Fleisch verzichten.

Nathalie trägt nachhaltige Baumwollkleidung und Schuhe ohne tierischen Ursprung. Alles, was ins Haus kommt, wird nach ökologischen Kriterien ausgesucht. Viel ist es ohnehin nicht mehr, da alles, was man kauft, irgendwelche Konsequenzen auf den Klimawandel hat und noch dazu irgendwann entsorgt werden muss. Also lieber gar nicht erst kaufen. Gekocht wird vegan.

Die Gedanken an Nathalie machen Dany wütend. Ihr ganzes Privatleben dreht sich um Nathalies Dogmen. Letztens kam Nathalie nach Hause und meinte, Haustiere gehörten abgeschafft. Dany, die als Kind mit Hund und Katze aufgewachsen ist und weiß, wie heilsam die Gesellschaft von Tieren sein kann, blieb die Spucke weg. Sie hat das Gefühl zu ersticken. Es muss etwas geschehen.

KAPITEL 8

Nachdem Dany alle Spuren der verbotenen Mango im Abfalleimer beseitigt hat, beschäftigt sie sich ausführlich mit Julias vierseitigem Faktencheck über Sinners Familie, die sie für nachmittags ins Revier einbestellt hat. Auf das Mittagessen mit Tom freut sie sich schon, eine angenehme Abwechslung zum Alltagsmief.

Der Bericht beginnt damit, wie Erin Sinner, Schottin, vor 28 Jahren ihren Mann an der Uni von Edinburgh kennenlernte, wo der Luxemburger Philip Sinner junger Dozent in Wirtschaftswissenschaften war, bevor er drei Jahre später mit ihr nach Luxemburg zog.

Dany wundert sich. Was Sinner wohl dazu bewogen hat, in seine Heimat zurückzukehren? Edinburgh ist eine großartige Stadt und bestimmt lässt es sich da gut leben. Von dort ist es nicht mehr weit bis zur Stadt Inverness mit dem Kaledonischen Kanal, wo man mit den Booten durch die Fjorde fahren kann. Dany sieht vor ihrem inneren Auge die vielen Schleusen, das dunkelblaue Wasser des Loch Ness, das nasse Grün der Berge. Halt! Sie muss sich konzentrieren.

Jetzt ist nicht die Zeit für Träumereien.

Die Rückkehr der Sinners nach Luxemburg fand vor 23 Jahren statt. Die letzten 15 arbeitet Philip Sinner für die GDE und hat sich dort, gemäß der Aussage seiner Frau, viele Feinde gemacht.

Interessant. Wie kommt sie dazu, so etwas zu behaupten? Wieso war er unbeliebt? Was hat er getan? Gut, die Wirtschaftswelt ist ein Haifischbecken, aber gerade deswegen bildete er dort als verhasster Geschäftsmann doch sicherlich keine Ausnahme. Wieso musste dann gerade er sterben? Außerdem stand er kurz vor der Pensionierung. Wenn er irgendwem im Weg gewesen wäre, hätte sich das bald von selbst erledigt.

Wenn der Mann im Beruf unbeliebt war und viele Feinde hatte, wie stand es dann mit der Beliebtheit zu Hause? Wie war die Beziehung zu seiner Frau und seinen Kindern? Julia hat erzählt, dass das Paar die Kinder spät bekam. Dany verspricht sich viel von dem Gespräch mit der Familie am Nachmittag. Am besten lässt sie Erin Sinner erst mal ihre Lebensgeschichte erzählen. Der Rest ergibt sich dann schon von selbst. Sie liest den Bericht zu Ende. Sinners Berufsweg der letzten 23 Jahre, die In-vitro-Befruchtungen seiner Frau, dann legt sie den Bericht in die Schublade, bevor sie sich zum Thai Celadon in die Rue du Nord begibt.

Tom wartet bereits an einem Tisch in der Ecke. Dany hebt fragend die Augenbrauen.

»Haben wir zufällig diese kuschelige Ecke hier bekommen oder hast du etwas mit mir vor?«

Tom errötet und murmelt etwas von Zufall. Oje, denkt Dany. Sie weiß auch nicht, wieso sie ihn so direkt begrüßt. Besser gleich ablenken.

Sie beginnt, von dem Fall zu erzählen, und bringt Tom auf den letzten Stand ihrer Ermittlungen. Tom wirkt erleichtert und springt gleich auf den Zug auf.

»Den Sinner kenne ich doch! Der hat früher in der Konstruktionsfirma seiner Mutter gearbeitet, bevor die Bankrott machte und sie ihm durch ihre Connections zum Finanzminister einen Job bei der GDE besorgt hat. Sinner wurde unverzüglich Abteilungsleiter und Mitglied des Direktionskomitees. Man erzählte sich damals, dass die Direktion es sich nicht mit dem Finanzminister verderben wollte.«

Dany nickt erstaunt. Schon wieder hat es sich gelohnt, Tom in die Ermittlungen einzubeziehen. Sie nimmt einen Schluck Wasser. »Was eigentlich ungewöhnlich ist für die GDE, die doch ansonsten bekannt dafür ist, dass sie ein sehr rigides Aufstiegssystem hat und Quereinsteigern generell keine Chance gibt, oder?«

Tom stochert mit seiner Gabel im Curry. Wie es scheint, mag er keine Ananas. »Ach, heutzutage werden schon manchmal Quereinsteiger eingestellt, aber damals war das tatsächlich ein No-Go.«

»Damit hat er sich bei der Belegschaft der GDE keine Freunde gemacht, oder?« Dany hört Toms Ausführungen aufgeregt zu. Könnte das eine weitere Spur sein?

»Ganz genau. Einige Monate später gab es zeitgleich erstaunlich viele Abgänge. Bizarr war, dass es sich dabei ausschließlich um Frauen handelte. Weswegen kurzzeitig das Gerücht aufkam, dass er misogyn sei. Auf eine Aussage ließen sich die Damen aber nicht ein.«

Das überrascht Dany nicht. »Die #MeToo-Bewegung gab es damals noch nicht.« Sie ist gespannt zu hören, was die Mitarbeitergespräche ihres Teams in der GDE ergeben haben.

»Aber erzähl mal, wie war es auf den Seychellen?«, wechselt Tom das Thema.

»Oh, Tom, das sind so großartige Inseln. Zwar schweineteuer, aber ein Traum! Nur dass ich mich mal wieder mit Nathalie gestritten habe.«

»Wie kann man sich bloß auf den Seychellen streiten?«

»Du kennst sie doch. Wollte ständig die Inselbewohner bekehren. Hat die Jungs und mich so was von runtergezogen … Ehrlich, ich halte das nicht länger aus. Ständig diese Untergangsstimmung. Wenn das so weitergeht, werde ich mich von ihr trennen.«

Toms Gesicht wird rot und er schaut Dany verstohlen von der Seite an.

»Was?«

Nervös blickt er vor sich hin. So still hat sie ihn noch nie erlebt. Er schöpft sich noch einen Löffel Curry auf seinen Teller, bevor er mit der Sprache herausrückt.

»Wäre doch toll, dann könnten wir uns in Zukunft vielleicht mal abends treffen?« Ungewohnt verlegen blickt er sie kurz an.

Damit hat sie nun nicht gerechnet. Dany merkt, wie ihre Ohren heiß werden. Wieso tut er das? Er weiß doch, dass sie lesbisch ist. Sie schaut ihm offen in die Augen und schüttelt lachend den Kopf.

Er hebt abwehrend die Arme und lacht. »Ich mein ja nur. So, wie du mir Nathalie beschrieben hast, passt sie nun wirklich nicht zu dir.«

»Ja, ich weiß. Aber ich habe mich so daran gewöhnt, dass jemand zu Hause ist, wenn ich abends von der Arbeit komme, dass ich mir gar nicht vorstellen kann, wie es ist, wieder allein zu leben.«

»Glaub mir, du wärst nicht lange allein.«

Dany lächelt. Wann hat Nathalie ihr zuletzt etwas gesagt, was sich auch nur annähernd so anfühlte?

»Die Jungs würde ich dann auch nicht mehr sehen.«

»Ach was, die sind doch erwachsen. Und aus dem Haus. Die kannst du sehen, wann immer du willst.«

»Ja, kann sein. Bei Felix mache ich mir diesbezüglich keine Gedanken. Nur bei Anton bin ich mir nicht sicher, wie er reagieren würde. Er hat mehr mit Nathalie gemeinsam als mit mir.«

Tom sieht Dany zärtlich an, was sie ganz kribbelig macht. Unglaublich. Aber nein, es geht nicht.

Sie essen schweigend weiter. Als sie nach dem Essen noch einen Espresso bestellen, meint Dany: »Ich muss mich erst mal auf den Fall konzentrieren!«

»Ja doch, sicher.«

KAPITEL 9

Mittwoch, den 26. Januar, 14 Uhr

Familie Sinner sitzt im Gang des Reviers und unterhält sich gerade mit Julia. Erin Sinner ist kunterbunt gekleidet, schottisch eben, trägt einen knallroten Lippenstift, der gut zu den schulterlangen schwarzen Locken passt, und sitzt kerzengerade auf ihrem Stuhl. Ernst schaut sie zu Boden und knetet ihre Finger. Die Mädchen hängen links und rechts neben ihr auf den Stühlen und spielen auf ihren Handys herum.

Nachdem Dany Julia gebeten hat, lediglich Erin Sinner in den Vernehmungsraum zu bringen, blickt diese beunruhigt zu ihren Töchtern, die jedoch kaum Notiz von ihr nehmen. Also folgt sie Julia wortlos. Die dunkelgrauen, kahlen Wände des Raums machen ihn noch bedrückender, als er durch seine Fensterlosigkeit schon ist. Erin Sinner wird über das Prozedere aufgeklärt. Dann startet Dany die eigentliche Befragung und Julia beobachtet die Witwe, während sie ihren Notizblock aufschlägt. Erin Sinner vermeidet jeden Blickkontakt und regt sich kaum.

»Frau Sinner, es tut uns leid, dass wir Sie noch einmal herbestellen mussten, aber es ist uns wichtig, den Mörder Ihres Mannes und Mike Foersters schnell zu fassen. Um die Tat aufzuklären, müssen wir so viel wie möglich über

Ihren Mann erfahren. Verstehen Sie das? Wer könnte beispielsweise einen Vorteil aus seinem Tod ziehen?«

Erin Sinner nickt und legt ihre Hände in den Schoß.

»Bitte erzählen Sie uns, wie es dazu kam, dass Sie und Ihr Mann zurück nach Luxemburg gezogen sind. Fangen Sie einfach von vorne an, uns interessiert Ihre gemeinsame Lebensgeschichte.«

Erin Sinner räuspert sich und nimmt zuerst einen Schluck Wasser aus dem Glas, das Julia vor sie hingestellt hat.

»Philip und ich waren schon ein paar Jahre mit der Uni fertig, aber noch nicht verheiratet. Er hatte eine Dozentenstelle an der Uni von Edinburgh, ich arbeitete für die Gemeinde. Wir lebten ein intellektuell erfülltes Leben. Viele Freunde, mit denen wir stundenlang über Gott und die Welt philosophieren konnten. Eines Tages kam ein Anruf von Philips Mutter. Sein Vater sei verstorben, an einem Schlaganfall. Natürlich sind wir zur Beerdigung geflogen. Uns wurde schnell klar, dass seine Mutter Hilfe in der Baufirma benötigt. Sie hat nicht lockergelassen, machte Philip ein derart schlechtes Gewissen, dass wir schließlich zugestimmt haben, nach Luxemburg zu ziehen und sie zu unterstützen. Wir waren darüber beide untröstlich, aber Philip meinte, er sei es seinen Eltern schuldig.«

Erin Sinner legt erneut die Finger ums Glas, ohne zu trinken. Ihr Blick verliert sich im Wasser.

Dany betrachtet sie nachdenklich. Muss ganz schön Überwindung gekostet haben, sein Heimatland zu verlassen, um der Mutter seines Partners aus der Patsche zu helfen.

»Anfangs suchte ich noch nach einem Job, aber nach einer Weile gab ich auf. Philip arbeitete hart in der Firma.

Ist abends oft spät nach Hause gekommen. Als Schottin, die kein Luxemburgisch, Deutsch oder Französisch sprach, zog ich meinen Kinderwunsch vor. Nach ein paar erfolglosen Versuchen, wir waren schon Ende 30, haben wir begonnen, uns für künstliche Befruchtung zu interessieren. Es hat dann noch mal fünf Jahre gedauert, bis wir Tamara bekamen. Ein Jahr später dann Ella.«

Sie blickt auf.

»Zwei Mädchen.«

Dany wundert sich, wieso sie diese Tatsache so betont, belässt es aber erst mal dabei.

»Ihr Mann, wie lange blieb er in der Firma seiner Mutter?«

Erin Sinners Blick schweift kurz in eine Ecke des Raums, bevor sie Dany wieder in die Augen sieht. Sie lässt das Glas los. Ihre Stimme klingt nun härter. »Sieben Jahre lang. Danach war die Firma bankrott und Philip kam bei einem Klienten unter, der seiner Mutter noch was schuldig war. Kein Direktionsposten mehr, nur Abteilungsleiter der Buchhaltung.«

Wie hieß die Firma?«

»Klementz.«

»Der Fliesenleger?«

»Genau der.«

Von der Uni zum Fliesenlegen, denkt Dany. Was für ein steiler Abstieg.

Erin Sinner hat die Hände wieder in den Schoß gelegt und betrachtet sie wie zwei fremde Objekte. »Wissen Sie, Frau Kerner, unsere Firma hätte niemals Bankrott gemacht, wenn der Staat, der damals auch unser Kunde war, pünktlich seine Rechnungen bezahlt hätte. Aber nein, der Staat kann sich alles erlauben. Lässt seine Lieferanten ewig auf die Bezahlung warten. So lange, dass die Firma ihre eigenen Rechnungen nicht mehr bezahlen konnte. Mein Mann hat damals sehr darunter gelitten.« Vorwurfsvoll blickt sie Dany in die Augen.

Dany kann sich vorstellen, wie belastend diese finanziellen Sorgen sein müssen. Sie muss selbst oft genug für das nötige Ermittlungsbudget kämpfen. Sie kann sich denken, was das mit dem Ehepaar gemacht hat. Was es mit dem Stolz eines Mannes anstellt. Erst gibt er seinen Prestige-Job als Dozent an der Uni auf, um in eine Baufirma zu wechseln, die ihn intellektuell unterfordert haben muss. Und dann noch die Scham, als Leiter der Firma seiner Eltern Bankrott zu gehen. Dany wagt es, etwas in der Wunde zu stochern. »Dazu noch Ihre anfängliche Kinderlosigkeit. Das muss heftig für Sie beide gewesen sein.«

Erin Sinner läuft rot an.

Dany kann nur erahnen, was in ihr vorgeht. Sie hat ins Schwarze getroffen und muss schnell daran anknüpfen. »Was hat das mit Ihrem Mann gemacht, dass er seine Karriere aufgeben musste? Bei unserem ersten Gespräch sagten Sie, dass er viele Feinde hatte. Könnten Sie mir erklären, was Sie damit meinten?«

Erin Sinner nimmt noch einen Schluck Wasser und hält kurz inne. Von der zuvor stolzen Haltung ist nichts übrig. Das Glas scheint sie magisch anzuziehen. Ihre Wangen sind hochrot angelaufen.

»In Edinburgh war Philip ein sehr attraktiver Mann. Er hatte Witz, Mut, viel Energie. Einen scharfen Verstand. War den meisten in unserem Freundeskreis intellektuell überlegen, obwohl wir alle Akademiker waren. Ganze

Abende lang konnte er unsere Freunde bei Tisch animieren. Mir gegenüber war er unheimlich zärtlich, rücksichtsvoll, immer gut gelaunt. Ich war verrückt nach ihm, wir waren sehr, sehr glücklich. Als wir nach Luxemburg kamen, war es anfangs auch noch so. Nur als klar wurde, dass ich nicht schwanger würde und die Firma dem Bankrott zusteuerte, da veränderte er sich.«

Dany wagt kaum, sich zu bewegen, um Erin Sinners Redeschwall nicht zu unterbrechen.

»Nach außen hin gab er sich weiterhin witzig und unterhaltsam, aber in seine Sätze mischten sich verstärkt spitze Bemerkungen. Boshafte Seitenhiebe. Er wurde zunehmend kränkend, auch mir und seiner Mutter gegenüber. Ich nehme an, er gab uns insgeheim die Schuld, dass er kein erfülltes Leben mehr hatte. Auf meinen Vorschlag hin, wieder nach Schottland zu ziehen, wurde er barsch. Ich solle nicht so einen Blödsinn erzählen. Er habe Pflichten zu erfüllen. Seine Mutter hat ihm damals oft gesagt, dass er keine Rücksicht auf sie nehmen müsse. Dass er an sich denken dürfe. Aber ich vermute, nach all den Jahren in der Firma wollte er das Risiko nicht eingehen, von der Uni einen Laufpass zu bekommen. Also lieber gar nicht zurück.«

Nun darf Dany nachhaken, sollte sie sogar. Sie räuspert sich.

»Frau Sinner, ein paar ausgeteilte Seitenhiebe bescheren einem aber noch keine Feinde. Schon gar nicht welche, die einem den Tod wünschen!«

Erin Sinner atmet tief ein. Sie zögert kurz, dann fährt sie fort. »Nein, das stimmt. Es blieb aber auch nicht bei verbalen Ausrutschern. Als er bei seinem Ex-Klienten unterkam, mehrten sich Vorfälle, an denen er abends nach Hause kam und so stolz wie heiter erzählte, was er im Büro angestellt hatte. Er brüstete sich damit, dass seine Kollegen in Fallen getappt seien, die er ihnen gestellt hatte. Dass es ihm gelungen sei, sie bloßzustellen, er sie hereingelegt habe. Es gelang ihm immer wieder, jemandem die Anerkennung für seine Leistung zu stehlen. Da er seinen Kollegen intellektuell überlegen war, hat er sich einen Spaß daraus gemacht, sie ständig an der Nase herumzuführen. Anfangs versuchte ich noch, es ihm auszureden, aber das hat ihn dermaßen wütend gemacht, dass er anfing, auch mich derart zu beleidigen, dass ich mich fortan nicht mehr einmischte. Ich fand abscheulich, was er tat, aber ich wusste eben, wieso er so war, und er tat mir leid. Also hielt ich zu ihm.«

Wenn man viele glückliche Jahre zusammen verbracht hat, braucht es eine Menge, sich zu lösen, denkt Dany. Julia lässt den Stift sinken und schaut kurz zu ihr, um sich die lautlose Zustimmung einzuholen, sich nun auch einschalten zu dürfen.

Dany nickt ihr zu.

»Können Sie uns noch ein konkreteres Beispiel nennen? Was genau hat er getan?«

Erin Sinner rutscht auf ihrem Stuhl hin und her und runzelt die Stirn. »Nein, wissen Sie, es ist schon so lange her, dass mir gerade kein Beispiel einfällt, aber Sie werden sicherlich noch genug Ex-Kollegen finden, die sich über ihn auslassen wollen.

Jedenfalls ist er aus der Firma geflogen. Das war vor 15 Jahren. Wenn ich anfangs gehofft hatte, dass ihn die späten Geburten der Kinder aus seiner Verbitterung ziehen würden, sie ihm die nötige Zufriedenheit zurückgeben könnten … Nein, es wurde schnell klar, dass dem nicht so war. Na ja, er hatte sich Jungs gewünscht …«

Still und leise kullert Erin Sinner eine Träne die Wange hinunter, ohne dass sie eine Miene verzieht. Sie wischt sie verstohlen weg und schiebt dann ihre Hände zwischen die Beine, als würde sie frieren.

»Möchten Sie, dass wir eine Pause machen, Frau Sinner?«

Sie schüttelt den Kopf.

»Nein, nein, geht schon.«

»Gut. Was geschah, nachdem Ihr Mann bei Klementz rausgeflogen war?«

»Nachdem er einige Monate daheim Trübsal geblasen hatte, sprach seine Mutter den damaligen Finanzminister an. Der sorgte schlussendlich dafür, dass er bei der GDE unterkam.«

Also stimmt Toms Geschichte. Dany unterbricht Erin Sinner. »War er damit nicht zufrieden? Wie ich hörte, wurde er gleich Chef der Abteilung für Unternehmensberatung und als Mitglied des Direktionskomitees eingestellt. War das nicht ungewöhnlich für jemanden, der in seinem letzten Unternehmen auf eine angeblich so schändliche Weise seinen Rausschmiss provoziert hat?«

Das Bild, das Erin Sinner von ihrem Mann skizziert, empört Dany. Sie hätte den Typen verachtet, so viel steht fest. Ohne seine Mutti wäre er nichts gewesen.

Erin Sinner sieht Dany fragend an. Sie scheint nicht zu ahnen, was in Dany vorgeht.

»Wie hat sich Ihr Mann denn bei der GDE integriert? Es muss doch Wellen geschlagen haben, dass er dort ohne Anlauf so hoch oben anfing.«

Erin Sinner zuckt mit den Schultern. »Mir hat er bloß erzählt, dass er dort erst mal aufräumen müsse. Zu viele faule Äpfel, wie er sie nannte. Sein Vorgänger sei viel zu nachsichtig gewesen. An seinem Ton merkte ich schon, dass er auch hier nicht vorhatte, sein bisheriges Verhalten zu überdenken. Also wollte ich seine Geschichten gar nicht mehr hören und habe ihm das auch gesagt. Von da an hat er aufgehört, mir von seinem Beruf zu erzählen. Er wurde mit der Zeit auch zufriedener, wenngleich mir hier und da Informationen zugetragen wurden, die mir zeigten, dass er sich nicht wesentlich geändert hatte.«

»Wer hat Ihnen denn diese Informationen zugespielt?«

»Mike Foersters Frau hat mir manchmal berichtet, was ihr Mann und Philip zusammen ausgeheckt haben.«

»Sie kennen sich privat?«

»Ja, wir haben öfter mal was zusammen unternommen.«

»Ihr Mann hatte also in der Firma einen Komplizen gefunden! Und um was ging es bei diesen Geschichten genau?«

Erin Sinner wirkt überrascht. »Komplize? Worum es dabei ging? Ich weiß es nicht mehr. Fragen Sie Frau Foerster.«

Dany betrachtet diese Frau, die alles schluckt, alles erduldet, die wie so viele nicht richtig hinsehen will. So wie sie selbst, wenn der Untersuchungsrichter mal wieder einen Kriminellen laufen lässt?

Dany merkt, wie Erin Sinner sich zunehmend verschließt. Wahrscheinlich war ihr Mann bei der GDE auf einen besseren Nährboden für seine Spielchen gestoßen, sonst hätte er sich dort keine 15 Jahre gehalten. Widerlich.

»Wie war Ihre Beziehung zum Schluss?«

Dieses Mal greift Erin Sinner zum Glas, um doch noch einen Schluck zu nehmen. Ihre gebeugte Haltung verrät ihren Kummer. »Wir lebten uns auseinander. Er kam jeden Abend spät nach Hause, war in mehreren Berufsorganisationen tätig und oft unterwegs. Mir passte das gut. Die Mädchen nahmen sowieso meine ganze Zeit in Anspruch. Als sie älter wurden, habe ich mir einige Frauenorganisationen gesucht, bei denen ich mich karitativ engagieren konnte. Den Klub der schottischen Frauen zum Beispiel. Ja, lächeln Sie nur, aber als er gegründet wurde, war ich froh, in ihm ein Stück Heimat zu finden.«

»Nein, nein, ich bitte Sie.« Dany erschrickt. Hat sie sich ihre Gedanken tatsächlich anmerken lassen? Es stimmt, sie findet diese Frauenklubs lächerlich. Überhaupt sieht sie nicht ein, weshalb es heutzutage überhaupt noch Vereine gibt, die geschlechterspezifisch sind. Viel eher sollten Frauen wie Männer fair um ihre Position kämpfen. Die nächste Frage muss sie daher stellen: »Frau Sinner, hat Ihr Mann in seinem Job und auch in Ihrem Privatleben einen Unterschied gemacht zwischen Mann und Frau? Haben Sie jemals erlebt, dass er frauenfeindlich war?«

»Wie kommen Sie denn darauf?«

»Uns ist zu Ohren gekommen, dass kurze Zeit nach der Anstellung Ihres Mannes acht Frauen aus den oberen Rängen direkt nacheinander die GDE verließen.«

»Was fällt Ihnen ein? Mein Mann war kein Engel, aber Sie können ihm nicht alles anhängen, was damals schiefgelaufen ist!«

»Wie zum Beispiel?«

Erin Sinner rutscht auf ihrem Stuhl herum und zieht sich aufgebracht die Bluse zurecht. »Keine Ahnung. Ich habe Ihnen alles erzählt, was ich weiß. Ich sagte Ihnen doch schon, dass der Job meines Mannes mich nicht mehr interessiert hat.«

»Nun gut, nur noch eine Frage bitte: Wie war das Verhältnis zu seinen Töchtern?«

Perplex schüttelt Erin Sinner den Kopf. Sie kann sich sicher denken, dass Dany die beiden jungen Frauen gleich selbst dazu befragen wird. Dany spürt, dass sie heute nichts mehr aus ihr herausholen wird.

»Er war ihnen immer ein guter Vater!«, sagt Erin Sinner dann doch noch mit Nachdruck, ohne Dany oder Julia dabei anzusehen.

Dany wechselt einen Blick mit Julia, die ihr nickend zustimmt, und beschließt, das Gespräch für heute zu beenden.

»Danke, Frau Sinner, Sie haben uns sehr geholfen. Bitte nehmen Sie es uns nicht übel, aber wir müssen jeder noch so unscheinbaren Spur nachgehen. Ihr Mann wird hier nicht vor ein Gericht gestellt. Wir versuchen nur herauszufinden, wer ein Motiv gehabt haben könnte, ihn zu ermorden. Falls Ihnen noch etwas einfallen sollte, Sie wissen ja, wo Sie uns finden.«

Jetzt sieht Erin Sinner Dany doch wieder direkt an.

»Ein Polizist wird Sie rüber in die Cafeteria begleiten. Wir werden nun Ihre Töchter einzeln vernehmen. In der Regel vermeiden wir jeden Kontakt der Familienmitglieder zwischen den Vernehmungen. Das wird bei uns stets so gehandhabt und dient der Wahrheitsfindung. Dagegen dürften Sie ja nichts einzuwenden haben. Aber machen Sie sich keine Sorgen. Wir werden behutsam mit Ihren Töchtern umgehen.«

»Nein.«

»Wie bitte?« Damit hat Dany nicht gerechnet.

Erin Sinner steht entrüstet auf. Sie klingt panisch, als sie sagt: »Ich erlaube Ihnen nicht, meine Töchter zu vernehmen.«

Julia blickt Dany fragend an, die Erin Sinner ruhig antwortet: »Wir brauchen Ihre Erlaubnis nicht, Frau Sinner.«

»Ella ist erst 16. Sie ist sehr sensibel. Es kommt gar nicht infrage, dass Sie mit ihr reden. Ich will das nicht!« Erin Sinners Stimme hat sich beim letzten Satz regelrecht überschlagen. Auf ihrer Stirn haben sich inzwischen Schweißperlen gebildet.

»Nun gut, ich verspreche Ihnen, wir werden Ella nur nach ihrem Alibi zur Tatzeit befragen. Aber Tamara ist 19, mit ihr werden wir ausführlicher sprechen.«

Erin Sinner zögert kurz. Dany merkt, wie sie gedanklich mit sich ringt. Dann nickt sie zustimmend.

Dany wendet sich an Julia. »Fürs Protokoll, es ist jetzt 16.40 Uhr. Das Gespräch mit Frau Sinner ist beendet.«

KAPITEL 10

Draußen dämmert es und die Straßenlaternen springen an. Feuchter Nebel legt sich um das Licht.

»Dany, willst du wirklich um diese Uhrzeit noch die Mädchen vernehmen?«, fragt Julia. Die ganze Befragung über hat sie sich Notizen gemacht und Dany kann sich gut vorstellen, dass sie genug davon hat. »Eigentlich wollte ich heute noch joggen gehen.«

»In dem Nebel? Tut mir leid, aber wir müssen das Eisen schmieden, solange es heiß ist. Die Sinner ist alarmiert und wird ihre Töchter sonst sicherlich zum Stillschweigen bewegen. Das können wir nicht riskieren. Momentan sind sie noch ahnungslos. Bring uns zuerst die Jüngere herein.«

»Ella?«

»Genau die.«

Julia greift nach ihrem Handy und verlässt den Raum. Sicher teilt sie ihrem Freund draußen mit, dass es heute etwas später wird. Berufsrisiko. Damit muss sie umgehen können. Dany ergreift auch die Gelegenheit, im Gang etwas auf und ab zu gehen. Sobald in ihrer Arbeit eine gewisse Routine auftaucht und sich die Abläufe bei den Vernehmungen wiederholen, überkommt sie oftmals Langeweile. Damit muss auch sie zurechtkommen. Auf dem

Display ihres Handys sieht sie, dass Felix angerufen hat. Ungewöhnlich. Aber er wird warten müssen.

Einige Minuten später betritt Ella Sinner, ein Teenager von kleiner, gedrungener Statur, zaghaft den Vernehmungsraum. Mit dem Mittelfinger schiebt sie die dunkle Brille zurück, blickt verunsichert zu Dany und dann gleich zu Boden. Ihr dunkles, langes Haar hat sie mit einer Spange in ihrem Nacken befestigt. Sie trägt eine weiße Bluse mit Stehkragen und einen schwarzen Rock, über der Bluse eine dunkelgraue Strickjacke.

»Bitte, Ella, darf ich Ella sagen?«

Das Mädchen nickt. Ihre Arme hat sie eng an ihren Körper gedrückt, die Hände ineinander verkrampft. Die Schultern und den Kopf beugt sie leicht nach vorne, als wollte sie sich vor etwas schützen.

Dany zeigt auf den Stuhl ihr gegenüber. »Setz dich doch.«

Julia greift zum Notizblock.

»Ella, wo warst du letzten Freitag zwischen 18 und 21 Uhr?«

Ella überlegt einen Moment und blickt dann hoch. »Um sechs war ich noch zu Hause und um halb sieben hat Mama mich und meine Freundinnen ins Kino gefahren. Wir haben uns den neuesten Film von Jennifer Lopez angeschaut.«

»In welchem Kino war das?«

»Im Utopolis auf Kirchberg.«

Das ist nur eine Viertelstunde über die Autobahn von der GDE entfernt, denkt Dany und schaut kurz rüber zu Julia, die sich etwas notiert.

»Wie heißen die Freundinnen?«

»Monique Thies und Anouk Keller.«

»Bis wie viel Uhr ging der Film?«

Ella zuckt mit den Schultern.

»Weiß nicht so genau, bis neun? Wir sind nachher noch in die Pizzeria im Utopolis.«

»Was habt ihr danach gemacht? Seid ihr weiter ausgegangen?«

»Nein. Das dürfen wir nur selten. Um elf hat meine Mama uns wieder vor dem Kinokomplex abgeholt.«

»Was hat deine Mutter zwischendurch getan?«

»Sie sagte, sie würde zu einer Freundin fahren.«

»Weißt du, wie die Freundin heißt?«

»Ja, Nicole Mahony. Aus dem Klub der schottischen Damen.«

»Wo wohnt sie?«

»In Weimershof.«

»Also knapp zehn Minuten Autofahrt vom Kino und 20 Minuten vom Tatort entfernt, nur so fürs Protokoll.«

Ella reißt erschrocken Augen und Mund auf.

Dany hat Mitleid mit der Kleinen. »War deine Mama pünktlich?«

»Ja.«

Ella schaut verunsichert von Dany zu Julia.

»Warst du pünktlich?«

»Ja, keine Ahnung, zehn Minuten verspätet vielleicht.«

Sie wirkt panisch. »Stehe ich jetzt unter Verdacht?«

Dany bemüht sich, das Mädchen freundlich anzulächeln und sich nicht anmerken zu lassen, dass sie die Aussage amüsant findet.

»Nein. Wo war deine Schwester zu der Zeit?«

»Mit ihrem Freund unterwegs.«

»Wie heißt der?«

»Joachim Frendl.«

»Ein Deutscher?«

»Ja, sie kennt ihn aus der Europaschule.«

»Wie lange sind sie schon zusammen?«

»Weiß nicht genau … ein paar Jahre vielleicht?«

»Gehst du auch zur Europaschule?«

»Ja.«

»In welchem Schuljahr?«

»Im drittletzten Jahr Gymnasium.«

»Und deine Schwester, in welchem Jahr ist sie?«

»Auch im drittletzten.«

»Müsste sie nicht längst mit dem Gymnasium fertig sein? Sie ist doch schon 19.«

»Ja, aber sie hatte es schwerer als ich.«

»Was meinst du damit?«

Ella senkt wieder ihren Blick und zuckt kurz mit den Schultern. »Keine Ahnung, sie lernt halt nicht so gut.«

Dany seufzt. Das ist genau das, was sie vorhin mit Langeweile meinte. Die Befragung dreht sich im Kreis. So kommen sie nicht weiter.

»Ella, kannst du uns etwas über deinen Papa erzählen?«

Julia sieht Dany fragend an. Hatten sie Erin Sinner nicht versprochen, Ella in Ruhe zu lassen?

»Wir haben ihn nicht oft gesehen, und wenn er da war, hat er nicht mit uns geredet.«

»Wie? Überhaupt nicht?«

Unschlüssig schaut Ella von Dany zu Julia und dann wieder zu Dany. »Doch, manchmal, wenn es um die Schulzeugnisse ging.«

»Wie hat er reagiert, wenn ihr schlechte Noten bekamt?«

»Er war halt sauer.«

»Und wie hat er das gezeigt?«

»Na, er sagte halt, dass wir nichts taugen und ihn das nicht wundere. Dass aus uns eh nichts werden wird und wir uns gleich zum Toilettenputzen bewerben können. So Sachen halt.«

»Und wie war er mit deiner Mama? War er da anders?«

Ella läuft rot an. »Weiß nicht.«

Dany sieht irritiert zu Julia. »Haben eure Eltern viel miteinander geredet?«

»In der letzten Zeit nicht mehr.«

»Hatten sie Streit?«

Ella zuckt mit den Schultern.

Dany muss es anders probieren. »Du sagtest gerade, ihr seht euren Vater nicht oft. Wie verläuft denn ein Abend so generell bei euch zu Hause? Esst ihr nicht alle gemeinsam? Seht ihr nicht zusammen fern?«

»Mama macht immer das Abendbrot. Wir Mädchen decken den Tisch. Um sechs essen wir Brote mit Aufschnitt, mal mit, mal ohne Salat. Danach lassen wir Papa das Nötigste stehen und räumen den Rest weg. Mama sieht noch etwas fern und wir gehen in unsere Zimmer.«

»Jeden Abend?«

»Ja, außer wenn sie zusammen ausgehen. Benefizgalas und so. Dann sind wir allein zu Hause. Aber das kommt nicht oft vor.«

»Und wann kommt der Papa in der Regel nach Hause?«

»Meistens gegen acht, manchmal aber auch erst um zehn oder gegen Mitternacht. Hängt davon ab, mit wem er unterwegs ist. Äh … war.« Sie schaut rasch hoch, erstaunt über ihren Lapsus, den Dany ignoriert.

»Wenn der Papa nach Hause kam, was hat deine Mama dann getan?«

»Sie hat weiter ferngeguckt.«

»Das heißt, dein Papa hat allein zu Abend gegessen?«

»Ja.«

»Und was tat er danach?«

»Danach ist er meist in sein Büro oder gleich ins Bett.«

Dany und Julia wechseln Blicke. Eine intakte Familie.

»Danke, Ella. Wir haben keine Fragen mehr. Es ist jetzt 17.43 Uhr. Das Gespräch mit Ella Sinner ist beendet.«

KAPITEL 11

Mittwoch, den 26. Januar, 17.55 Uhr

Julia begleitet Ella zu ihrer Mutter in die Cafeteria. Dany steht kurz am Fenster und schaut hinaus auf den Knuedler. Was macht das aus einem, wenn man so leben muss wie die Sinners? Sie denkt an ihre eigenen zwei Jungs. Wie oft sie gemeinsam am Abendtisch gesessen und sich Witze erzählt haben. Sie mag sich gar nicht vorstellen, wie die Sinner-Mädchen sich ohne diese Vertrautheiten gefühlt haben müssen.

Minuten später beginnt die Vernehmung von Tamara, die eine ganz andere Körpersprache aufweist als ihre Schwester. Selbstbewusst betritt sie den Raum, schaut sich lässig in Ruhe um und kaut mit offenem Mund an ihrem rosa Kaugummi. Zu einem schwarzen Minirock hat sie passende Leggings gewählt, hat ihre Augen dunkel geschminkt und trägt einen Nasenring.

Tamara geht gleich in die Offensive. »Ist das hier der Ort, wo ihr die Mörder vernehmt? Ist das hier der Spiegel, wo ihr hindurchblicken könnt?«

Dany ist angenehm überrascht. Nach der Schlafpille von vorhin wirkt Tamara erfrischend.

»Ja, aber da steht heute niemand.«

Dany ist heilfroh, dass man ihrem Team vor zwei Jahren die Umbauten des Vernehmungsraums nach langem Hin und Her genehmigt hat. Über die verspiegelte Scheibe können alle die Befragungen mitverfolgen, ohne selbst im Raum zu sein.

Tamara mustert Dany neugierig, die ihr Zeit lässt und den Blick ruhig erwidert. Die Unverfrorenheit der älteren Sinner-Tochter macht sie gespannt auf das, was Tamara zu erzählen hat.

Dany stellt ihr die gleichen Fragen wie Ella und bekommt bestätigt, was die Schwester vorhin aussagte.

»Tamara, wie lange bist du schon mit deinem Freund zusammen?«

»Von wem wisst ihr denn, dass ich einen Freund habe? Hat Mama geplappert?«

»Nein, deine Schwester hat uns das erzählt.«

»Die kleine Schlampe. Die soll ihr Maul halten!«

Was für ein Kontrast Tamaras Auftreten zu dem ihrer Schwester bildet, denkt Dany. Auch Julia kann ihre Überraschung nur mühsam verbergen.

»Wie heißt dein Freund?«

»Joachim Frendl. Warum wollt ihr eigentlich seinen Namen wissen? Er hat doch gar nichts damit zu tun!«

»Reine Routine. Wie lange bist du mit ihm zusammen?«

»Drei Jahre und vier Monate.« Sie bläst eine Kaugummiblase und lässt sie platzen.

»Kannst du uns sagen, wo du letzten Freitag zwischen 18 und 21 Uhr warst?«

»Bei ihm zu Hause im Bett.« Tamara beugt sich vor, legt die Ellbogen auf den Tisch, ihren Kopf in ihre Hände und schaut Dany provozierend an.

»Die ganze Zeit?«

»Ja, sogar noch länger. Die ganze Nacht, wenn Sie es genau wissen wollen. Nur gefickt haben wir und zwischendurch waren wir uns bloß mal beim Japaner Sushi holen. Sex macht hungrig, wissen Sie!«

Dann macht sie mit Daumen und Zeigefinger der einen Hand einen Kreis und fährt mit dem Zeigefinger der anderen ins Loch – rein und raus – und leckt sich die Lippen. Tamara sieht Dany dabei mitleidig an, wie jemanden, der garantiert nicht mehr weiß, was Sex überhaupt ist. Dany ignoriert Tamaras obszöne Gesten. »Wo wohnt dein Freund? Um welches Sushi-Restaurant geht es und um wie viel Uhr war er dort?«

Tamara legt sich lässig zurück und zieht mit den Fingern an ihrem Kaugummi.

»Mein Freund wohnt auf dem Limpertsberg und das Restaurant ist gleich um die Ecke. Wir haben da angerufen und eine halbe Stunde später hat Jo die Bestellung abgeholt. Ich bin im Bett geblieben.«

»Um wie viel Uhr war das und kannst du dich erinnern, wie lange er weg war?«

»Mann, was weiß ich ... gegen acht? Keine Ahnung, hab nicht auf die Uhr gesehen. Jedenfalls nicht lange, sonst wäre mir das ja aufgefallen.«

»Gut, dann werden wir Joachim befragen.«

»Der weiß das bestimmt auch nicht mehr.«

»Aber das Restaurant wird es wissen.«

Tamara rollt mit den Augen und legt provozierend ein Bein auf den Tisch, direkt vor Julia und Dany. »Mann, ja vielleicht!«

Nach einem Blickwechsel mit Dany legt Julia ihren Notizblock ab und verlässt kurz den Raum, um Leo zu bitten, die Alibis der Familien Sinner und Foerster und das von Joachim Frendl zu überprüfen.

Unterdessen bittet Dany Tamara freundlich, aber bestimmt, das Bein wieder vom Tisch zu nehmen. Nach einer langen Pause befolgt Tamara Danys Anweisungen, voller Abscheu vor diesem Unort der Ordnung.

»Ich nehme an, es gibt niemanden, der bestätigen kann, dass ihr die ganze Zeit bei ihm zu Hause wart?«

»Was denkt ihr denn?«, grinst Tamara und lässt geräuschvoll ihr Kaugummi quietschen.

Langsam beginnt sie, Dany zu nerven. Als Julia wieder den Raum betritt, gibt Dany das Wort an ihre Kollegin ab. Julia setzt sich, beugt sich nach vorne und blickt Tamara konzentriert in die Augen.

»Tamara, was sagst du dazu, dass dein Vater tot ist?«

Dany schaut Julia verwundert an. Das war mutig.

»Na, gut ist das! Wer immer das getan hat, gehört belohnt.«

»Wie bitte?« Dany denkt, sie hört nicht richtig.

»Das Schwein soll in der Hölle verrecken. Habt ihr gut zugehört? VER. RECK. EN.«

»Aha, und wieso?« Julia bleibt gelassen.

»Wisst ihr, es gibt Leute, die sind zu nichts nutze, außer dazu, anderen Leuten im Weg zu stehen und ihnen wehzutun. Die hinterlassen nur Scherben, egal wohin sie gehen, nur eine Spur aus Müll. So einer war mein Vater. Ein Dreckschwein.«

Dany ist immer wieder verwundert, wie schnell die Menschen ihr eigenes Nest beschmutzen, wenn es darum geht, sich selbst reinzuwaschen.

»Was meinst du mit ›Dreckschwein‹?«

Tamara wird still, lehnt sich zurück und sieht auf den Tisch. Genau wie ihre Mutter und ihre Schwester zuvor. Schweigend bleiben alle drei in Gedanken versunken. Sekunden vergehen. Dany nutzt die Stille, um sich zu sammeln und zu verdauen, was sie eben gehört hat. Schließlich schaut Tamara ernst auf und spricht. Ihr Kaugummi scheint sie in die hinterste Ecke ihres Mundes gesteckt zu haben. Jedenfalls ist es nicht mehr zu sehen.

»Mein Vater wollte uns nicht. Weder meine Schwester noch mich. Er wollte bloß Jungs. Als er die nicht bekam, zeigte er kein Interesse an uns. Dass er nur Jungs wollte, hat er uns auch ständig unter die Nase gerieben.« Tamara speit den Satz regelrecht aus.

»Den größten Spaß hatte er daran, uns zu demütigen. Geistig zurückgeblieben nannte er uns. Ha!«

Sie lacht bitter. Von ihrer Großkotzigkeit ist nichts mehr übrig. Nur noch die Trauer eines Mädchens, dem Dany wünscht, wenigstens einen Freund zu haben, der sie nicht nur fickt, sondern auch liebt.

»Das Schlimmste war nicht mal, dass er uns gedemütigt hat, sondern dass er uns auch bei fremden Menschen schlechtmachte. Überall hat er rumerzählt, mit was für geistig Zurückgebliebenen er es daheim zu tun hätte. Über Mama hat er auch so gesprochen. Vor ihren Freunden, vor seinen Kollegen, ob wir dabei waren oder nicht.«

»Und ihr habt euch das gefallen lassen?«

»Sie verstehen das nicht. Hätten wir uns gewehrt, wäre alles nur noch schlimmer geworden. Er hat einfach nie damit aufgehört, hat hämisch über uns alle gelacht. Und Mama? Die hat geschwiegen und den Boden angestarrt. Das war die beste Methode, ihn zum Schweigen zu bringen. Den Außenstehenden war das eh nur peinlich. Die haben bloß mitleidig weggeschaut und geschwiegen. Alle hatten Angst vor ihm.«

»Was hat er denn zum Beispiel so gesagt?«, fragt Julia.

»Dass Mama zu nichts nütze sei, sich nicht integrieren kann, sogar kein ordentliches Luxemburgisch spricht. Dass sie es nicht fertiggebracht hat, ihm einen Sohn zu schenken. Dass er sich wundere, wieso er so eine Gans überhaupt geheiratet hat. Dass er zu Hause nur von geistig Zurückgebliebenen umgeben ist. Ich habe ihn so gehasst.«

Tamara schaut auf ihre Hände. Keine Trauer ist ihr anzumerken. Nur noch blanke Wut. Und … Erleichterung? Sie ahmt das Gelächter ihres Vaters nach.

»Geistig zurückgeblieben! Gnarr, harr, har.«

Dany wird fast schlecht. Sie kann sich das gar nicht vorstellen. Ihr eigener Vater hat sie geliebt. Einfach nur liebgehabt, gut, warmherzig und verlässlich.

»Weißt du, wie sein Verhältnis zu seinen Mitarbeitern war?«

»Er hat selten was erzählt, aber wenn, dann hat er auch die ins Lächerliche gezogen. Wir kannten ihn gar nicht anders. Aber keine Ahnung. Hat uns auch nicht interessiert. Wir waren froh, wenn er nicht da war, und das war's.«

»Wieso hat deine Mama sich das gefallen lassen? Wieso hat sie ihn nicht verlassen?«

Tamara grinst hämisch. »Von einem hochintelligenten, kranken Typen wie meinem Vater und ohne eigenes Geld lässt man sich nicht einfach so scheiden. Sie hatte keine Chance!«

Trotzdem, Dany hätte sich gewehrt. Oder?

Was für eine Falle. Was für ein Leben. Ein Motiv hätten alle Familienmitglieder gehabt. Nur hatte jedes augenscheinlich auch ein Alibi.

»Julia, hast du noch eine Frage an Tamara?«

Julia schüttelt bestürzt den Kopf.

»Es ist 19.18 Uhr. Das Gespräch ist beendet.«

KAPITEL 12

Donnerstag, den 27. Januar, 07.18 Uhr

Am Donnerstag früh ist Dany die Erste im Büro. Sie hat die Nacht durchgeschlafen. Kein Wunder nach dem Tag. Als sie gestern nach Hause kam, lag ein Zettel auf dem Küchentisch, von Nathalie. Sie habe noch eine Parteiversammlung, es würde spät werden. Halb enttäuscht, halb erleichtert hatte Dany sich dann eine Pizza bestellt. Sicher ist Nathalie noch sauer auf sie, weil sie letzten Freitag so kurzfristig ins Büro gefahren ist. Und dann noch der Doppelmord! Bei all dem Stress kam Dany bisher nicht dazu, sich bei ihr zu entschuldigen. Sie war gestern Abend so erledigt, dass sie nach der Pizza nur kurz mit Felix telefonierte, der sich gerade im Examensstress befindet und etwas Aufmunterung brauchte. Danach hat sie sich sofort ins Bett gelegt.

Die Verhöre hatten sie mental so erschöpft, dass sie die Nacht durchschlief und gar nicht bemerkte, wie Nathalie nach Hause kam. Heute Morgen machte sie sich geräuschlos aus dem Haus, bevor Nathalie wach wurde. Sie hatte keine Lust, von Nathalie zu hören, dass sie doch bitte den Deckel des Joghurtbechers in den extra dafür vorgesehenen Abfalleimer schmeißen soll.

So langsam trudeln alle ein und diesmal ist Leo an der

Reihe, Kaffiskichelcher mitzubringen. Nachdem sie ihr Team auf den neuesten Stand gebracht hat, spricht Dany Leo an. »Was meinst du, hast du Lust, mich heute Morgen zur GDE zu begleiten? Du könntest dich dort gleich mit den Mitarbeitern unterhalten. Vielleicht hat einer was Ungewöhnliches bemerkt. Ich möchte noch einmal mit dem Direktor Pit Muller reden.«

»Gute Idee. Ich komm mit!«

Die Pantoffeln, die Leo im Büro gerne trägt, werden schnell mit Straßenschuhen ausgewechselt und los geht's.

Den Weg zur GDE legen sie mit der Straßenbahn zurück. Seitdem der öffentliche Transport im ganzen Land kostenlos ist, bewegt Dany sich in der Hauptstadt fast ausschließlich auf diese Weise fort. Sie findet es praktisch, dass sie sich keine Gedanken mehr um die Transportlogistik machen muss und dabei bei eventuellen Zeugen unangekündigt auftauchen kann. So bleibt ihrem Gegenüber keine Zeit, sich ausgeklügelte Antworten zurechtzulegen.

Nach der Anmeldung an der Rezeption wird Leo von einem Informatiker abgeholt. Dany sieht ihm hinterher.

Als Dany kurz darauf das Büro von Pit Muller betritt, wundert sie sich, wie die Direktoren es immer wieder fertigbringen, sich die schönsten Räume auszusuchen. Die bodentiefen Fenster erlauben einen Panoramablick über die zeitgenössischen Glaspaläste der Cloche d'Or. Ein Flugzeug im Anflug hält auf sie zu. Dany erschrickt laut.

»Keine Sorge.« Muller lacht. »Das wirkt nur so. Der Flughafen ist nicht weit von hier entfernt, und wenn die

Maschinen landen, sieht es aus, als würden sie in mein Büro krachen. Tatsächlich fliegen sie ein gutes Stück an uns vorbei. Bitte setzen Sie sich. Haben Sie schon eine Ahnung, wer Sinner und Foerster umgebracht hat?«

»Ich darf Ihnen nichts über die laufenden Ermittlungen verraten, Herr Muller, das verstehen Sie doch.«

»Natürlich. Womit kann ich Ihnen helfen?«

»Ich möchte mit Ihnen über Philip Sinner sprechen.«

»Nur zu.«

»Waren Sie schon Direktor, als Sinner vor 15 Jahren hier angefangen hat?«

»Nein, das war noch mein Vorgänger, aber der ist inzwischen verstorben. Ich habe aber schon hier gearbeitet. Wieso?«

»Wie haben Sie und Ihre Mitarbeiter reagiert, als Herr Sinner auf Drängen des Finanzministers Chef der Abteilung für Unternehmensberatung und Mitglied des Direktionskomitees wurde? Das muss doch Unmut hervorgerufen haben.«

»Nun, ich war erst seit zwei Jahren Mitglied des Direktionskomitees und kann mich sehr gut erinnern, dass uns Philips Auftauchen tatsächlich schockiert hat. Es war bis dato unmöglich, Quereinsteiger einzustellen. Die GDE war dafür berüchtigt, sich ihre Talente direkt frisch von den Unis zu holen und inhouse aufzubauen. Philip blieb auch eine Ausnahme. Als ich Direktor wurde, habe ich dafür gesorgt, dass keine Quereinsteiger mehr genommen werden.«

»Wieso eigentlich nicht? Die bringen doch viel Lebenserfahrung mit!« Dany nimmt dankend die Kaffeetasse entgegen, die die Sekretärin Mullers ihr gerade reicht.

»Wissen Sie, Frau Kerner, wir sind hier ständig in Kontakt mit der Politik. Daher ist es für uns sehr wichtig, dass unsere Mitarbeiter wissen, auf welcher Seite sie stehen. Wenn man junge Talente direkt von den Unis rekrutiert, dann kann man sie noch so formen, wie man sie braucht, und ich spreche hier nicht von Kompetenzen. Die erlernen sie sowieso erst im Beruf.«

»Loyalität ist für Sie also das Wichtigste?«

»Das kann man so sagen, ja!«

»Wie hat Herr Sinner sich denn hier integriert, als er angefangen hat? Sein Einstieg kann doch nicht spurlos an den Mitarbeitern vorbeigegangen sein. Bestimmt gab es einige, die sauer waren, dass ihnen da jemand dazwischenkam.«

»Es gab einige Abgänge nach seiner Einstellung, aber ob die nun darauf zurückzuführen sind, kann ich Ihnen nicht sagen. Warten Sie. Ach ja, da war was. Als er hier anfing, war gerade der Chefposten seiner Abteilung frei geworden, und soweit ich mich erinnern kann, hatten wir eine Mitarbeiterin von uns für den Posten vorgesehen. Ich glaube, sie arbeitete unter ihm in seiner Abteilung weiter und schien nicht sonderlich enttäuscht. Aber das ist Schnee von gestern. Zwei Jahre später ist sie in ein Ministerium gewechselt. Wurde dort Regierungsrätin. Ein gewaltiger Karrieresprung. Sie überholte damit Philip um einiges.«

Dany, die schon gehofft hatte, eine brauchbare Spur gefunden zu haben, nickt enttäuscht. 15 Jahre ... ein bisschen zu lange für eine späte Rache.

»Und wie war er so mit seinen Kollegen, als Chef?«

»Na ja, wissen Sie, in interne Angelegenheiten mische ich mich in der Regel nicht ein. Jeder hat seine Abteilung so zu führen, wie er es für richtig hält. Wenn der Personalchef Stefan Schreiber mich auf Ungereimtheiten aufmerksam macht, greife ich gelegentlich ein.«

Er denkt nach und steht auf.

»Bei Philip ist das sicherlich ein paarmal vorgekommen in den letzten 15 Jahren, aber das besprechen Sie am besten mit Herrn Schreiber. Ich muss Sie nun sowieso leider entlassen, da ich den französischen Botschafter mit einer Wirtschaftsdelegation aus der Bretagne empfange. Wenn Sie keine Fragen mehr haben?«

Dany springt überrascht vom Sessel auf, verabschiedet sich und lässt sich von der Sekretärin zum Büro des Personalchefs begleiten. Stefan Schreiber kommt ihnen schon entgegen.

»Hallo, Frau Kerner, Direktor Muller hat mich gebeten, Sie zum Mittagessen in unsere Kantine einzuladen. Sie haben doch sicher noch nichts vor, oder?«

Bei Entrecôte und Pommes erzählt der Personalchef Dany und Leo, der in der Zwischenzeit wieder zu ihnen gestoßen ist, über die Person Philip Sinner.

»Zugegeben, wir hatten es nicht einfach mit ihm. Im Laufe der Zeit haben zwei seiner Mitarbeiter ihn unabhängig voneinander wegen Mobbing angezeigt. Ben Vogt, ein männlicher Kollege seiner Abteilung, der auch Mitglied der Personaldelegation war, und Leonie Weber, eine sehr junge Praktikantin, die wenig später die GDE verlassen hat. Ben Vogt haben wir kurzerhand in eine andere Abteilung versetzt, um weitere Konflikte zu vermeiden. Kurze Zeit später hat er dann leider einen Hirnschlag erlitten und liegt seither in einem Pflegeheim. Seine Frau geht jeden Tag dorthin. Auch ich besuche ihn regelmäßig und lese ihm dann aus der Zeitung vor. Man weiß ja nie, was so ein Mensch noch mitbekommt. Ansonsten gab es keine nennenswerten Vorkommnisse.«

Offenbar plagt den Personalchef ein schlechtes Gewissen. Dany kann sich nicht vorstellen, dass er zu jedem Angestellten ein so inniges Verhältnis hat, dass er ihn privat besuchen würde. Aber was weiß sie schon? Nachdem Schreiber verspricht, ihnen die Kontaktdaten der zwei Personen zu schicken, die Philip Sinner anzeigten, verabschieden sich Leo und Dany von ihm.

Julia fängt die beiden im Büro ab. »Brauer möchte dich sprechen.«

Dany wählt die Nummer des Untersuchungsrichters.

»Frau Kerner, was soll das? Wieso müssen alle Mitglieder des Aufsichtsrats einberufen werden? Reicht nicht die Aussage des Präsidenten?«

»Wir müssen überprüfen, ob jemand am Tatabend etwas Auffälliges bemerkt hat.«

»Ich warne Sie, gehen Sie behutsam mit den Businessleuten um. Wir können momentan keine schlechte Presse gebrauchen.«

KAPITEL 13

Montag, den 31. Januar, 9 Uhr

Dany steht mit Julia hinter dem Spiegel im Vernehmungsraum und trinkt Kaffee. Sie ist froh, hier zu sein. Froh, dass der Kalender Montag zeigt. So fühlt es sich an für jemanden, den das Wochenende mit der Partnerin mehr anstrengt als eine Woche im Büro.

Sabine Vogt sitzt im Vernehmungsraum und sieht sich nachdenklich um. Dany und Julia beobachten sie hinter der verglasten Wand.

Julia nippt am Kaffee.

»Mann, sieht die abgespannt aus.«

»Was glaubst du denn? Jeden Tag ein Besuch im Pflegeheim, das hinterlässt Spuren.«

Dany fragt sich, was belastender ist: ein ständiger Streit mit dem Ehepartner oder das Leben von Sabine Vogt. Die Leere, die die Abwesenheit der Jungs zu Hause hinterlässt, wirkt wie ein Katalysator auf Danys Ehekrise. Nichts geht mehr. Doch jetzt ist nicht der Moment. Sie stellt ihre Tasse ab und begibt sich zu Sabine Vogt, dicht gefolgt von Julia.

»Hallo, Frau Vogt, danke, dass Sie sich die Zeit genommen haben.«

Sabine Vogt schaut verwundert, steht auf und streckt Dany selbstsicher ihre Hand entgegen. Dany zögert kurz, bevor sie den Händedruck erwidert.

»Nichts zu danken. Man hat mir gesagt, es ginge um den Doppelmord bei der GDE. Ich möchte Ihnen gerne helfen, aber ich bin mir nicht sicher, wie. Es ist schon eine Weile her, dass mein Mann da gearbeitet hat. Seither habe ich keinen Kontakt mehr zu diesen Leuten.«

»Außer zu Herrn Schreiber«, sagt Dany.

»Ach, jaja, er kommt manchmal vorbei und liest meinem Mann aus der Zeitung vor.«

Sabine Vogt wischt dieses Detail nachlässig mit der Hand weg, als spiele es keine Rolle. Kein Wort über den Grund seiner regelmäßigen Besuche.

»Frau Vogt, es war doch sicher schlimm für Sie, als Ihr Mann so plötzlich krank wurde. Die ganze Umstellung und so. Können Sie uns verraten, wie Sie über die Runden kommen?«

Sabine Vogt nickt heftig. »Es war wahrlich schwierig am Anfang, aber die Direktion der GDE hat mir damals bei der Suche eines Pflegeplatzes geholfen. Dank ihr konnte ich meinen Mann in der besten Einrichtung des Landes unterbringen, wo man sich fürsorglich um ihn kümmert. Finanziell ist es für mich nicht so schlimm. Ich arbeite als Französischlehrerin an einem Gymnasium, bin gut versorgt und kann mir meine Zeit einteilen. Ich besuche meinen Mann fast täglich.«

»Sie haben auch wieder einen neuen Partner, haben wir gehört.«

»Ja, ein Kollege aus dem Gymnasium. Er ist mir eine große Stütze.«

»Frau Vogt, in welchem Jahr war das, als Ihr Mann einen Schlaganfall erlitt?«

»Lassen Sie mich überlegen. Das ist elf Jahre her. Es muss also 2010 gewesen sein.«

»Können Sie sich erinnern, dass Ihr Mann Probleme mit seinem Chef Philip Sinner hatte?«

Sabine Vogts Gesichtsausdruck verfinstert sich. »Oh, und wie ich mich erinnere. Sinner war ein skrupelloses Schwein. Ben war heilfroh, als er versetzt wurde. Ungefähr acht Monate nach der Versetzung bekam er dann leider seinen Schlaganfall. In der Abteilung für Internationales hat er sich viel wohler gefühlt. Sein Chef dort ist gut zu ihm gewesen. Alle bei der GDE wussten über Sinner Bescheid, deshalb haben viele mit Ben mitgefühlt.«

»Um was ging es eigentlich genau zwischen Ihrem Mann und Sinner?«

Sabine Vogt atmet tief durch. »Ach, wissen Sie, es ist so lange her. Lassen Sie mich nachdenken. Sinner muss ungefähr zwei Jahre Bens Chef gewesen sein, als die Anzahl des Personals zum ersten Mal seit der Gründung der GDE das Limit überschritt, ab dem eine Personaldelegation die Interessen der Angestellten vertreten muss. Also sollten Wahlen für die Delegation stattfinden. Die GDE hatte erst kürzlich einen Personalchef eingestellt und das Personal sowie die Direktion hatten wenig Erfahrung mit solchen Dingen. Sinner kannte das alles schon aus seinem vorherigen Beruf. Wollte sich als Chef der Personaldelegation zur Wahl stellen, obwohl er selbst Mitglied der Direktion war. Da Ben der Einzige der Delegationsanwärter war, der sich in juristischen Belangen etwas auskannte, wusste er, dass das eigentlich illegal war. Einem Mitglied des Direktionskomitees ist es nicht erlaubt, sich für Delegationswahlen aufzustellen. Sinner wusste das auch, aber er wollte sich bewusst in die Delegation einschleichen, um sie besser beeinflussen zu können.«

Sabine Vogt schaut kurz zur Spiegelscheibe, als fände sie hinter dem Glas frische Erinnerungen.

»Ben ging von Büro zu Büro, um das Personal vor Sinners Vorhaben zu warnen. Was schließlich dazu führte, dass das Personal sich geschlossen bei der Direktion beklagte. Sicherlich hat Sinner sich mit der Direktion abgesprochen, aber ob die sich bewusst war, dass sie einen juristischen Fehler begeht, wenn er sich zur Wahl stellt, ist fraglich. Jedenfalls, nachdem das Personal rebelliert hat, musste Sinners Kandidatur schnell vom Tisch. Es war nicht im Sinne der Direktion, es sich von Anfang an mit der Delegation zu verscherzen.«

Sabine Vogt unterbricht sich kurz und nimmt einen Schluck aus ihrer Kaffeetasse.

»Sinner war ein sehr nachtragender Mensch und nicht gewohnt, dass jemand sich ihm erfolgreich in den Weg stellt. Er war sehr wütend auf Ben, der sich ab dem Moment seines Lebens nicht mehr sicher war. Also, beruflich. Sinner hat ihn schikaniert, wo er nur konnte. Hat Dinge erfunden, die Ben angeblich falsch gemacht haben soll. Da Ben jedoch schon lange vor Sinner in der GDE gewesen ist, kannten alle seine Qualitäten und zweifelten nicht an seinen Fähigkeiten. Außerdem wussten alle über Sinners Niederlage Bescheid, sodass die Direktion Ben ohne Weiteres geglaubt hat, als er bei ihr Hilfe suchte.«

Julia blickt Dany fragend an und sagt: »Das muss sehr belastend für Ihren Mann gewesen sein. Können Sie sich vorstellen, dass der Hirnschlag etwas damit zu tun hatte?«

»Anfangs dachte ich das und habe insgeheim Sinner für Bens Hirnschlag verantwortlich gemacht. Aber die Ärzte haben mir später versichert, dass so eine Situation nicht die Ursache für ein Blutgerinnsel sein kann.«

»Restzweifel sind Ihnen nicht geblieben?«

»Man sucht natürlich immer nach einem Schuldigen. Aber nach so vielen Jahren habe ich damit abgeschlossen. Das Leben muss weitergehen.«

Dany schaut Sabine Vogt tief in die Augen. Sie glaubt ihr. Ganz ausschließen kann sie Sabine Vogt als Verdächtige jedoch nicht.

»Aber wieso fragen Sie mich über Sinner aus? Ich habe in der Zeitung über den Doppelmord gelesen. Ist Sinner der Täter?«

»Nein, Frau Vogt, Sinner ist eines der Opfer.«

Überrascht zieht Sabine Vogt ihre Augenbrauen hoch.

»Was?! Ach je!«

Wenn sie spielt, dann spielt sie gut, denkt Dany.

»Und wer ist das andere Opfer? Doch nicht Herr Schreiber?«

»Nein, Frau Vogt. Wo waren Sie vorletzten Freitag zwischen 18 und 21 Uhr?«

»Sie verdächtigen mich?« Sie zeigt mit dem Zeigefinger auf sich selbst und lacht dann schallend. »Ich war bei Ben im Pflegeheim. Sie können gerne das Personal fragen.«

»Das werden wir, Frau Vogt. Sagt Ihnen der Name Mike Foerster etwas?«

»Ja, das war Sinners Schatten. So wurde er bei der GDE genannt. Wo immer Streiche zu spielen waren, war er ganz vorne mit dabei. Ist er das zweite Opfer?« Sie schüttelt ungläubig den Kopf.

Dany antwortet darauf nicht.

»Das wäre es dann fürs Erste, Frau Vogt. Vielen Dank für das Gespräch.«

KAPITEL 14

Montag, den 31. Januar, 14 Uhr

Nach der Mittagspause ist Leonie Weber an der Reihe. Da sie nicht freiwillig ins Revier kommen wollte, fahren Dany und Julia zu ihr nach Hause, wo sie noch mit ihren Eltern wohnt. Ein Haus in Howald, am Rande der Hauptstadt. Eines der letzten frei stehenden Häuser, die in den Siebzigern mit Qualitätsmaterialien gebaut wurden, mit viel Garten und ohne direkte Nachbarschaft. Ein wohlbehütetes Zuhause. Als Dany und Julia an der Haustür klingeln, öffnet ihnen eine verstört dreinblickende junge Frau. Leonie Weber. Dany wundert sich, was passiert sein kann, dass die Frau so furchtsam wirkt wie ein kleines Kind. Ganz so jung ist sie nicht mehr. Dany schätzt sie auf Anfang 30. Im Hintergrund taucht eine ältere Frau auf, wahrscheinlich ihre Mutter.

Nachdem Leonie Weber ihnen im Wohnzimmer einen Platz angeboten hat, setzt sie sich zaghaft in einen Sessel, ihre Hände zwischen die Beine geklemmt. Das Wohnzimmer wirkt überladen, überall Nippes und an den Wänden eine Blümchentapete in Blassrosa.

»Frau Weber, danke, dass Sie sich für uns Zeit nehmen. Wissen Sie, warum wir hier sind?«

Mit gesenktem Kopf antwortet sie: »Nicht so ganz,

wenn ich ehrlich bin. Man hat mir nur gesagt, dass es mit dem Doppelmord in der GDE zu tun hat.«

Dany möchte die verschlossene Leonie Weber aus der Reserve locken. »Philip Sinner und Mike Foerster wurden umgebracht. Sie kennen die beiden?«

Leonie Webers Körperhaltung ändert sich schlagartig. Sie setzt sich gerade auf, die Schultern nach hinten. Augen und Mund öffnen sich, als könnte sie die Nachricht nicht fassen. Erst zucken ihre Lippen, fast lächeln sie, dann wird Leonie Weber blass um die Nase. »Ja.«

Ein gehauchtes Flüstern. Die Haut ihres Gesichts glänzt. Mauerblümchen machen Dany nervös. Sie sind ein gefundenes Fressen für Männer, die glauben, sie könnten mit Frauen anstellen, was sie wollen.

»Frau Weber, wo waren Sie am 21. Januar zwischen 18 und 21 Uhr?«

Julia sieht Dany erstaunt von der Seite an. Sie ist es nicht gewohnt, dass ihre Kollegin so schnell auf den Punkt kommt. Dany ist es leid, immer wieder die gleiche Frage stellen zu müssen. Leid, dass sie weiterhin keine konkrete Spur haben.

Leonie Weber stottert. »Ich ... ich war zu ... zu Hause ... bei ... bei meinen Eltern. Wir haben uns Serien im ZDF angeschaut.«

»Welche Serien? Wie hießen die? Um was ging es da?«

Leonie Weber überlegt eine Weile. Dann zählt sie die Sendungen auf. »Soko Wien, Heute, Bettys Diagnose, Die Chefin, Soko Leipzig, heute-journal, heute-show. Danach ging ich ins Bett.«

Julia schreibt fleißig mit. Dann steht sie auf und verlässt den Raum, um sich im Haus auf die Suche nach Leonies

Mutter zu machen. Dany hegt keinen Zweifel, dass diese Leonies Alibi bestätigen wird, ein schwaches Alibi. Als Julia wiederkommt, nickt sie Dany kurz zu. Inzwischen hat Leonie begonnen, ihre Mobbing-Geschichte mit Sinner zu erzählen.

Sie habe ihr Abitur abgebrochen, weil sie dem Druck des Examens nervlich nicht gewachsen war. Ihre Eltern hätten ihr den Job bei der GDE besorgt, wo sie unter Sinner in der Abteilung für Unternehmensberatung kleinere administrative Aufgaben erledigen sollte. Sie sei nicht gut mit Sinner und seinen perfiden Spielchen zurechtgekommen.

»Was für Spielchen? Was meinen sie mit ›perfide‹, Frau Weber?«

Leonie Weber hebt ihre Hände, legt sie sich auf ihr Gesicht und schweigt. Dort, wo sie vorher flach auf dem Tisch lagen, zeichnet sich nun ein feuchter Abdruck ab. Als sie die Hände wieder ablegt, rollen ihr Tränen übers Gesicht. Leonies Mutter, die sich inzwischen zu ihnen gesellt hat, setzt sich zu ihr und legt den Arm um ihre Schultern.

Dany hätte das Gespräch anders angehen müssen. Sie kann schlecht mit Heulsusen umgehen. Julia hat da schon eher das nötige Feingefühl. Dany übergibt an sie.

»Leonie. Darf ich Sie Leonie nennen?«

Leonie Weber nickt. Sie hat plötzlich Schluckauf.

»Leonie, was ist damals vorgefallen? Erzählen Sie mir ruhig alles der Reihe nach. Es ist wichtig, dass wir Herrn Sinner so gut wie möglich kennenlernen.«

Leonie schluckt mehrmals. Ihre Mutter reicht ihr ein Glas Wasser. Nachdem sie sich etwas beruhigt hat, nimmt

Leonie ein paar kleine Schlucke und beginnt. »Sinner war stets unzufrieden mit mir. Einige meiner Kolleginnen haben das schnell erkannt und die Situation ausgenutzt. Sie haben mich ununterbrochen gepiesackt und aufgezogen, bei jedem Fehler. Wenn er dazukam, hat er mitgemacht und mich ausgelacht. Wir saßen zu sechst in einem großen Gemeinschaftsbüro, direkt neben der Rezeption, wo Start-ups ohne Termin vorbeikommen konnten, um sich beraten zu lassen. Ich war so naiv damals, frisch von der Schule. Ich sollte mich langsam in die Materie einarbeiten. Die spitzen Bemerkungen haben es mir sehr schwer gemacht, Fuß zu fassen. Ich wusste nicht, wie ich mich wehren konnte, hab mich nichts getraut.«

Sie schaut kurz zur Seite, reibt den Ringfinger ihrer rechten Hand mit dem Daumen. Über der Nasenwurzel bildet sich eine Falte.

»Sinner ... er hat es geliebt, mich vor meinen Kolleginnen aufzuziehen. Hat sie regelmäßig in meinem Beisein gefragt, was sie von meiner Leistung hielten. Ob sie zufrieden mit mir seien. Einige Kolleginnen haben mich daraufhin erpresst. Ich musste ständig allen Kaffee bringen, als Gegenleistung, dass sie mich bei Sinner nicht schlechtmachten. Als ich ihnen nach einigen Monaten sagte, sie sollten sich ihren Kaffee selbst holen, ging es mit der Schikane erst richtig los. Sie erzählten ihm, dass ich nur fürs Kaffeeholen tauge und nicht fähig sei, administrative Arbeiten oder beratende Tätigkeiten auszuüben. Als ich nach ein paar Wochen Urlaub am Morgen wieder im Büro erschien, hat die einzige nette Kollegin mich gleich mit zur Toilette gezerrt, um mir zu erzählen, was sich in meiner Abwesenheit abgespielt hatte.« Leonie Weber hält inne, schluckt schwer und muss husten. Wieder füllen sich ihre Augen mit Tränen.

»Lassen Sie sich Zeit, Leonie.« Julia legt ihr eine Hand auf den Arm.

Nach einer kurzen Pause fängt sie sich wieder. »Während ich weg war, hat Sinner die ganze Abteilung zusammengetrommelt, um sich über mich zu beraten. Hat alle gefragt, was sie von mir halten, und ihnen seine Meinung gewissermaßen in den Mund gelegt. Schürte ihren Beschiss und schlug gleich vor, mich rauszuschmeißen. Sie hätten in den letzten Monaten festgestellt, dass ich es nicht bringen würde. Da sich alle nur bei Sinner einschleimen wollten, wurde mein Rausschmiss besiegelt. Als ich davon hörte, war ich so entsetzt, dass ich die Toilette nicht mehr verlassen wollte. Das bedeutete ja, dass alle schon wussten, was mich erwarten würde, als ich an diesem Morgen wieder im Büro erschien. Wie demütigend das war. Ich war jung, einfach nur enttäuscht von der Berufswelt. Vielleicht habe ich geglaubt, dass es überall so zugeht. Es wäre mir jedenfalls nie in den Sinn gekommen, mich bei der Direktion zu beschweren.«

Ihre Wangen sind tränennass. Sie greift nach einem Taschentuch und schnäuzt sich.

»Erst nachdem ich meinem Vater die Kündigung gezeigt und ihm erzählt habe, was vorgefallen ist, ging er mit mir zur Direktion, um sich über Sinners Methodik zu beschweren. Ich hätte bleiben können, da die Direktion mit meinem Vater einer Meinung war. Sinner erhielt sogar einen Verweis. Aber mir blieb natürlich nichts anderes übrig, als zu gehen. Ich war verbrannt. Sinner hat dafür gesorgt, dass ich keinem mehr unter die Augen treten konnte.«

»Wie lange ist das her?«

»Sieben Jahre.«

»Und was machen Sie inzwischen beruflich?«

Die Antwort kommt von ihrer Mutter. »Sie hilft ihrem Vater in seiner Firma. Er ist Buchhalter.«

Dany bedankt sich für das aufschlussreiche Gespräch. »Es hat uns sehr geholfen, ein Bild von Philip Sinners Person zu bekommen. Wir belassen es erst mal dabei. Halten Sie sich aber bitte weiter zu unserer Verfügung.«

Leonie Weber nickt, steht auf, reibt sich die Hände an ihrem Hosenbein ab und begleitet sie zur Haustür. Ihre Mutter bleibt im Wohnzimmer und nickt ihnen zum Abschied nur kurz zu.

KAPITEL 15

Montag, den 31. Januar, 16 Uhr

»Gut gemacht«, lobt Dany Julia auf dem Rückweg. Woher hat Julia bloß dieses Gespür für Menschen? Bei den Vernehmungen ergänzt sie Danys nüchterne Art perfekt.

Im Büro hat Leo gleich eine schlechte Nachricht für Dany.

»Ich soll dir vom Untersuchungsrichter ausrichten, dass es uns untersagt ist, die Mitglieder des Verwaltungsrats mit Befragungen zu behelligen. Er habe sich die Sache noch mal durch den Kopf gehen lassen und findet, dass wir die Mitglieder unmöglich alle einzeln vernehmen dürfen. Sie seien sicherlich nicht in den Doppelmord verwickelt und es sei unter ihrer Würde, von der Polizei vernommen zu werden.«

»What the fuck!« Dany stürmt zur Toilette. Dort angekommen, reißt sie die Arme in die Höhe und springt mehrmals lautlos auf und ab. Wäre sie jetzt im Wald, würde sie sich die Lungen aus dem Leib schreien.

Es ist nicht das erste Mal, dass man öffentlichen Beamten einen Maulkorb versetzt, wenn bekannte Persönlichkeiten in einen Fall verwickelt sind. In regelmäßigen Abständen kommt es im Rotlichtmilieu zu Razzien, wo Prominente mit Drogen oder überhöhtem Alkoholpegel erwischt werden. Noch nie hat einer von ihnen die Nacht in Untersuchungshaft verbringen müssen. Bestraft wurde ebenfalls noch niemand. Jedes Mal wird dafür eine »elegante Lösung« gefunden.

Dany kommt mit verbitterter Miene aus der Toilette und setzt sich wortlos an ihren Schreibtisch. Muss sie sich eben was einfallen lassen. Die Kollegen schauen sich resigniert an, nicken einander zu und lassen Dany in Ruhe. Wenn dem Untersuchungsrichter nicht daran gelegen ist, den Fall zu lösen, dann gönnt sie sich eben eine Pause. Dany weiß, es ist eine Schwäche von ihr, aber nach so vielen Jahren bei der Polizei wird sie nur noch bockig, wenn sie so etwas erlebt. Soll der Brauer doch sehen, wie er seinen Mörder kriegt.

Als Dany vor die Tür tritt, erschrickt sie zuerst über die grelle Sonne, die so gar nicht zu ihrem Gemütszustand passt. Wie soll sie den Mord lösen, wenn ihr die Hände gebunden sind? Ihr schnürt sich die Kehle zu. Erst als sie ihr Motorrad sieht, eine Harley Nightster, bessert sich ihre Laune. Spontan beschließt Dany, eine Runde entlang der Mosel zu drehen. Sie atmet tief ein, startet die Maschine und genießt die Vorfreude, die in jedem Ton des kraftvollen Motors mitschwingt. Nach nur fünfhundert Metern stößt sie auf den ersten Stau, wieder eine Baustelle.

Überall in der Stadt nimmt der Staat Renovierungsarbeiten vor. Die Wirtschaft des Landes boomt weiterhin. Auch wenn regelmäßig vor einer möglichen Immobilienblase gewarnt wird, steigen die Preise munter weiter, sodass kein Einheimischer sich mehr ein Eigenheim in Luxemburg leisten kann. Dieser Luxus ist reichen Geschäftsleuten aus dem Ausland vorbehalten. Das wird zunehmend zum Problem. Auch Dany und Nathalie konnten sich erst spät und nur gemeinsam die Wohnung kaufen, in der sie gerade leben. Und das nur, weil Danys Eltern schon verstorben sind und ihr etwas Geld hinterlassen haben.

Dany ist hin- und hergerissen. Als Präsidentin des Jachtklubs, in dem auch viele Zugezogene Mitglied sind, mag sie einerseits die Multikulti-Dynamik – über hundert verschiedene Nationalitäten leben allein in Luxemburg-Stadt. Andererseits hat sie Verständnis für die Luxemburger, die lieber unter sich bleiben möchten. Die meisten Zugezogenen kommen nur nach Luxemburg, weil sie schnelles Geld machen möchten, bleiben fünf bis zehn Jahre und geben sich nicht einmal die Mühe, aus Höflichkeit ein paar Brocken der Sprache zu erlernen. Vor allen Dingen die Franzosen sind dafür bekannt, dass sie, die Grande Nation, es nicht nötig haben, eine andere Sprache zu sprechen als die ihre. Leider sind es vor allem Franzosen, die in den Geschäften arbeiten und so die tägliche Umgangssprache bestimmen.

Manchmal denkt Dany nostalgisch an die Achtziger zurück, wo alles noch beschaulicher zuging. Die Dörfer hatten einen Dorfkern, mit viel Platz fürs Grüne. Jedes Haus hatte seinen eigenen, großen Garten und überall wurde Luxemburgisch gesprochen. Der Autoverkehr lief gemächlich ab und alle gingen höflich miteinander um. Schließlich konnte im anderen Wagen jemand sitzen, den man kennt. Heutzutage schneiden alle einem nur rücksichtslos die Vorfahrt. Dany fragt sich, ob sich die Gesellschaft geändert hat oder sie, die sich mit ihren 45 Jahren langsam zu alt fühlt für rasante Fahrmanöver. Obwohl sie gerne mit ihrem Motorrad durch die Gegend fährt, meidet sie generell die Stadt. Viel zu gefährlich. Autos hupen. Abgase beißen in der Lunge. Ein paar Fußgänger drängen sich an den Staufahrzeugen vorbei. Danys Gedanken verweilen in der Vergangenheit. In der Zeit, als weniger Menschen in Luxemburg lebten. Sogar wenn das bedeuten würde, dass der Reichtum wieder schrumpft. Denn was hilft Reichtum, wenn man im Ozon und im Autoverkehr erstickt, der Wohnraum kleiner wird, die Grünflächen rarer und alles hoffnungslos überteuert? Waren es vor zehn Jahren noch 500.000 Einwohner, so sind es mittlerweile 650.000. In 20 Jahren soll die Million überschritten sein.

Niemals würde sie mit jemandem über diese Gedanken sprechen, denn auch in Luxemburg gilt man sofort als fremdenfeindlich, wenn man zeigt, dass man lieber weniger Menschen im Lande hätte. Einem Menschen gegenüber ist Dany darin ehrlich, Nathalie. Doch was hilft es? Sie mögen ein Paar sein, aber Nathalie trägt als Mitglied der grünen Partei den Gutmenschen in extremis vor sich her. Ihre ständigen Belehrungen sind nicht auszuhalten. So wie sie beide spaltet die Bevölkerung sich in zwei Meinungsgruppen. Dany bedauert, mitansehen zu müssen, wie die politische Mitte in Luxemburg verschwindet. Die einen rutschen in eine extreme linke Ecke, während die Konservativen sich etwas mehr nach rechts bewegen. Niemand kann sich mehr in der Mitte halten, wenn die Politik die Probleme ignoriert, vor sich herschiebt und mutige Lösungen genauso behindert wie der Untersuchungsrichter die Ermittlungen. Das Fass wird bald überlaufen, und wenn das geschieht, will Dany nicht mehr hier sein!

Doch wohin?

Was wird die Zukunft bringen?

Dany fährt über die Landstraße Richtung Remich, links der Wald, rechts das sogenannte Grünland. Beides liegt noch feucht und kahl vor ihr. Der Wind beschert ihren Fingerkuppen beißende Kälte. Eben doch noch zu früh, mit dem Motorrad unterwegs zu sein.

Während Dany von einem Lebensabend auf See träumt, rund um die Welt, hat Nathalie ganz andere Pläne. Durch ihr Engagement in der Partei wird sie früher oder später ins Parlament gewählt werden und sich dort für den Kampf gegen den Klimawandel einsetzen. Dass die Mitglieder ihres Gemeinschaftsgartens alle fünf Jahre wechseln, um in ein anderes Land zu ziehen, und neue wieder hinzukommen, stört sie keineswegs.

»Macht es dir nichts aus, dass du keine festen Freundschaften aufbauen kannst und immer wieder aufs Neue die gleichen Dinge erklären musst?«, hat Dany sie erst letzte Woche gefragt. »Mich nervt es jedenfalls, dass ich jedes Jahr neue Leute in unserem Wohnzimmer sitzen habe, denen ich zum zigsten Male erklären muss, dass die Brasserie Guillaume das beste Fischrestaurant der Stadt ist. Ich würde mich auch gerne mal über tiefgründige Gespräche freuen und kontroverse Meinungen austauschen. Mit Freunden, die ich so gut kenne, dass sie mir nicht sofort weglaufen, wenn ich über ein heißes Thema zu diskutieren anfange.«

»Du bist so spießig geworden! Das ist nicht auszuhalten«, war Nathalies einzige Reaktion gewesen. »Dauernd nur dein Motorsport. Dabei vermiest der uns bloß unsere Ökobilanz. Du könntest ruhig mal auf umweltfreundlichere Sportarten umsteigen wie Kiten oder E-Biken.«

»Das ist überhaupt nicht spießig. Ganz im Gegenteil. Ich übe für eine Europareise auf den Flüssen. Wer weiß, vielleicht werde ich später sogar eine Segelweltreise machen.« Nathalie kommt gar nicht darauf, dass Dany das wahrscheinlich nur tut, um vor ihr, ihrem veganen Essen, ihren Predigten und ihren Ökolatschen zu fliehen. Dany atmet tief aus. Mittlerweile ist sie in Remich angekommen und steht dort vor einer roten Ampel. Hinter ihr hupt ein Auto. Sie hat in ihren Gedanken ganz vergessen, bei Grün loszufahren. Jetzt aber!

KAPITEL 16

Donnerstag, den 3. Februar, 09.15 Uhr

Am folgenden Donnerstag findet das Team sich nach Tagen der Recherchearbeit wieder zusammen. Danys Kollegen starren auf das Whiteboard, wo die Kommissarin steht. »Was haben die Mitarbeiter der GDE zum Mobbing gesagt?«

Marc, der Dany nicht nur wegen seiner Statur, sondern auch wegen seiner dunklen, beruhigenden Stimme an einen Schmusebären erinnert, räuspert sich. »Na ja, einige sind noch nicht lange genug bei der GDE, um sich an Ben Vogt und Leonie Weber zu erinnern, aber es gibt ein paar Alteingesessene, die bestätigen konnten, dass Philip Sinner bei seinem Personalmanagement merkwürdige Methoden anwandte. Außerdem wussten sie einige pikante Details zu erzählen. Nämlich, dass Mike Foerster gerne Philip Sinner dabei half, Mitarbeiter einzuschüchtern, indem er ihnen im Lift oder im Parkhaus auflauerte, sie bedrohte und ihnen vorschlug, nett zu bleiben und sich nicht bei der Direktion über Sinner zu beschweren. Vor allem Frauen soll er oft zu nahe getreten sein.«

»Oje, das klingt nach Arbeit.«

Manuel kratzt sich zerknirscht im Nacken. »Ich denke, wir müssen die ganze Belegschaft befragen, wo sie zum Zeitpunkt des Doppelmordes war, meinst du nicht auch?«

Dany nickt. »Tut das. Und befragt sie auch noch mal zu den Mobbingversuchen. Ob sie von solchen Handlungen der beiden wussten oder sogar selbst Derartiges erlebt haben. Emil, knöpf du dir den Personalchef vor. Er soll dir die Liste aller Beschwerden geben, die bei ihm eingereicht wurden. Bitte finde heraus, ob und was die GDE nach den beiden bekannt gewordenen Fällen unternommen hat, um den beiden das Handwerk zu legen. Ich kann mir gut vorstellen, dass nicht viel passiert ist. Schließlich schien der Sinner einen besonderen Draht zum Finanzminister zu haben. Leo, was kannst du uns über die Alibis der Befragten sagen?«

»Das Alibi von Sabine Vogt stimmt. Das Personal des Pflegeheims konnte bestätigen, dass sie gegen 17 Uhr bei ihrem Mann angekommen ist und den ganzen Abend bei ihm war. Erst nach Ende der Besuchszeiten, kurz nach 20 Uhr, ist sie wieder gefahren. Nicole Mahony, die anscheinend am Abend des Mordes mit Erin Sinner zusammen war, ist derzeit nicht erreichbar. Ihre Arbeitskollegen sagten, sie sei im Ausland und käme erst in ein paar Tagen zurück. Die Vernehmung von Isabelle Foerster steht für nächste Woche an, aber sie hatte ja gesagt, dass sie zum Zeitpunkt der Morde allein zu Hause war. Sie hat also kein Alibi. Die Freundinnen von Ella Sinner haben bestätigt, dass sie mit ihr im Kino waren und von Erin Sinner nach dem Pizzaessen abgeholt wurden. Auch, dass Erin Sinner sie zur angegebenen Zeit am Eingang des Kinos abgesetzt und dort wieder aufgegabelt hat.«

Dany nickt nachdenklich. Dazwischen liegen einige Stunden, in denen viel passiert sein kann.

»Das Restaurant in Limpertsberg konnte uns eine Kopie des Belegs aushändigen, der beweist, dass Joachim Frendl zur angegebenen Zeit die Sushis abgeholt hat. Außerdem hat ein Nachbar von Joachim Frendl, der im Erdgeschoss wohnt und anscheinend alles mitbekommt, die Aussagen der beiden bekräftigt.«

»Gut, dass wir solch aufmerksame Bürger haben«, bemerkt Dany spöttisch.

Die Kollegen lachen.

»Leo, bleib an Frau Mahony dran. Julia, du fährst zur Nachbarschaft von Isabelle Foerster und erkundigst dich über sie. Vielleicht kann uns jemand ihr Alibi bestätigen.«

»Geht klar.«

*

Am frühen Montagmorgen sitzt Dany in ihrem dicksten Pulli und mit einem langen Wollschal um den Hals an ihrem Schreibtisch im Kriminalkommissariat und sieht zum Fenster hinaus. Draußen sind es minus acht Grad. Im ausnahmsweise hellblauen Himmel kleben glasklar weiße Wölkchen. Wilhelm II., türkisfarben und aufrecht stolz auf seinem Pferd sitzend, starrt an ihr vorbei. Der Bereich rund ums Regierungsviertel ist mit alten Pflastersteinen belegt. Ein Graus für Damenschuhe mit Absatz. Einige im Regierungsviertel spötteln, es sei ja vielleicht so gewollt. So hielten die Herren der Politik sich die Frauen vom Hals. Der Weg zu ihnen sei steinig, im wahrsten Sinne des Wortes. Dany trägt nicht umsonst am liebsten Bikerboots. Sie schmunzelt.

Der Knuedler ist mit alten, hohen Gebäuden umsäumt, die noch aus der Renaissance stammen, vom Luxemburger Staat hochsubventioniert, damit sie denselben Glanz ausstrahlen wie einst. Das Rathaus ist in einem dieser Gebäude untergebracht und gleich daneben das Bürgerhaus, wo sich zugezogene Bürger einschreiben können. Die lange Schlange vor der Tür zeigt, wie viele es sind. Ansonsten befindet sich ganz Luxemburg im Winterschlaf. Dany fällt gerade fast selbst in einen solchen, als die Tür zum Großraumbüro aufgeht und Leo eintritt. Sie begrüßen sich knapp. Sie trinkt gerade den letzten Schluck aus ihrer Kaffeetasse. Das einzig Gute bei diesem feuchtkalten Wetter sind heiße Getränke und Gebäck. Sie gibt sich einen Ruck und geht gedankenverloren zur Küche, um sich einen weiteren Kaffee einzuschenken.

Heute steht das Gespräch mit Isabelle Foerster an, die Dany besonders verdächtig erscheint. Das liegt nicht nur daran, dass sie kein Alibi hat, sondern vor allem an ihrem seltsamen Verhalten, als sie vom Tod ihres Mannes erfuhr. Besonders traurig hatte sie darüber nicht gewirkt.

Zurück an ihrem Schreibtisch, rekapituliert Dany anhand von Julias schriftlichem Bericht, was sie über das Ehepaar weiß.

Die Foersters hatten sich in ihrer Schulzeit kennengelernt und blieben kinderlos. Mike Foerster hatte als Jungspund gleich nach dem Abitur bei der GDE angefangen und in seiner Karriere nie etwas anderes getan, als Azubis an Firmen zu vermitteln. Isabelle Foerster ist Bankkauffrau und arbeitet halbtags in einer Filiale in einem ihrer Nachbardörfer. Wie sie selbst bei ihrer ersten Begegnung sagte, hatten sie auf ihre Pension hin gespart. Privat verkehrten beide viel mit den Sinners.

Isabelle Foerster trägt Jeans und Sweatshirt. Ihr Haar lose zu einem Zopf gebunden, wartet sie unruhig am Eingang, von wo Dany sie gleich in den Vernehmungsraum bringt. Inzwischen ist auch Julia eingetroffen. Gerade in dem Moment, als die beiden mit der Befragung beginnen wollen, klopft Leo aufgeregt an die Tür, streckt seinen Kopf herein und bittet Dany nach draußen. Dany sieht betreten zu ihm hin und atmet tief ein.

»Es ist wichtig.«

Sie steht auf und tritt zu Leo vor die Tür.

»Ich habe gerade mit Nicole Mahony gesprochen. Du weißt, die Frau, zu der Erin Sinner anscheinend gefahren ist, nachdem sie die Mädchen ins Kino gebracht hat.«

»Ja, und?«

»Nichts dergleichen trifft zu. Sie hat Erin Sinner zuletzt vor sechs Monaten auf einem Sommerfest gesehen.«

»Sicher? Na, dann schnapp dir gleich eine Streife und bring mir Erin Sinner her. Sag ihr, wir hätten noch ein paar Fragen bezüglich ihres Mannes. Dann wollen wir mal sehen, wie sie das erklärt.«

Dany winkt Julia zu sich.

»Erin Sinner hat kein Alibi. Es deutet alles darauf hin, dass die beiden Ehefrauen der Toten etwas mit den Morden zu tun haben. Wir müssen sie aus der Reserve locken. Mit Isabelle Foerster fangen wir an. Reden wir mit ihr über die Mobbingvorwürfe und das private Verhältnis zu den Sinners. Sobald Erin Sinner da ist, lassen wir Isabelle Foerster ein bisschen schmoren und warten erst mal ab, welche Erklärung Erin Sinner uns für ihr falsches Alibi auftischen möchte.«

»Aber dass beide ihre Ehemänner vergiftet haben sollen … Dann hätte man sie beim Umtrunk doch bemerkt.«

»Abwarten.«

Beide kehren in den Vernehmungsraum zurück, wo Isabelle Foerster sie gebannt ansieht.

»Also, Frau Foerster«, sagt Dany, nachdem die Formalitäten abgeschlossen sind, »dann erzählen Sie uns doch mal, wo Sie waren, als Ihr Mann starb.«

»Ich sagte Ihnen doch schon. Ich war zu Hause und hab mir einen gemütlichen Abend gemacht.«

»Wie sieht denn ein sogenannter Abend bei Ihnen aus? Haben Sie ferngesehen? Ein Buch gelesen? Geschlafen?«

»Ich habe an unserer Steuererklärung gearbeitet. Die muss bis Ende März raus.«

Das zu widerlegen, wird schwierig, aber Dany wird es versuchen. »Und, haben Sie die Steuererklärung an dem Abend abgeschlossen?«

»Ja, nur abgeschickt habe ich sie noch nicht«, erwidert Isabelle Foerster zögernd und blickt von Dany zu Julia und zurück.

»Das heißt, die Steuererklärung liegt noch bei Ihnen zu Hause?«

»Ja, wieso, was hat das ...?« Unsicher flackert Isabelle Foersters Blick. Sie verstummt.

Dany spürt förmlich, wie sich ihre Gedanken überschlagen. Sie nutzt die Gelegenheit. »Dann haben Sie ja sicher nichts dagegen, wenn ich jetzt einen Kollegen zu Ihnen nach Hause schicke, um Ihre Aussage zu überprüfen.«

Isabelle Foersters Augen weiten sich ungläubig. Ihr Mund steht offen.

»Bitte geben Sie uns Ihren Hausschlüssel. Sie können auch warten, bis wir einen Durchsuchungsbeschluss haben, aber dann müssen Sie so lange hierbleiben, bis der vorliegt. Sie können uns allen jede Menge Zeit ersparen. Also?«

»Sie glauben, ich würde das alles nur erfinden? Ich habe nichts mit dem Doppelmord zu tun! So etwas würde ich nie machen. Ich habe meinen Mann geliebt. Philip Sinner war unser Freund. Wie kommen Sie dazu, mich zu verdächtigen?«

»Frau Foerster, Sie haben nun mal kein Alibi. Was würden Sie an unserer Stelle denken?«

Isabelle Foerster beugt sich nach vorne und verschränkt ihre Arme vor der Brust. Bockig blickt sie Dany an. »Ich weiß es nicht, aber ich habe es nicht getan.«

Es klopft und Leo erscheint im Türrahmen. Bedeutungsvoll nickt er Dany zu.

»Möchten Sie einen Anwalt?«

»Ich brauche keinen Anwalt.«

»Ganz wie Sie wollen. Im Nebenraum sitzt Erin Sinner. Sie haben beide kein Alibi. Was glauben Sie, welche Schlussfolgerung wir daraus ziehen?«

Isabelle Foerster schüttelt bestürzt den Kopf.

»Wir denken, dass Sie gemeinsam Ihre Ehemänner vergiftet haben, und würden gerne wissen, wie sie es getan haben.«

Da Isabelle Foerster vor Benommenheit kein Wort mehr herausbekommt, unterbricht Dany die Befragung. »Ich rate Ihnen, Ihre Aussage noch einmal zu überdenken. Warten Sie hier. Ich komme gleich wieder.«

KAPITEL 17

Im Nebenzimmer wartet Erin Sinner. Ihre Kleidung passt zu ihrer Umgebung. Der Raum ist grau und eintönig, ohne natürliches Licht. Ihr Gesicht hat rote Flecken, die Augen funkeln geschwollen.

»Frau Sinner, möchten Sie einen Anwalt hinzuziehen? Sie wissen, dass Sie ein Recht darauf haben.«

»Nein, danke.«

»Haben Sie eine Ahnung, wieso wir Sie abgeholt haben?«

»Nein, Ihr Kollege hat mir keinen Grund genannt.«

»Und wieso weinen Sie dann?«

»Weil ich alles so satthabe. Sie lassen mich nicht einmal in Ruhe trauern.«

»Ich bitte Sie, Frau Sinner, erzählen Sie uns doch keinen Stuss! Bei dem Ehemann? Da können Sie mir nicht erzählen, dass Sie groß trauern müssen. Ihr Mann war ein Sadist, hat Sie systematisch fertiggemacht. Außerdem haben wir herausgefunden, dass Ihr Alibi falsch ist. Nicole Mahony hat Sie zuletzt im Sommer vorigen Jahres gesehen, auf einer Benefizveranstaltung der schottischen Damen. Sie waren gar nicht bei ihr an besagtem Freitag! Also, wo waren Sie wirklich?«

Erin Sinner sieht Dany erschrocken an. Ihre Hände zupfen ruhelos an einem Taschentuch herum, bis sie sie über ihr Gesicht legt und zu schluchzen beginnt.

Dany und Julia sitzen ihr gegenüber, schauen sich an und lassen sie weinen. Erin Sinner hört und hört nicht auf. Ihre Schultern beben. Nach einer Weile sagt Dany: »Frau Sinner, wo waren Sie am 21. Januar zwischen 18 und 21 Uhr?«

Sie schluchzt immer lauter, steigert sich hysterisch in Keuchen und Jammern.

Dany flüstert Julia zu, dass sie den Polizeipsychologen holen soll.

Als André Hoght eintrifft, schluchzt Erin Sinner immer noch dermaßen, dass sie kaum noch Luft bekommt.

»Sie hört nicht auf«, flüstert Dany dem Psychologen zu. André deutet an, dass sie ihn mit ihr allein lassen sollen.

Dany und Julia verlassen den Raum. Kurz darauf kommt der kleine, kahlköpfige Mann wieder heraus, schließt sachte die Tür hinter sich und blickt Dany an. Sein Blick wirkt so sanft, wie er auch die Tür geschlossen hat.

»Na, wie geht's ihr?«

André hebt die Augenbrauen. »Es ist mir gelungen, sie etwas zu beruhigen. Ihr solltet sie ein paar Minuten in Ruhe lassen. Sie ist total am Ende. Ich nehme an, dass sie seit dem Tod ihres Mannes in einer Art Schockstarre war und nur für ihre Kinder weiter funktioniert hat. Ich weiß nicht, was ihr zu ihr gesagt habt, aber es hat sie komplett aufgelöst. Bevor ihr das Verhör wiederaufnehmt, bringt ihr vielleicht vorher noch einen Tee.«

»Das heißt, wir können fortfahren? Bist du sicher?«

»Ja, sie musste sich nur einmal gut ausheulen. Das geht schon wieder.«

»Okay, danke, André.«

»Wenn was ist, ich bin ja nicht weit weg.«

Dany ist froh, dass sie seit ein paar Jahren einen hausinternen Polizeipsychologen haben, den sie in solchen Fällen dazurufen können. Sie selbst ist nicht gut in solchen Dingen. Die eigenen Familienmitglieder kann sie trösten, aber mit fremdem Leid weiß sie nichts anzufangen. Auch sonst steht André Hoght den Polizeibeamten oft mit gutem Rat bei und sieht zu, dass das Klima im Revier mit all dem Testosteron nicht abrutscht.

Während Julia sich um Erin Sinners Tee kümmert, wendet Dany sich wieder Isabelle Foerster zu.

»Frau Foerster, nebenan sitzt Erin Sinner und wird gerade von uns vernommen. Wussten Sie, dass Ihr Mann und Herr Sinner ihre Mitarbeiter systematisch gemobbt haben?«

Isabelle Foerster wirft ihr einen unschuldigen Blick zu, den Dany ihr nicht abnimmt.

»Nein, keine Ahnung. Wenn wir zusammen waren, haben sie sich zwar des Öfteren mal über den einen oder anderen lustig gemacht, aber das, was Sie da sagen, ist mir komplett neu.«

»Wie gut sind Sie mit den Sinners befreundet?«

Isabelle Foerster wirkt nun alarmiert und krempelt sich erregt die Ärmel hoch. Dany kann sich darauf keinen Reim machen. Es handelt sich doch um eine harmlose Frage.

»Wieso fragen Sie mich das?«

»Ich möchte nur gern mehr über Ihre Freundschaft wissen. Wie oft haben Sie sich getroffen? Was haben Sie gemeinsam unternommen?«

Isabelle Foerster scheint fieberhaft darüber nachzudenken, worauf Dany hinauswill. »Ich würde sagen, so jede zweite Woche. Mal zum Grillen bei uns, mal zum Abendessen bei ihnen. Sporadisch sind wir am Wochenende irgendwohin ins nahe Ausland gefahren, haben uns eine Stadt angesehen. Trier, Paris, Brüssel, sind ja alle nur einen Katzensprung entfernt.«

»In richtige Ferien ging's nicht gemeinsam?«

»Nein, nie.«

»Haben Sie mal was mit Erin Sinner zu zweit unternommen?«

Isabelle Foerster schaut wieder misstrauisch. »Ja, wir haben uns regelmäßig zum Mittagessen getroffen und sind manchmal shoppen gegangen.«

Dany legt bewusst eine kleine Pause ein, bevor sie fortfährt. »Waren Sie am Freitagabend zusammen, zu dem Zeitpunkt, als Ihre Ehemänner ermordet wurden?«

Isabelle Foerster reibt sich die Hände an den Hosenbeinen ab und schaut zur Decke. Ihr Haar klebt ihr an der Stirn.

Dany spürt, dass sie etwas auf der Spur ist. Sie weiß zwar nicht, was, aber irgendetwas stimmt da nicht.

»Ich sagte Ihnen doch bereits, ich habe zu Hause die Steuererklärung gemacht.«

»Gut, dann werden wir das jetzt überprüfen. Geben Sie uns bitte Ihre Hausschlüssel.«

Isabelle Foerster zögert zuerst, greift dann aber zu ihrer Handtasche und gibt Dany die Schlüssel.

»Danke, Sie bekommen sie bald wieder.«

Dany verlässt den Raum, geht ins Großraumbüro zu Marc, reicht ihm den Schlüssel und beauftragt ihn, im Haus der Foersters nach der Steuererklärung zu suchen.

Marc nimmt benommen die Schlüssel und macht sich auf den Weg.

Dany möchte Isabelle Foerster etwas zappeln lassen und geht diesmal in den Raum, in dem Erin Sinner sitzt, ihren Tee mit beiden Händen umklammert. Julia redet ihr gut zu.

»Geht's wieder, Frau Sinner?«

Diese blickt auf und nickt Dany zu.

»Gut, also, wo waren wir stehen geblieben? Ach ja, wo waren Sie am besagten Abend?«

»Ich habe meine Tochter ins Kino gebracht.«

»Ja, das wissen wir schon. Und danach?«

»Bin ich einfach nur rumgefahren.«

»Rumgefahren? Wohin?«

»Na, einfach nur drauflos. Ich weiß nicht mehr genau. Ins Ösling, Richtung Stausee.«

»Frau Sinner, hören Sie doch auf damit! Das glaubt Ihnen doch keiner! Wir wissen, dass Isabelle Foerster auch kein Alibi für die Tatzeit hat. Waren Sie beide zusammen? Haben Sie beide zusammen Ihre Ehemänner getötet?«

»Was? Nein … Nein … Nein … Das haben wir nicht! Nein!«

Spricht sie die Wahrheit? Sie sieht so verzweifelt aus, scheint aber auch etwas zu verbergen. Genau wie Isabelle Foerster. Was halten die beiden nur zurück?

»Wir unterbrechen und machen eine Pause. Julia, komm bitte mit!«

Sie gehen in Danys Büro. Dany ist die Einzige, die eine Glaswand zwischen sich und ihren Kollegen hat. Als Chef muss man wenigstens ein Privileg genießen.

»Wir warten ab, bis wir was von Marc hören.«

Julia ist nicht überzeugt. Sie läuft ungeduldig vor Danys Schreibtisch auf und ab. »Ja, aber was, wenn er die unausgefüllte Steuererklärung findet? Dann haben wir trotzdem nichts in der Hand. Und wenn er sie nicht findet, dann beweist das noch lange nicht, dass sie die beiden Männer umgebracht haben. Wir haben gar nichts!«

»Ja, stimmt, aber dann haben wir wenigstens die Bestätigung, dass sie uns etwas verheimlichen. Dessen bin ich mir nämlich sicher und wir werden herausfinden, was es ist. Wir müssen nur genug Druck aufbauen. Wir behalten beide so lange hier, bis sie reden.«

Julia bleibt stehen und stemmt die Hände auf ihre Hüften. »Okay, aber lange dürfen wir das nicht, so ganz ohne triftigen Grund! Die beiden tun mir leid. Sie haben ihre Ehemänner verloren und nun werden sie von uns in die Mangel genommen.« Julia sieht Dany entrüstet an, die merkt, dass Julia durch ihr junges Alter noch nicht so abgebrüht ist wie sie selbst.

»Julia, ich weiß, es ist schwer, aber in unserem Beruf darf Mitleid keine Rolle spielen. Es lenkt zu sehr von den Ermittlungen ab. Du musst dich zwingen, sachlich an die Sache ranzugehen. Es klingt hart, aber wenn wir jedes Mal Mitleid mit den Verdächtigen hätten, würden wir keine Fälle lösen. Meistens haben Mörder nämlich ein verständliches Motiv und oft nur schlechtere Karten als die meisten Menschen. Es gibt ihnen aber trotzdem nicht das Recht, jemanden umzubringen.«

»Ja, das weiß ich doch! Aber was sagt dir, dass die beiden Frauen es getan haben? Es gibt doch so viele Mitarbeiter bei der GDE, die ein Motiv gehabt hätten.«

»Die wurden von unseren Kollegen überprüft und haben alle ein Alibi. Es bleiben uns nur noch die beiden Frauen, und wie wir wissen, hätte zumindest Erin Sinner ein starkes Motiv gehabt.«

Danys Handy vibriert. Sie nimmt es aus der Tasche und geht ran. Marc.

»Dany, ich habe die Steuererklärung gefunden. Sie ist blank!«

»Was?« Dany lächelt Julia erfreut an. »Was sagst du? Hast du auch die richtige vor dir liegen?«

»Ja, es ist die gemeinsame Steuererklärung des Ehepaares Foerster für das letzte Jahr und sie ist nicht ausgefüllt. Auch gibt es keine Ansammlung an Dokumenten in der Nähe, die darauf schließen ließen, dass man sich eventuell schon darauf vorbereitet hätte, sie auszufüllen. Nichts!«

Als die Ermittler Isabelle Foerster mit ihrer Falschaussage konfrontieren, gibt sie schließlich zu, dass sie den Abend mit Erin Sinner verbracht hat. Nachdem sie sich bei Dany vergewissert hat, dass ihre Aussage mit der größtmöglichen Diskretion behandelt wird, beginnt sie zu erzählen, wie die beiden sich im Laufe der Zeit angefreundet haben.

»Wir haben halt festgestellt, dass wir in der gleichen Lage waren. Wir hatten beide keine gute Ehe, Sex gab es schon lange keinen mehr, obwohl wir uns, was das anbelangt, noch sehr fit fühlen. Nur unsere Männer wollten uns nicht mehr. Sie behandelten uns nicht gut und wir blieben unsere Abende oft allein zu Hause, indes sie angeblich beruflichen Verpflichtungen nachgingen. Wir sind nicht naiv. Wir konnten uns natürlich denken, wo sie die Zeit verbrachten. Also beschlossen wir, es unseren Männern gleichzutun. Wir fühlten uns noch jung und wollten unser Leben nicht damit vergeuden, auf sie zu warten. Gleichzeitig wollten wir unsere Ehen nicht aufgeben. Wir hatten genug Beispiele in unserer Umgebung, um zu wissen, dass man als Frau allein auch nicht glücklich wird. Wir informierten uns übers Internet, wie wir trotzdem Spaß haben könnten, und fanden einen Swingerklub, der noch Mitglieder aufnahm. Jeden dritten Freitag im Monat verabredeten wir uns an diesem Ort, wo man sich in schwarzer Unterwäsche bewegt und eine Maske trägt, sodass niemand weiß, mit wem er gerade Sex hat. Es herrscht absolute Anonymität. Man kann selbst entscheiden, wie weit man gehen will, und alle respektieren das. Alles wird mit absoluter Diskretion behandelt.«

Interessant. Dany ahnte nicht, dass es so etwas überhaupt in Luxemburg gibt.

»Wussten Ihre Männer davon?«

Isabelle Foerster lacht. Sie sieht erleichtert aus. Das Versteckspiel ist vorbei. »Wo denken Sie hin? Das hätten die niemals toleriert. Nein, wir haben ihnen erzählt, wir würden uns zu zweit einen schönen Abend in einem Restaurant machen. Wir haben immer Restaurants ausgesucht, in denen wir schon mal waren. Wenn unsere Männer mitwollten, haben wir uns im Swingerklub wieder abgemeldet.«

»Das heißt, wenn wir im Swingerklub nachfragen, wird man uns Ihre Anwesenheit dort bestätigen?«

»Ja. Auf jeden Fall!«

Als Erin Sinner mit der Aussage von Isabelle Foerster konfrontiert wird, fängt sie wieder an zu schluchzen. »Bitte, sagen Sie niemandem etwas davon. Meine Kinder dürfen es auf keinen Fall erfahren.«

Während Dany ihr absolute Diskretion versichert, muss sie insgeheim schmunzeln.

»Obwohl, Ihre Tochter Tamara fände das sicher cool.« Erin Sinner schließt ihre Augen und lächelt schwach.

Nachdem Leo telefonisch die Bestätigung des Swingerklubs eingeholt hat, gibt Dany Isabelle Foerster die Hausschlüssel zurück und lässt die beiden Frauen gehen.

Nun stehen sie wieder ganz am Anfang.

KAPITEL 18

Dienstag, den 8. Februar, 20.30 Uhr

Nathalie schöpft allen der Reihe nach Bouneschlupp, eine Bohnensuppe nach luxemburgischem Rezept, auf die Teller. »Na, Jungs, erzählt mal, wie liefen denn eure Examen?« Dany verteilt Thüringer Würstchen, die die Jungs sich dazu gewünscht haben.

Ausnahmsweise sitzen sie heute zu viert am Abendtisch. Nach den Strapazen der Semester-Examen in Karlsruhe und Straßburg sind die Jungs am Wochenende nach Hause gekommen, um mit Freunden zu feiern.

Anton greift nach einem Stück Baguette.

»Geht so. Hab wahrscheinlich das Französischseminar verbockt. Die Professorin meinte, auch wenn ich in dieser Sprache einen Riesenvorteil gegenüber meinen deutschen Kommilitonen hätte, gäbe es mir noch lange nicht das Recht, den Unterricht zu schwänzen, und dass sich das auf meine Note auswirken würde. Wieso kümmert es sie, ob ich da bin oder nicht? Ich hätte ihren Kurs doch sowieso nur gestört, aus purer Langeweile.«

Dany, die neben Anton sitzt, verpasst ihm liebevoll einen Klaps auf den Hinterkopf. »Recht hat sie! Nur weil du einen sprachlichen Vorteil hast, bist du längst nicht besser als die anderen. Etwas Disziplin würde dir nicht schaden. Du hättest den Kurs interessanter gestalten können, indem du deinen Kommilitonen etwas von unserer Multikulti-Kultur erzählt hättest. Außerdem hast du die Eitelkeit der Dozentin verletzt. Dass Lehrer gerne Applaus bekommen, müsstest du inzwischen wissen.«

Felix spielt den großen Bruder und lacht ihn aus.»Weißt du nicht, dass es unhöflich ist, den Kurs zu schwänzen? Das macht man nicht.«

Nathalie schüttelt den Kopf.»Nun lasst ihn doch in Ruhe! Ich finde, die Professorin hätte ruhig toleranter sein können. Schließlich ist er schon erwachsen. Hier geht es nicht um ihre Befindlichkeiten, sondern um das, was sie ihm noch beibringen kann. Und das ist wahrscheinlich nicht viel.«

Felix und Dany schauen sich vielsagend an. Es ist nicht das erste Mal, dass Nathalie die Dozenten schlechtmacht, wenn diese sich trauen, ihre Söhne zu kritisieren.

»Und wie war's bei dir, Felix?«, fragt Nathalie.

»Müsste klappen! Vielleicht reicht's für den zweiten Platz. Die Beste des Jahrgangs kann ich eh nicht schlagen. Das Mädchen ist einfach eine Wucht.«

Hört Dany da Bewunderung?

»Ist doch nicht wichtig. Hauptsache, du kommst durch.«

»Das ist doch mal wieder typisch.«

Nathalies Haltung regt Dany auf.

»Natürlich ist seine Note wichtig. Zumal er doch später noch einen Master of Business Administration auf der NYU absolvieren möchte. Da muss man sich voll und ganz auf das Studium fokussieren, wenn man als Europäer an die Uni in New York will.« Dany kann nur den Kopf schütteln. Nathalie benimmt sich sogar bei ihren eigenen Kindern wie ein Vollblutpolitiker. Jedem zustimmen, auch wenn's Quatsch ist. Hauptsache, sich einschmeicheln und Punkte sammeln.

»Lass gut sein, Dany!«, meint Felix. »Das weiß ich doch alles. Mach dir keine Sorgen. Ich schaff das schon.« Er lächelt Dany zu und schlürft weiter seine Bouneschlupp.

Dany ist erleichtert. Ja, um ihn braucht sie sich keine Sorgen zu machen.

Anton sieht Dany an. »Können wir nicht das Thema wechseln? Wie läuft's bei deinen Ermittlungen? Bist du dem Mörder schon auf der Spur?«

Nathalie schüttelt kategorisch den Kopf. »Ihr wisst genau, dass Dany nichts erzählen darf. Ratet mal, was ich letztes Wochenende getan habe?«

Dany steht auf, räumt den Tisch ab und geht in die Küche. Die Balkontür steht offen. Sie tritt nach draußen, setzt sich auf einen Stuhl und atmet tief durch. Hinter sich hört sie ein Geräusch. Felix steht im Türrahmen und sieht sie an.

»Hast du einen Moment?«

»Sicher, komm, setz dich zu mir.«

Er nimmt neben ihr Platz und zündet sich eine Zigarette an.

»Seit wann rauchst du?«

Der Rauch weht zu ihr hinüber. Felix blickt sie verlegen an. »Nur manchmal, während des Examens. Ich werde es mir wieder abgewöhnen.«

»Wie geht's dir denn so?«

»Alles okay.«

Jugendliche Einsilbigkeit.

»Sag mal, mit der Klassenbesten, läuft da was?« Dany
sieht, wie er rot wird. Sie hat mal wieder ins Schwarze
getroffen.

»Wie? Was? Nee, ach, ich weiß nicht. Sie will nicht.«

»Wieso denn? Du bist doch ein hübscher, kluger Junge.«

»Sie meint, ich sei zu republikanisch.«

»Ach, bist du das?«

»Na ja, manchmal bin ich einfach zu direkt.«

»Dann weißt du ja, was du zu tun hast. Musst halt an
deiner Ausdrucksweise arbeiten.«

»Sie ist fantastisch, Dany. Ich habe noch nie so eine
intelligente Frau getroffen.«

»Gib nicht auf. Lass ihr genug Zeit, dich richtig kennenzulernen. Dann wird das schon.«

Felix schaut abwesend zum Horizont, als wäre er auf
der Suche nach seiner Zukunft.

Dany schubst ihn mit der Schulter. »He, das wird schon.
Es gibt noch viele Mütter mit intelligenten Töchtern.«

Er schaut sie lächelnd an und nickt.

KAPITEL 19

Mittwoch, den 9. Februar, 09.55 Uhr

Vorige Woche hatte Tom Bach einen Artikel zum Doppelmord in der GDE veröffentlicht. Dabei hatte er es sich nicht nehmen lassen zu hinterfragen, welche Rolle der Untersuchungsrichter spielte, da doch bekannt sei, dass er einige Mitglieder des Verwaltungsrats gut kenne. Es würde hinter den Kulissen gemunkelt, er wolle seine sogenannten Freunde vor Vernehmungen schützen.

Daraufhin war Dany prompt in Brauers Büro beordert worden, wo dieser ihr mitteilte, er habe erreicht, dass sie und ihr Team den gesamten Verwaltungsrat treffen können, und zwar im großen Versammlungsraum der GDE.

Dany wusste, dass es keinen Zweck hatte zu protestieren, und akzeptierte diesen absurden Kompromiss. Sie wusste genau, dass Brauer ihr damit eins auswischen wollte, aber was konnte sie tun?

Er verabschiedete Dany mit den Worten: »Sollten Sie noch einmal versuchen, mich zu hintergehen, können Sie mit einem Disziplinarverfahren rechnen, das garantiere ich Ihnen.«

Dany verließ das Büro ohne ein einziges Wort, manchmal war es besser, den Mund zu halten.

Der Versammlungsraum der GDE wirkt mit seiner Länge von mindestens 15 Metern und einem ovalen Tisch, an dem bestimmt 40 Leute Platz nehmen können, sehr imposant. Die raumhohen Fenster gewähren freie Sicht auf das gegenüberliegende Gebäude der GDE, wo Dany gerade den geschäftigen Mitarbeitern bei der Arbeit zusehen kann. Sie muss sich eingestehen, dass diese Architektur sie beeindruckt, und merkt, dass eine gewisse Unruhe in ihr aufsteigt.

Die hintere Wand des Versammlungsraums ist mit Fotos bestückt, weiter vorne befindet sich ein Porträt des Großherzogs und weiter hinten die der ehemaligen Präsidenten der GDE. Als die Tür aufgeht, hören Dany, Leo und Julia Stimmengemurmel. Herein treten die 20 Mitglieder des Verwaltungsrats, von denen die meisten Dany bekannt vorkommen, sowie die sechs Mitglieder des Direktionskomitees der GDE, vorneweg Präsident Paul Zwirbel, der zum Kopfende des Tisches geht und auf das gegenüberliegende Ende zeigt.

»Bitte nehmen Sie Platz! Wie ich gehört habe, wollen Sie uns vernehmen, Frau Kerner. Bitte sehr. Wir stehen zu Ihrer Verfügung.«

Seine rund 30 Kollegen, die sich inzwischen um ihn gruppiert und ihre wohl üblichen Plätze an der Länge des Tisches eingenommen haben, werfen sich lachend bedeutungsvolle Blicke zu. An jedem der Plätze befinden sich Mikrofone und in der Mitte des Tisches ein Sender, der diese mit einer Telefonleitung verbindet. Sicherlich gedacht für Conference-Calls. Auch jetzt benutzt Zwirbel das Mikrofon, damit seine Stimme das hintere Ende des Tisches erreicht.

Das Auftreten der Anwesenden lässt Dany ahnen, dass sie sich vorher abgesprochen haben.

Sie blickt hinüber zu Zwirbel, der aus der Distanz viel schmächtiger wirkt.

Pit Muller steht auf und reicht Dany ein Dokument. Zurück an seinem Platz, drückt er auf einen Knopf und sein Mikrofon leuchtet rot auf. »Hier haben Sie die Liste derer unter uns, die am Abend des Neujahrsumtrunks am Tatort waren. Einige haben Ihren Kollegen schon gesagt, was sie wissen, und wie Ihnen inzwischen bekannt sein dürfte, ist das nicht viel.«

Dany lehnt sich vor und stellt ebenfalls ihr Mikrofon an. Es ist ganz leicht. »Können wir trotzdem erneut besprechen, wie der Abend verlaufen ist und wo sich jeder der Anwesenden zwischen 18.30 Uhr und 19.15 Uhr aufhielt?«

»Frau Kerner, Sie müssen noch mal auf den Knopf drücken, sonst funktioniert mein Mikrofon nicht.«

Dany drückt verunsichert den Knopf des Mikrofons.

»Wieso gerade diese Zeitspanne?«, fragt Direktor Muller.

»Weil gemäß unserer technischen Kriminalabteilung während dieses Zeitraums Ihren beiden Kollegen das Gift verabreicht wurde. Also, wo waren Sie zu dem Zeitpunkt?«

Wie abgesprochen wenden sich alle von Dany zum Präsidenten der GDE. Dieser ergreift lächelnd das Wort und faltet dabei die Hände: »Wir saßen geschlossen in den beiden ersten Reihen vor dem Podium und haben dem Wirtschaftsminister bei seiner Rede zugehört, die genau um 18.30 Uhr begonnen hat. Sie dauerte exakt eine halbe Stunde und pünktlich um 19 Uhr verließ der Minister mit seiner Gefolgschaft den Saal, um zu seinem nächsten Termin aufzubrechen. Ich begleitete ihn gemeinsam mit Pit

Muller zum Ausgang. Sämtliche Mitglieder des Verwaltungsrats standen noch beim Podium, als wir zurückkamen. Nicht wahr, meine Herren?« Er blickt kurz in die Runde. Ohne eine Antwort abzuwarten, fährt er gestikulierend fort.»Ja, und dann hörten wir Kluges Hilfeschreie. Wir brauchten eine Weile, um zu registrieren, was eigentlich passiert war.«

»Sind Sie sicher, dass keiner von Ihnen in der Runde gefehlt hat? Dass Sie alle zwischen 18.30 und 19.15 Uhr zusammengeblieben sind?«

»Selbstverständlich, Frau Kerner!«

Die Anwesenden blicken sie herausfordernd an.

»Es erscheint mir etwas merkwürdig, Herr Zwirbel, dass Sie sich alle angeblich so gut erinnern, wer wann wo war. Meine Herren, ich möchte Sie darauf aufmerksam machen, dass es schwere Konsequenzen für Sie haben wird, wenn Sie eine Falschaussage machen oder sich später erweisen sollte, dass Sie uns etwas vorenthalten haben.«

Muller beugt sich vor. »Was erlauben Sie sich, uns hier zu unterstellen? Das ist unerhört. An dem Abend hatte jedes Mitglied des Verwaltungsrats einen reservierten Platz. Es wäre uns aufgefallen, wenn jemand zwischendurch aufgestanden wäre. Auch haben wir uns vor dieser Unterredung miteinander ausgetauscht, um herauszufinden, wer wann mit wem geredet hat, und unsere Aussagen untereinander akribisch überprüft.«

Oder aufeinander abgestimmt, denkt Dany. Sie kocht innerlich. »Herr Muller, wir machen nur unsere Arbeit. Es ist wichtig, dass uns kein noch so kleines Detail entgeht. Waren alle Direktionsmitglieder an diesem Abend präsent?«

»Ja, alle. Ein solches Ereignis lässt sich keiner entgehen.«

»Und von den Verwaltungsratsmitgliedern?«

Alle sehen einander an, als würde jeder dem anderen den Ball zuwerfen. Muller antwortet. »Es fehlte nur René Foch, der wegen einer akuten Herzoperation nicht zugegen sein konnte.«

Dany flüstert Leo ins Ohr: »Bitte überprüfe das.« Dann fährt sie an den Präsidenten gerichtet fort: »Herr Zwirbel, wo waren die beiden Beamten des Ministers, als Sie ihn zum Ausgang begleitet haben?«

»Sie waren die ganze Zeit an seiner Seite.«

Es ist nicht zu übersehen, dass sich alle vorab abgesprochen haben und nichts Bemerkenswertes mehr aus ihnen herauszuholen ist. Dany beschließt, das Meeting zu beenden. Sie atmet tief durch. Was für eine ermüdende Ermittlung. Sie haben keine brauchbaren Spuren mehr.

KAPITEL 20

Mittwoch, den 18. Mai, 12.23 Uhr

Die Kälte hat sich verzogen und dem Frühling Platz gemacht, der Luxemburg von seiner schönsten Seite zeigt. Die warme Sonne erfreut Dany, auch wenn das Wetter nicht zu ihrer Gefühlswelt passen will. Ihre Situation zu Hause hat sich derart verschlechtert, dass Dany und Nathalie sich nur noch im Bett begegnen. Nicht dass dort noch irgendetwas laufen sollte. Stille beherrscht das Schlafzimmer und ansonsten geht jede ihrer Wege. Dany beginnt, sich damit abzufinden. Immer öfter ertappt sie sich dabei, wie sie sich ein Leben ohne Nathalie vorstellt. Nur, wo bleibt die Courage?

Vier Monate. Vier Monate ist es auch her, dass in der GDE zwei Menschen auf einen Schlag ermordet wurden. Gras will über die Sache wachsen wie Unkraut über die Rabatten, doch auch wenn Dany längst mit anderen Fällen beschäftigt ist, lässt ihr die Sache keine Ruhe. Was hat sie übersehen?

Ihre Gedanken schweifen zu dem ungelösten Fall, während sie gerade an einem Bericht über den Fund eines Ertrunkenen an der Mosel vom Vortag schreibt. Der Vermisste war nachts betrunken auf dem Nachhauseweg in den Fluss gestürzt. Klarer Fall! Keine Fremdeinwirkung. So wie meistens.

Ihr Telefon klingelt.

»Dany, hier ist Marc. Hast du Zeit?«

Seit der Ermittlung um den Doppelmord haben sie sich nicht mehr gesehen.

»Für dich immer, mein Freund. Was gibt's?«

»Wir haben hier in Clerf einen ähnlichen Fall wie den bei dir im Januar in der GDE. Verdacht auf Vergiftung! Da wir im Norden keine Erfahrung mit solchen Vergehen haben, meinte der Untersuchungsrichter, du solltest den Fall übernehmen. Kannst du kommen?«

»Noch ein Giftmord?«

Nicht schlecht, der Untersuchungsrichter. Hätte er mir aber auch selbst mitteilen können. Ist wohl unter seinem Niveau, wie? Dany muss laut gedacht haben, da Marc darauf antwortet.

»Na ja, ist nicht seine Schuld. Ich hatte mich angeboten, dir Bescheid zu sagen. Schließlich weiß ich ja, wie sehr du ihn magst.«

Sein Lachen ist ansteckend.

»Na gut, ich komme, wie lautet die Adresse?«

Die Autofahrt in den Norden Luxemburgs dauert in der Regel eine Stunde. Mit einer Länge von 81 und einer Breite von 55 Kilometern, dürfte das Land nicht zu den großen Playern der Welt gehören. Als Dany mit Julia und Leo eintrudelt, haben Mettys technische Ermittler bereits das Gebäude abgeriegelt. Diesmal handelt es sich um ein Privathaus. Wie Marc vorhin am Telefon erzählt hat, ist es das Anwesen von Paula Franke – das mutmaßliche Giftopfer und die Chefin der öffentlichen Budgethaushaltsverwaltung des Finanzministeriums. Dany seufzt. Nicht schon wieder jemand aus dem öffentlichen Leben. Was haben die denn alle, dass sie sich so gerne umbringen lassen? Das Haus ist eines der letzten, alten Herrenhäuser der Stadt Clerf, die unter Denkmalschutz stehen. Solche Gebäude sind ein Vermögen wert.

Als Dany das Haus betritt, läuft sie Marc über den Weg, der seinen Leuten gerade Anweisungen gibt.

»Ihr habt den Untersuchungsrichter gehört, Leute. Nehmt alles mit, was uns helfen könnte. Videokassetten, DVDs, CDs, Computer, Handys, alles. Man weiß nie, was man eventuell darauf finden kann.«

»Hi, Marc.« Schulterklopfend begrüßt Dany ihn. »Verdacht auf Vergiftung, sagst du? Gibt es eine Verbindung mit unseren Doppelmorden?«

»Ah, hallo, Dany.« Er dreht sich stirnrunzelnd um und sieht sie an. »Für diese Theorie ist es noch zu früh. Aber ungewöhnlich ist es schon. Drei Vergiftungen innerhalb von fünf Monaten …«

»Ja, aber warum hat der Mörder vier Monate verstreichen lassen, bevor er wieder zuschlägt?«

»Gute Frage.«

Marc fährt sich übers Haar. Dann zeigt er mit dem Finger ins modern möblierte Wohnzimmer, wo ein schlanker, braunhaariger Mittfünfziger auf dem beigen Sofa sitzt und apathisch vor sich hin starrt.

»Das ist Frau Frankes zweiter Ehemann Andreas Jung. Er war seit dem Wochenende beruflich im Ausland unterwegs und ist erst heute Morgen gegen 10 Uhr aus Dijon zurückgekehrt. Wir überprüfen gerade sein Alibi. Gestern Nachmittag hat er zuletzt mit seiner Frau telefoniert und mit ihr abgemacht, dass sie sich heute

Morgen zu Hause treffen und erst später ins Büro fahren würden. Deswegen ist er heute schon so früh aus Dijon abgereist, um sie noch zu erwischen. Als er eintrat, war er überrascht, sie nirgends im Haus zu entdecken. Erst als er zur Toilette musste, fand er sie dort tot am Boden liegend vor. Allem Anschein nach hat sie sich mehrmals in die Toilette übergeben. Sie muss da noch länger gelegen haben, bevor sie gestorben ist. Nach einer ersten Voruntersuchung schätzt Metty, dass sie zu dem Zeitpunkt wahrscheinlich schon mehr als 14 Stunden tot war. Er vermutet auch, dass es sich wieder um Vergiftung handelt. Womit und wie sie vergiftet wurde, kann er noch nicht sagen. Sicherheitshalber wird er die leeren Flaschen, den Inhalt des Mülleimers und alle angebrochenen Lebensmittel, die sich im Haus befinden, zur Untersuchung mitnehmen.«

Ein uniformierter Polizeibeamter nähert sich Marc. Er möchte ihm etwas zuflüstern.

»Du kannst es ruhig laut sagen.« Marc blickt zu Dany. »Wir haben keine Geheimnisse voreinander.«

Der Polizist blickt Dany verlegen an. »Das Alibi von Jung stimmt. Sein Hotel in Dijon hat bestätigt, dass er es um 06.20 Uhr in der Früh verlassen hat. Eine Kamera in der Lobby hat seine Abfahrt festgehalten. Das Hotel schickt uns eine Kopie der Aufnahme. Wie lange er sich in Dijon aufgehalten und wo und mit wem er sich dort getroffen hat, wird noch überprüft.«

»Okay, danke.«

Der Polizist nickt und entfernt sich.

»Sogar wenn er im Ausland war, kann er trotzdem die Vergiftung seiner Frau in Auftrag gegeben haben. Habt ihr ihn gefragt, ob er und seine Frau die Opfer der Doppelmorde kannten?«

»Nein, noch nicht.« Zerstreut wischt Marc sich einige Krümel vom Pulli. Dany wendet sich gedankenverloren ab. »Gut, dann rede ich jetzt mal mit ihm.«

Sie geht rüber zu Jung, setzt sich zu ihm und stellt sich vor.

»Guten Morgen, Herr Jung, mein Name ist Kerner. Ich bin Kriminalkommissarin und verantwortlich für die Ermittlungen hier.«

Jung nimmt sie zuerst gar nicht wahr. Leer starrt er auf einen Punkt vor sich, gelähmt von dem Undenkbaren, das dennoch passiert ist. Dany sieht sich um. Große zeitgenössische Gemälde schmücken das Wohnzimmer. Sie fühlt mit ihm, kann mit ihrer Befragung aber nicht warten.

»Herr Jung, mein Beileid zum Tod Ihrer Frau.«

Erstaunt sieht er zu ihr auf. »Danke.«

»Es tut mir sehr leid, aber ich muss unbedingt mit Ihnen sprechen. Mein Kollege hat mir erzählt, was sich heute Morgen hier zugetragen hat. Unser technisches Ermittlungsteam versucht gerade herauszufinden, woran genau Ihre Frau gestorben ist. Können Sie sich vorstellen, wer Ihr etwas antun wollte?«

»Antun? Wieso antun? Wurde Sie ermordet?« Er rauft sich das Haar.

»Nun, wir vermuten, dass Ihre Frau vergiftet wurde.«

»Oh, mein Gott! Wer? Das kann doch nicht wahr sein! Wäre ich doch nur hiergeblieben, wäre ich mitgegangen.« Er beginnt zu schluchzen. »Es ist meine Schuld. Wenn ich auf sie aufgepasst hätte, wäre sie noch am Leben.«

»Wovon sprechen Sie? Wohin mitgegangen?«

Dany winkt Julia zu sich, die etwas abseits steht, und gibt ihr ein Zeichen, dass sie sich Notizen machen soll.

»Wir hatten uns am Sonntag bei einer Marche gourmande in Echternach angemeldet.«

Dany hat zwar schon davon gehört, jedoch noch nie an einem sogenannten Schlemmermarsch teilgenommen. »Was muss man sich darunter vorstellen? Wie funktioniert das?«

»Die Pfadfinder der Stadt Echternach haben einen zwölf Kilometer langen Rundweg entlang des Sauer organisiert. Nach jedem zweiten Kilometer ist eine Station eingeplant, an der man ein Häppchen zu essen bekommt. So hat man am Ende des Rundwegs ein Sechs-Gänge-Menü verspeist und sich dazwischen bewegt. Außerdem werden an jeder Station alkoholische und nichtalkoholische Getränke ausgeschenkt. Jeder, der mitmachen will, bezahlt im Voraus einen festen Betrag und bekommt im Gegenzug ein Band umgelegt, das einen ermächtigt, sich an den Stationen zu bedienen. Der Erlös ist für einen guten Zweck.«

»Und wie viele Leute haben daran teilgenommen?«

»Anscheinend waren es diesmal so um die dreihundert.«

»Wenn ich Sie also richtig verstanden habe, waren Sie zu zweit angemeldet?«

»Ja, aber ich habe kurzfristig abgesagt, da ich nach Dijon musste.«

»Wieso?«

»Ich arbeite in der luxemburgischen Senffabrik und die französische hatte auf eine Präsentation ihrer neuen Senfverarbeitungsmaschine eingeladen. Da diese während der Woche in Betrieb ist, war die Präsentation am Sonntag.

Ich musste für einen Kollegen einspringen, der an Corona erkrankt war. Als ich schon in Dijon war, habe ich die Gelegenheit genutzt, dort noch einige andere geschäftliche Termine wahrzunehmen. Deshalb bin ich erst heute Morgen zurückgekehrt.« Er beginnt wieder zu schluchzen. »Wäre ich doch nur früher nach Hause gekommen!« Er stützt seinen Kopf in seine Hände und weint hemmungslos.

Dany gibt ihm Zeit, sich etwas zu beruhigen. Dann fährt sie fort. »Ihre Frau ging also ohne Sie zum Schlemmermarsch. Wissen Sie, ob jemand sie dorthin begleitet hat, Freunde oder Familie?«

»Wir waren als Gruppe von Freunden angemeldet. Ich schreibe Ihnen die Namen auf. Mit Paula waren sie zu siebt. Anscheinend herrschte super Stimmung. Das Wetter hat mitgespielt und das Essen ist den Pfadfindern gut gelungen. Als wir am Sonntagabend telefonierten, hat sie mir nur vorgeschwärmt, was für einen schönen Tag sie gehabt hätte.«

»Es ist also nichts Ungewöhnliches vorgefallen?«

»Nicht dass ich wüsste.«

»Hat sie Ihnen erzählt, wen sie alles dort getroffen hat?«

»Nur, dass sie viele kannte. Näheres wollte sie mir erst berichten, wenn ich wieder zu Hause wäre.« Er schüttelt den Kopf. »Hätte ich doch bloß nachgehakt!«

Dany legt ihm kurz die Hand auf den Arm. »Machen Sie sich keine Vorwürfe, Herr Jung, Sie konnten doch nicht ahnen, dass so was passieren würde. Hatte Ihre Frau Feinde?«

»Feinde?« Er sieht sie verwundert an. »Nein, sie ist sehr beliebt. Ich kann mir nicht vorstellen, wer ihr etwas antun könnte.«

»Vielleicht im Beruf?«

»Ja, ihr Job ist hart. Da muss sie tough sein. Sonst kommt man da zu nichts. Aber Menschen, die ihr den Tod wünschen? Kann ich mir nicht vorstellen! Vielleicht sprechen Sie lieber mit ihren Kollegen. Sie hat nie viel über ihren Job erzählt. In dieser Hinsicht war sie sehr diskret.«

»Von wann bis wann genau fand der Schlemmermarsch statt?«

»Es fing um 13 Uhr an und Paula erzählte mir, dass es so gegen 17 Uhr zu Ende war.«

»Bitte schreiben Sie uns genau auf, wo Sie zu welchem Zeitpunkt während Ihres Aufenthalts in Dijon waren. Wir müssen alles bis ins kleinste Detail überprüfen. Keine Sorge, reine Routine. Haben Sie Kinder?«

»Ich habe keine. Paula hat zwei aus ihrer ersten Ehe. Eine Tochter und einen Sohn. Der Sohn studiert in Berlin Geschichte und die Tochter in Toulouse Biologie.«

»War sie geschieden oder verwitwet?«

»Geschieden. Ihr Ex-Mann lebt in Brüssel. Er vertritt dort bei der europäischen Kommission das luxemburgische Gesundheitsministerium. Ich werde Ihnen seine Telefonnummer geben.«

»Bitte, benachrichtigen Sie so schnell wie möglich Ihre Kinder, Herr Jung. Sie sollen es nicht von Fremden erfahren. Es wäre gut, wenn beide sich bei uns melden könnten, sobald sie hier sind. Wir kümmern uns um den Ex-Mann Ihrer Frau. Nur noch eine letzte Frage, Herr Jung. Wie war die Beziehung zu Ihrer Frau?«

»Wir verstanden uns sehr gut. Da können Sie gerne unsere Freunde fragen.«

Dany nickt ihm zu. »Danke für das Gespräch. Haben

Sie jemanden, den wir anrufen sollen? Der Ihnen behilflich sein kann?«

»Nein, danke, ich komme schon zurecht.« Weinend senkt er den Kopf.

Dany steht auf und geht ein paar Schritte Richtung Julia.

»Wo ist Metty? Ich muss mit ihm sprechen.«

»In der Toilette.«

Dany findet ihn dort am Boden kniend. Er inspiziert den Rand der Toilettenschüssel. Dany kann sich einen schöneren Job vorstellen, doch Metty bewegt sich selig in seinem Element. Ruhig, konzentriert, in seiner Mitte.

»Metty, hast du eine Minute?«

»Ja, aber nur eine ganz kurze! Falls es auch wieder Zyankali ist, müssen wir uns beeilen. Du weißt, lange lässt sich der Stoff nicht nachweisen.«

»Ja.« Sie nickt. »Kann Paula Franke auch schon am Sonntag während des Schlemmermarsches vergiftet worden sein? Also anders gefragt, kann die Vergiftung ein paar Tage zurückliegen? Gibt's das?«

Metty steht mit ausgestreckten Armen da. In seiner Schutzweste, der Maske und den Kautschukhandschuhen sieht er viel zu ulkig aus für den Ernst der Lage.

»Ja, es gibt Giftformen, die Tage brauchen, bis sie ihre ganze Wirkung entfalten. Ich werde gründlich suchen, Dany.«

»Danke. Kontaktiert die Pfadfinder von Echternach und konfisziert gleich deren Müll vom Schlemmermarsch am Sonntag. Falls es noch nicht zu spät ist!«

»Machen wir!«

KAPITEL 21

Dienstag, den 24. Mai, 9 Uhr

»Was soll das, verdammt noch mal? Wieso steht hier auf einmal Obst auf dem Tisch? Wo sind unsere Kaffiskichelcher?«
Julia blickt erschrocken auf. Sie läuft rot an. »Ich dachte, ich besorg uns mal was anderes als immer nur dieses kalorienreiche Frühstücksgebäck.«

»Was um Himmels willen ist so schlimm an ein paar Kalorien? Hast du Übergewicht? Nein! Hat sich jemand über die Kaffiskichelcher beschwert? Nein! Also, morgen will ich die Dinger hier wiedersehen! Das gibt's doch nicht! Verdammt!« Dany knallt ihr Dossier auf den Versammlungstisch, verlässt den Raum, aber hört noch, wie die anderen sich fragen, was denn in sie gefahren ist.

»Mann, wie ist die denn drauf?«, fragt Manuel. »Ist die immer so? Ihr habt mein Mitgefühl, Leute!«

Es ist ihr egal. Sollen sie doch über sie herziehen. Dany macht sich in der Küche einen Kaffee und hört, wie Leo nebenan antwortet.

»Ich weiß auch nicht, was sie hat. Sie ist heute Morgen früher ins Büro gekommen als sonst und hatte Müslischuhe an den Füßen statt ihrer schwarzen Bikerstiefel. Das müsst ihr euch mal vorstellen. Dany und Müslischuhe! Zu Hause muss was vorgefallen sein.«

Dany tritt mit der Tasse wieder in den Konferenzraum.
»Also, wenn ihr es genau wissen wollt, ich bin gestern zu
Hause ausgezogen. Weil, als ich nach Hause kam, hatte
Nathalie alle meine Lederschuhe weggeschmissen. Sie hat
sie durch Schuhe nicht tierischen Ursprungs ersetzt. Das
war der Tropfen, der das Fass zum Überlaufen gebracht
hat. Als hätte ich momentan nicht genug Stress! Ich habe
meine Sachen gepackt und die Nacht auf meinem Boot
an der Mosel verbracht. So, jetzt wisst ihr, was mit mir
los ist.« Sie lässt ihren Blick durch die Runde schweifen.
»Seid ihr nun zufrieden?«

»Wenn meine Frau das mit mir machen würde, würde
ich sie hochkant rausschmeißen.« Manuel greift nach einer
Birne, hält inne und legt sie wieder ab.

»Die hat sie ja nicht mehr alle«, fügt Metty hinzu. »Die
kann doch nicht so über dich verfügen. Geht's noch?«

Alle sind sich einig, dass Schuhe eindeutig Privatsache
sind. »Na, Julia, ehrlich, du hättest uns auch vorher fragen
können«, meint Emil. »Die Kaffiskichelcher sind mittlerweile Tradition, die kannst du nicht einfach so abschaffen.
Wenn du sie nicht magst, bring dir doch einfach dein Obst
mit. Ich spendiere gerne ein paar Trauben meiner Rebstö-
cke.« Er zwinkert Julia lächelnd zu, doch die rutscht auf
ihrem Stuhl hin und her.

»Tut mir leid, Jungs. Kommt nicht mehr vor. Morgen
gibt's wieder Kaffiskichelcher. Versprochen.«

»Okay, genug jetzt. Lasst uns anfangen.«

Dany betrachtet das zweite Whiteboard mit den Fotos
von Paula Franke, Andreas Jung und den Freunden, die
mit Paula Franke am Schlemmermarsch teilnahmen. Auch

ein paar medizinische Eckdaten sowie das Menü, das den Teilnehmern während des Schlemmermarsches serviert wurde, befinden sich dort.

Sie dreht sich zu ihren Kollegen. »Wir müssen so schnell wie möglich herausfinden, wer die drei umgebracht hat. So, wie es aussieht, haben wir es hier mit einer Mordserie zu tun, es ist also zu vermuten, dass es in Zukunft noch weitere Morde geben könnte.«

Nachdem Metty bestätigte, dass die Spurensicherung keine fremde DNA am Tatort gefunden hat, meint er: »Wir haben die Überreste – Lebensmittelreste und Müll – des Schlemmermarsches schon abgeholt und untersucht.«

Dany nickt ihm auffordernd zu. Noch ist ihr nicht zum Reden zumute. Noch immer steckt ihr die letzte Nacht in den Knochen. In der ersten Hälfte stritt sie mit Nathalie und die zweite verbrachte sie damit, schlaflos darüber nachzudenken, wie ihr Leben weitergehen soll.

Metty steht lächelnd auf, reibt sich die Hände und zeigt auf die Zahlen. »Paula Franke ist nicht wie die Herren Sinner und Foerster mit Zyankali vergiftet worden. Sie ist an Botulismus gestorben. Botulismus wird durch Botulinumtoxine verursacht, die wiederum vom Bakterium Clostridium botulinum produziert werden. Hier seht ihr die Details über die Toxine, die wir in Paula Frankes Körper nachweisen konnten. Wie bei dem Doppelmord muss sie die Toxine über ein kontaminiertes Lebensmittel oder Getränk zu sich genommen haben. Früher kam es öfter vor, dass Menschen an Botulismus starben. Heute, mit den europäischen Hygienevorschriften in der Lebensmittelbranche, ist das äußerst selten. Die Toxine befanden sich früher oft in gewölbten Konservendosen, wie in Räucherfisch- oder

Fleischkonserven oder in undichten Einmachgläsern. Botulinumtoxine gehören zu den stärksten bekannten Giften. Weniger als ein Millionstel Gramm vom Typ A reicht, um einen Menschen von 70 Kilo Körpergewicht zu töten. Die Wirkung tritt erst zwischen zwölf und 36 Stunden nach Verabreichung ein. Botulismus muss aber nicht tödlich sein. Es zeigt sich durch die Blockierung der Nerven- und Muskelzellen. Die wiederum haben die Funktionsuntüchtigkeit aller inneren Organe zur Folge. Ein Nervengift, das insofern eine lebensgefährliche Wirkung hat, weil es die Atemmuskulatur lahmlegen und deshalb zur Erstickung führen kann. Genau das ist bei Frau Franke passiert. Irgendwann im Laufe des Dienstags muss ihr übel geworden sein. Wann genau, kann ich euch nicht sagen. Sie erbrach sich mehrmals auf der Toilette. Wahrscheinlich war ihr der Verdacht gekommen, vergiftet worden zu sein, und sie wollte ihren Mageninhalt loswerden. Schließlich muss sie gegen 20 Uhr erstickt sein. Ein qualvoller Tod.«

»Sie kann also überall vergiftet worden sein, wo sie sich die letzten zwei, drei Tage vor ihrem Tod aufgehalten hat?«, wirft Dany ein.

»Ja, genau. Deshalb war es auch so wichtig, den Müll des Schlemmermarsches sicherzustellen. Aber auch da sind wir schon weiter. Alles der Reihe nach. Zuerst haben wir die Dinge untersucht, die wir aus ihrem Haus mitgenommen hatten. Aber dort befanden sich keine Konserven und gifthaltige Lebensmittel haben wir dort auch nicht gefunden.«

»Der Verdacht lag also nahe, dass sie außerhalb des Hauses vergiftet wurde?«

»So ist es. Und wo wäre es einfacher, ihr etwas unterzujubeln, als auf einem Schlemmermarsch? Deshalb haben wir dort als Nächstes gesucht. Oder besser gesagt, in dem Müllhaufen der Veranstaltung. Und genau da haben wir auch etwas gefunden!«

»Ach nee!«

»Ja! Leo hatte uns doch das Menü vom Schlemmermarsch besorgt. Lies uns doch mal laut vor, was da draufsteht, bitte.«

Leo steht auf, geht zum Whiteboard und räuspert sich.

»Also:

›Schlemmermarsch-Menü

Kilometer 2 – Mirabellenlikör im Crémant als Aperitif
Sardinen mariniert in Zitronenöl

Kilometer 4 – Elbling aus Schengen
Gänseleber mit Mango-Chutney

Kilometer 6 – Weißburgunder aus Niederdonven
Barsch in Aspik auf frischem Krautsalat

Kilometer 8 – Rotburgunder aus Gevrey-Chambertin
Wildragout und Spätzle

Kilometer 10 – Crème brulée

Kilometer 12 am Ziel – Kaffee mit Luxemburgerli und Digestif‹.«

Alle sitzen um den Tisch versammelt, hören Leo zu, wie er das Menü aufsagt, und starren säuerlich dreinblickend auf das Obst, das vor ihnen liegt. Sogar Julia scheint sich nach diesem Vortrag wieder die Kaffiskichelcher herbeizuwünschen.

Marc sagt als Erster etwas. »Also da fragt man sich, was einem danach mehr zu schaffen macht, die zwölf Kilometer oder das Menü.«

»Wahrlich, da steckt genug Vergiftungspotenzial drin«, bemerkt Dany. »Die Sardinen, die Gänseleber und der Barsch in Aspik könnten aus einer vergifteten Konserve stammen.«

»Ja, dachten wir auch«, antwortet Metty, »trifft aber nicht zu. Nachdem wir alle Reste untersucht und mehr als 40 100-Kilo-Mülltüten aussortiert hatten, haben wir schlussendlich einen Plastikbecher gefunden, in dem Reste von Botulinumtoxinen nachgewiesen werden konnten. Das war's! Ein Plastikbecher!«

»Bingo!« Manuel reibt sich die Hände.

Auch Danys Laune hebt sich. Endlich gibt es eine Spur. Nachdenklich schaut sie zu Boden. »Metty, du sagtest doch aber eben, dass Botulismus gewöhnlich durch vergiftete Konserven ausgelöst wird. Das heißt dann also, dass sie das Gift nicht selbst zu sich genommen hat, sondern jemand anders es ihr ins Getränk gemischt haben muss, oder? Es wurde also absichtlich verabreicht und stammt nicht aus einer Konserve.«

»Genau.« Metty strahlt triumphierend.

Leo mischt sich ein. »Botulinumtoxine kriegst du in konzentrierter Form im Darknet zu kaufen.«

»Zyankali auch«, fügt Dany hinzu.

Leo nickt.

Alle schauen sich entsetzt an. Sie wissen, was das bedeutet. Alle dreihundert Teilnehmer des Schlemmermarsches sind ab sofort potenzielle Mörder und müssen vernommen werden. Plus die Menschen, die Paula Franke in ihren letzten zwei bis drei Tagen gesehen hat.

»Oh nein, nicht schon wieder«, stöhnt Manuel.

Dany muss zugeben, sie hat soeben das Gleiche gedacht.

KAPITEL 22

Montag, den 30. Mai, 14.30 Uhr

»Ich fasse zusammen, Frau Kerner: Paula Franke wurde am vorletzten Sonntag auf dem Schlemmermarsch der Pfadfinder in Echternach vergiftet. Durch Botulinumtoxine, die sich in einem Getränk befanden.« Untersuchungsrichter Brauer lehnt sich in seinem Sessel zurück und führt den Füller zum Mund.

»Genau, wir haben im Müll einen kontaminierten Plastikbecher gefunden, den Paula Franke vermutlich benutzt hat. Die DNA-Ergebnisse stehen noch aus.«

»Frau Franke war eine gute Freundin des Finanzministers Egon Werfel. Er ist sehr beunruhigt und hat mir ans Herz gelegt, die Sache schnell aufzuklären.«

»So gerne ich das täte, ich kann Ihnen das leider nicht versprechen. Am Schlemmermarsch haben insgesamt mehr als 330 Personen teilgenommen. Da kann es noch eine Weile dauern, bis wir konkrete Ergebnisse haben. Des Weiteren haben wir letzte Woche im Umfeld der Ermordeten ermittelt. Da wären erst mal ihr Ex-Mann, ihre beiden Kinder und ihr jetziger Gatte. Alle befanden sich zur Zeit des Mordes im Ausland. Dann die Gruppe von Freunden, die mit ihr auf dem Schlemmermarsch war, sowie die Mitarbeiter ihres Büros.

»Gibt es irgendwelche Zusammenhänge zu dem Doppelmord im Januar?«

»Niemand mit Bezug zu Paula Franke kannte die beiden Opfer. Somit hatte auch niemand Hinweise, ob Frau Franke sie kannte.«

»Aber es liegt nahe, dass es sich um den gleichen Mörder handelt und es noch weitere Opfer geben könnte.«

Dany nickt. »Wir haben uns auch gefragt, weshalb der Mörder vier Monate wartet zwischen dem Doppelmord und dem Mord an Frau Franke. Die einzige plausible Erklärung ist, dass der Mörder nur Giftmorde begehen will und deshalb auf eine gute Gelegenheit warten muss.«

»Der Schlemmermarsch ist zweifelsohne eine perfekte Gelegenheit, unbemerkt davonzukommen.«

»Sie sagen es, Herr Brauer.«

»Wir müssen endlich weiterkommen, Frau Kerner. Wer weiß, ob nicht noch andere auf der Todesliste stehen.«

»Das ist mir durchaus bewusst, Herr Untersuchungsrichter. Glauben Sie mir, wir geben unser Bestes, aber ich habe einfach nicht genug Mitarbeiter.«

Brauer wischt mit der Hand übers Pult.

»Das haben wir alle nicht, Frau Kerner. Gibt es sonst noch irgendwelche Hinweise?«

»Paula Frankes Clique hat uns berichtet, dass sie während des Schlemmermarsches wiederholt angesprochen wurde. Jemand hätte ihr im Gespräch locker ein Getränk oder ein Häppchen anbieten können. Eine konkrete Beobachtung eines etwaigen Zeugen haben wir nicht, aber wir gehen jeder noch so kleinen Spur nach. Da sich aber nur einer pro Gruppe für die Teilnahme am Schlemmermarsch einschreiben musste, ist es mühselige Kleinstarbeit, sämtliche Beteiligten ausfindig zu machen.«

»Und im Freundeskreis selbst? Keine Auffälligkeiten?«

»Nein, alle waren sich einig, dass Frau Franke eine sehr beliebte und hochgeachtete Persönlichkeit war. Nur ihre beste Freundin behauptete, dass es in letzter Zeit zwischen Paula Franke und ihrem Ehemann gekriselt habe. Dem gehen wir natürlich nach.«

»Wie steht's mit seinem Alibi?«

»Na ja, seine Angaben stimmen. In Dijon hatte er Termine bis spät in die Nacht, sodass er selbst kaum seine Frau hätte vergiften können. Wir überprüfen zurzeit seine Handydaten, um herauszufinden, ob er jemanden damit beauftragt haben könnte. Ist schon ein komischer Zufall, dass sie gerade dann vergiftet wird, wenn er nicht da ist.«

»Überprüfen Sie auch die Telefonate der übrigen Familienmitglieder, Frau Kerner. Was wissen Sie über die?«

»Keine Auffälligkeiten. Nur der Ex-Mann hat erzählt, dass Paula Franke während der gemeinsamen Ehe zunehmend labil gewesen sei. Sie kam oft deprimiert von der Arbeit nach Hause. Zum Schluss hat sie anscheinend jeden Abend eine Flasche Rotwein getrunken und in detaillierten Erzählungen von den Intrigen am Arbeitsplatz berichtet. Er habe ihr des Öfteren dazu geraten, den Job zu wechseln, aber das sei jedes Mal in Streit ausgeartet. So nach dem Motto, er würde ihr ihre Karriere nicht gönnen. Mit der Zeit habe er ihre Gehässigkeit nicht mehr ertragen und die Scheidung eingereicht. Seitdem habe er nur noch mit ihr Kontakt gehabt, wenn es um die Kinder ging.«

»Über die Intrigen könnten die Mitarbeiter der Budgethaushaltsverwaltung doch einiges wissen.«

»Allen Berichten zufolge wirkte Paula Franke in ihrem Job stets professionell und freundlich und die Stimmung in der Verwaltung sei außerordentlich gut gewesen. Zu gut, um wahr zu sein. Wir geben aber nicht auf und ermitteln weiter.« Eine märchenhaft heile Welt, denkt Dany verbittert. Sie verbietet sich beim Untersuchungsrichter jedwede Bemerkung in diese Richtung, weiß sie doch, dass ihn ihre private Meinung dazu nicht interessiert. Schließlich gehört auch er zur luxemburgischen Bourgeoisie, in der es scheinbar keine Unstimmigkeiten gibt. Dabei sieht die Realität, zumindest die des Beamtentums, alles andere als rosig aus. Das Land ist zu klein, als dass sich die Wahrheit nicht herumspräche, Beamteneid hin oder her.

»Dürfte ich eine Unterredung mit dem Finanzminister Werfel führen, Herr Untersuchungsrichter?«

»Um Gottes willen, lassen Sie das ja sein. Ich übernehme das.«

»Jawohl.«

Brauers Reaktion überrascht Dany keineswegs. Nur keine schlafenden Hunde wecken. Der Finanzminister hätte bestimmt pikante Geschichten offenbaren können, aber wehe, wenn irgendetwas davon an die Öffentlichkeit gelangt. Dany würde sich wundern, wenn Brauer noch mal auf Werfel zurückkäme. Sie muss sich etwas anderes einfallen lassen.

»Gut, Frau Kerner«, sagt er, während er sein Hemd glatt streicht. »Gibt es sonst noch was?«

»Bis jetzt nicht, Herr Untersuchungsrichter. Ich halte Sie auf dem Laufenden.«

»Tun Sie das.«

Als Dany nach ihrem Meeting mit dem Untersuchungs-richter durch die Rue de la Constitution zurück ins Revier geht, hält sie kurz inne und blickt hoch. Ringsum nur Beton und farbloser Himmel. Wie lange ist sie schon nicht mehr im Wald gewesen? Hat den Duft nach Nadelholz bewusst in sich aufgesogen? Sie kann sich nicht erinnern. Seit Monaten kreisen ihre Gedanken unentwegt um die Mordfälle und um ihre Ohnmacht, sie aufzulösen. Noch nie hat ihr Beruf sie mental so in Anspruch genommen wie jetzt.

Vielleicht ist es genau das, was sie tun müsste. Die Mord-fälle vergessen, raus aus der Stadt und Abstand nehmen. Zum Ort der Kindheit zurückkehren und den See auf-suchen, wo sich das Wild zum Trinken begegnet. Sich gehen lassen. Leere zulassen. Die seltenen Gerüche und Geräusche aufnehmen und sich öffnen für längst verges-sen geglaubte Emotionen. Sie könnte dort übernachten, inmitten des Waldes, der Rehe, der Frösche und des Fisch-reihers, der oben im Wipfel des Baumes auf seine Beute lauert. Als einziger Gefährte das leuchtende, knisternde Lagerfeuer. Womöglich käme ihr dort der Geistesblitz, der sie von der Last des Versagens erlösen könnte.

KAPITEL 23

Freitag, den 3. Juni, 18.30 Uhr

Noch schnell den Lidstrich nachziehen ... Arrrgh, daneben. Warum ist sie denn aufgeregt? Diese Situation ist so
lächerlich. Es ist doch nur Tom. Nachdem er gehört hat,
dass Dany jetzt auf ihrem Boot »DaySea« wohnt, meldet
er sich häufiger bei ihr. Sie hat sich überreden lassen und
wird mit ihm heute im Hafenrestaurant zu Abend essen.
Sie wird ihm sagen müssen, dass sie nichts von ihm will.

Die Abendsonne wirft ein warmes Licht aufs spiegelglatte
Wasser. Angenehme 27 Grad, perfektes Terrassenwetter.
Dany schenkt sich ein Glas Rosé ein und setzt sich damit
aufs Deck ihrer »DaySea«, einer Steeler 52S Long Range.
Sie liebt das Boot. Es ist ihre Ruhe-Oase, in die sie sich
zurückziehen kann, wann immer sie es braucht. Nichts
ist schöner, als mit »DaySea« gemütlich durchs Wasser zu
gleiten, um sich herum nur Natur und das leise Plätschern
der Mosel. Endlich.
    In den letzten Jahren hatte Nathalie an den Wochenen-
den so viel Zeit in ihrem Gemeinschaftsgarten verbracht,
dass sie oft erst nach Sonnenuntergang nach Hause kam.
Was bedeutete, dass Dany mit dem Abendessen auf sie
warten musste. Nachdem es deshalb öfter Krach gab, ent-

schied Dany, ihre sonnigen, freien Tage auf dem Boot zu verbringen und in Nebenarmen der Mosel über Nacht den Anker zu werfen.

Gedankenversunken nimmt Dany einen Schluck aus ihrem Glas und beobachtet, wie Tom mit seinem alten Alfa Spider Cabrio auf dem Parkplatz des Schwebsinger Hafens rangiert. Als er den Hafen nach ihr absucht, winkt sie ihm zu. Behutsam kommt er den Steg entlang und strahlt sie an. In ihrem Magen flattern Schmetterlinge. Was soll das? Das kommt doch nicht infrage.

»Hallo, komm rauf.« Sie ist verwirrt, lässt sich aber nichts anmerken.

Tom steigt zögernd auf das Boot, obwohl es bloß ein einfacher kleiner Schritt ist, den er tun muss, um an Bord zu gelangen. Diese Zurückhaltung sieht Dany oft bei Menschen, die noch nie auf einem Boot waren. Die Angst, ins kalte Wasser zu fallen und keinen Weg hinauszufinden. Eine Angst, die gestandene Männer wie Tom für einen Augenblick wieder zu kleinen Jungs macht. Dany muss lächeln.

Heute hat sie ausnahmsweise ein Kleid angezogen, mit hellblauen Blümchen, die gut zu ihren Augen passen.

»Was magst du trinken? Ich hab eine Flasche Rosé offen. Im Kühlschrank gibt's aber auch Bier.«

»Oh ja, ein kaltes Bier wäre super. Schön hast du's hier. Gehört dir das Boot?« Tom sieht sich interessiert um.

»Ja, habe ich vor ein paar Jahren von meinem Vater geerbt, als er starb.«

»Das tut mir leid. Und deine Mutter?«

»Sie ist schon länger tot. Starb an Krebs, als ich noch an der Uni war. Meine Geschwister hatten kein Interesse an dem Boot.«

Danys Gedanken schweifen weiter. Ob der Tod ihrer Mutter maßgeblich der Grund war, weshalb sie mit Nathalie überhastet eine Familie gegründet hat? Sie will jetzt nicht daran denken.

Diskret wechselt Tom das Thema. »Du wohnst also nun hier? Kann man das denn eigentlich? Hast du hier überhaupt eine Toilette?«

»Na klar. Eine Toilette, zwei Schlafkojen, ein Bad, eine Küche, ein Wohn- und Esszimmer, eine Terrasse mit Esstisch und eine Badeplattform.«

»Und einen Steuerstand.« Toms Hand streicht über das edle Holz.

»Das versteht sich von selbst.« Dany reicht ihm eine Flasche Bofferding.

»Danke. Kannst du damit fahren? Hast du den Bootsführerschein?«

»Sicher, ich bin von klein auf ständig mit meinem Papa auf dem Wasser gewesen. Prost.«

Sie stoßen an.

»Als ich klein war, sind wir oft in der Bretagne gesegelt. Später dann, nach der Pensionierung meines Vaters, sind meine Eltern nur noch Motorboot gefahren. Sehr gemächlich. Hat uns Teenager nicht interessiert. Erst als meine Jungs aus dem Gröbsten raus waren, habe ich dann doch den Sporthochseeschifferschein gemacht und den Binnenschein, damit ich auch auf Flüssen fahren kann.«

»Oh wow, echt toll.«

Tom ist sichtlich beeindruckt. Dany schmunzelt und legt die Sonnenbrille ab. Die Sonne verschwindet langsam hinter dem Horizont.

»Und du? Womit verbringst du deine freie Zeit?«

»Du wirst es nicht glauben, aber ich bin auch am liebsten auf dem Wasser. In den Ferien gehe ich gern kiten. Aber da das hier in Luxemburg nicht möglich ist, beschränke ich mich im Alltag aufs Wandern.«

»Das Mullerthal ist großartig. Ich war schon lange nicht mehr dort.«

»Das Mullerthal ist im Ausland am bekanntesten, doch hier an der Mosel gibt es auch spannende Wege mit schönen Aussichten. Ich wandere meist im hohen Norden, in der Gegend des Stausees. Da ist die Natur noch wilder und die Höhenunterschiede bringen einen richtig ins Schwitzen.«

»Wilder als die Luxemburger Schweiz? Hab noch nie verstanden, weshalb das Mullerthal so genannt wird. Die luxemburgischen Hügel erinnern mich eher an üppige Frauenkurven als an die Schweizer Berge.« Dany zwinkert Tom zu.

Tom kichert verlegen. »Stimmt. Ich glaube, den Spitznamen hat das Mullerthal von den niederländischen Touristen bekommen.«

»Sollen wir rüber ins Hafenrestaurant? Heute gibt's dort frischen Hecht. Ich habe uns einen Tisch auf der Terrasse reserviert.«

Die Sicht von der Terrasse des Hafenrestaurants ist phänomenal. Freier Blick auf die Boote im Hafen, die Mosel und den Sonnenuntergang. Sie muss zugeben, Tom passt gut hierher. Er hat für sie beide eine Flasche luxemburgischen Pinot Gris bestellt, der perfekt mit dem Hecht harmonieren wird.

»Erzähl mal, wie ergeht es dir mit deinem neuen Fall? Gibt's Gemeinsamkeiten mit den Doppelmorden?«

»Außer dass es sich ebenfalls um eine Vergiftung handelt, haben wir noch keine festgestellt. Wir treten momentan etwas auf der Stelle, aber es sieht definitiv so aus, als wäre Paula Franke auf dem Schlemmermarsch vergiftet worden. Vorsätzlich, wie es aussieht. Aber psst! Von mir hast du das nicht.«

»Keine Angst, du weißt doch, ich verrate nie meine Quellen. Habt ihr schon einen Verdächtigen?«

»Nein, wir tappen noch komplett im Dunkeln.«

»Kannten sich die Opfer denn?«

»Angeblich nicht.«

»Möglich wäre es aber, das weißt du! Das Land ist klein.«

»Ja, nur habe ich noch keine Verbindung herstellen können.«

»Wenn du magst, kann ich ja mal recherchieren, aber dann musst du mir auch erlauben, einen Artikel darüber zu bringen.«

»Natürlich, ich habe dir sowieso nichts erzählt, was nicht schon irgendwo veröffentlicht wurde.«

»Du weißt, dass ich mit der Veröffentlichung von Informationen von dir etwas vorsichtiger geworden bin seit der Drohung des Untersuchungsrichters. Ich möchte dir auf keinen Fall schaden.« Tom wirft Dany einen vielsagenden Blick zu.

Nicht schon wieder. Obwohl ihr Kopf sich dagegen wehrt, wird ihr warm ums Herz. Das ist nicht nur Tom. Das ist Tom. Ein Mensch, der sich um sie sorgt. Um sie. Nicht um die Tiere, die in ihren Schuhen stecken, und das Klima, das wegen des Bootsdiesels Schaden nimmt. Schon lange hat niemand mehr sie beschützen wollen. Aber sie kann das nicht. Nicht jetzt.

»Bitte lass das.«

Er schaut unschuldig. »Was denn?«

Sie lächelt ihn an. »Lass es einfach.«

Ein Kellner serviert den Hecht.

Tom schließt die Augen und atmet tief den Geruch der Zitronenweißweinsoße ein. »Mmh, riecht das gut!«

KAPITEL 24

Montag, den 6. Juni, 08.20 Uhr

Dany klappt den Seitenständer aus und steigt von ihrem Motorrad. Als sie ihren Helm abnimmt, klingelt ihr Handy.

»Spreche ich mit Frau Dany Kerner, der Kriminalkommissarin im Fall Franke?«

Dany ist alarmiert. Wer ruft sie um diese Zeit an?

»Ja, das bin ich. Mit wem spreche ich?«

»Mein Name spielt keine Rolle. Ich wollte Sie fragen, ob wir uns irgendwo treffen könnten. Ich hätte Pikantes über Frau Franke zu berichten. Aber nicht in der Öffentlichkeit. Mein Name darf nirgends auftauchen.«

Dany betritt das Revier. Es kommt öfter vor, dass jemand anonym bleiben möchte. Aber Dany mag das nicht, weil sie die Aussagen so vor Gericht nicht verwenden kann. Trotzdem wird sie sich anhören, was der Anrufer zu sagen hat. Oft bringen gerade anonyme Aussagen sie auf eine vielversprechende Spur.

»Gerne. Wann hätten Sie denn Zeit?«

»Heute, in der Mittagspause? Um 12.30 Uhr im Petrusstal? Ganz hinten, bei der letzten Brücke?«

»Ja, gut, das passt. Und wie erkenne ich Sie?«

»Ich werde Sie erkennen.«

Aufgelegt.

Es wundert Dany nicht, dass sie erkannt wird. Sie tritt regelmäßig auf nationalen Pressekonferenzen auf, um die Bevölkerung um Hinweise zu bitten. Sicher ist sie dem Zeugen schon mal aufgefallen. Sie blickt auf die Uhr. Noch fast vier Stunden. Erst mal eine Tasse Kaffee.

In der Küche begegnet sie Julia, die sich ebenfalls gerade eine Tasse auffüllt.

»Na, wie steht's? Hattest du ein schönes Wochenende?«

Julia dreht sich zu ihr um. Sie hat einen prächtigen Sonnenbrand auf der Nase. »Ja, ich war mit Freunden am Stausee wandern. Das Wetter war herrlich.« Sie reicht Dany die Thermoskanne.

»Das sieht man. Wie viele Kilometer seid ihr denn gelaufen?«

»So um die 25.«

»Mannomann, kein Wunder, dass du dir die Nase verbrannt hast.« Dany ist beeindruckt. 25 Kilometer bei 30 Grad Hitze kann sie sich nicht vorstellen. Aber Julia ist sehr fit.

Die fasst sich an die Nase und lächelt zerknirscht. »Ja, leider. Und du? Wohnst du noch auf deinem Boot?«

Dany nickt. »Es sieht so aus, als würde das noch eine Weile so bleiben. Ich habe mich dort gut erholt.«

Dany errötet und hofft, dass es Julia nicht auffällt. Tatsächlich hatte sie mit Tom einen sehr angenehmen Abend. Bevor er gegen 23 Uhr nach Hause fuhr, gab er ihr noch einen sanften Kuss auf den Mund. Einen Moment, den

Dany nicht mehr missen möchte. Wann hat sie dieses Kribbeln zuletzt mit Nathalie gespürt? Wann hätte sie es spüren wollen? Aber es war gut, dass Tom und sie es langsam angingen.

»Gibt's was Neues bei deinen Ermittlungen?«, fragt Dany.

»Ich wollte gerade zu dir kommen. Eine frühere Mitarbeiterin der Franke hat sich bei mir gemeldet. Sie möchte eine Aussage machen und kommt am Nachmittag vorbei. Du hast doch Zeit?«

»Ja. Hat sie gesagt, worum es geht?«

»Nein, nur, dass sie über ihre Zusammenarbeit mit Frau Franke sprechen möchte.«

»Na, dann bin ich mal gespannt.«

Von ihrer Verabredung erzählt Dany nichts.

Auf Danys Schreibtisch stapelt sich die Post. Seit der Entdeckung von Frankes Leiche ist Dany noch gar nicht dazu gekommen, die vielen Umschläge zu öffnen. Als sie die Post durchsieht, fällt ihr ein dickes beiges Kuvert auf, die Sorte Papier, die der Staat benutzt, wenn er zu offiziellen Feierlichkeiten einlädt. Sie öffnet das Kuvert vorsichtig und findet einen kurzen Brief, mit nur einem Abschnitt und ohne Absender, diesmal auf weißem Papier. Der Text wurde am PC verfasst und ausgedruckt:

Sehr geehrte Frau Kerner,
befassen Sie sich etwas näher mit der Budgetverteilung des Staates. Ihnen wird auffallen, dass besonders viel Geld in öffentliche Institutionen geflossen ist, die von Freunden Frankes geleitet werden.

Anderen Verwaltungen hingegen hat man das Bud-
get drastisch gekürzt. Facebook wird's Ihnen leicht
machen.

   Mit freundlichen Grüßen,
   ein besorgter Bürger

Dany kopiert den Brief und bringt ihn umgehend zur
technischen Kriminalabteilung, um ihn auf Spuren
untersuchen zu lassen. Danach trommelt sie ihr Team
im Großraumbüro zusammen. Sie beschließen erst mal,
sich auf die Anwesenden des Schlemmermarschs zu konzentrieren und die Analyse des Budgets auf später zu
verlegen.

Als sie pünktlich um 12.30 Uhr die letzte Brücke im
Petrusstal erreicht, steht dort nur eine einsame Gestalt,
ein Mann um die 60, der einen Regenmantel, einen Son-
nenhut und eine Sonnenbrille trägt. Was ungewöhnlich
ist, mitten im Sommer, hier im Schatten der Bäume. Er
lehnt sich an die Reling und scheint auf Dany zu warten.
Als er sie sieht, kommt er auf sie zu.

»Frau Kerner?«

Dany schaut sich den Mann genauer an. Sie erkennt
seine teure Kleidung sofort. Am linken Handgelenk trägt
er eine Uhr von IWC. Eine Marke, die Dany aus dem
Schaufenster des Juweliers Molitor kennt, eines Hoflie-
feranten des Großherzogs. Unter dem Regenmantel blitzt
ein großes, goldenes H am Gürtel auf. Hermès. Ebenfalls
kostspielig. Wer ist dieser Mann?

Er sieht sie an, als könnte er ihre Gedanken lesen.

»Ja, das bin ich. Und wer sind Sie?«

»Ich sagte Ihnen doch, das tut nichts zur Sache! Und bevor ich Ihnen Näheres verrate, möchte ich sicherstellen, dass Sie mir absolute Anonymität zusichern können.«

»Das hängt davon ab, was Sie mir erzählen. Falls Sie etwas mit dem Tod von Frau Franke zu tun haben, kann ich es Ihnen nicht garantieren.«

»Das habe ich nicht. Aber ich kenne Paula Franke und kann Ihnen relevante Informationen über ihre beruflichen Methoden liefern.«

»Na, dann schießen Sie mal los.«

»Mir ist zu Ohren gekommen, dass Sie die Mitarbeiter von Frau Franke aus der Budgethaushaltsverwaltung vernommen haben. Ich nehme an, diese Unterredungen waren nicht sehr aufschlussreich?«

»Sie werden verstehen, dass ich über die laufenden Ermittlungen nicht sprechen darf.«

»Bestimmt haben Frankes Arbeitskollegen nur Positives über sie erzählt?«

An seinem Blick erkennt Dany, dass er in ihrem Gesicht gelesen hat. Sie zuckt nur mit den Schultern. Der Mann lächelt.

Ein paar Radfahrer passieren die Brücke. Der Wind raschelt leise in den Baumkronen.

»Haben Sie ebenfalls dort gearbeitet?«

»In einer der Verwaltungen des Finanzministeriums. Aber nun nicht mehr. Ich musste vorzeitig aufhören. Das Ausmaß an Heuchelei und Scheinheiligkeit war für mich unerträglich. Meine Frau hatte mir damals ein Ultimatum gestellt. Entweder ich höre auf, dort zu arbeiten, oder sie verlässt mich. Sie hatte Angst um meine psychische Verfassung. Meine Wutausbrüche häuften sich dramatisch.«

»Wollen Sie mir nicht doch verraten, wer Sie sind?«

Er schüttelt ungeduldig den Kopf. »Möchten Sie nun hören, was ich zu berichten habe, oder nicht?«

»Gut. Erzählen Sie!«

»Vor zwölf Jahren hatte ich eine hohe Position inne, als der Finanzminister mir Frau Franke zur Seite stellte. ›Damit sie Ihnen bei der Reform des Gesetzes hilft!‹, meinte er. Anfangs lief alles wie am Schnürchen. Sie hat beflissen getan, was ich ihr aufgetragen habe. Bei den Mitarbeitern machte sie sich überall beliebt. Vier Jahre später wechselte allerdings die Regierung und die Schikanen begannen. Von einem Tag auf den anderen reagierte niemand mehr auf meine Anweisungen. Eine Unterredung mit dem Finanzminister half auch nicht weiter. Im Gegenteil. Kurze Zeit später nahm man mir meinen Posten weg und ich bekam keinen Termin mehr beim Minister. Man übergab ihr meine sämtlichen Aufgaben. Ich musste sogar das Büro wechseln, sozusagen eine Strafversetzung.«

Der Mann schüttelt den Kopf und scharrt mit einer Spitze seiner teuren Schuhe im Staub des Bodens. Churchs, aus kastanienbraunem Leder.

»Es war lächerlich. Ich kam mir vor wie in einem Film von Monty Python. Nur dass mir nicht zum Lachen zumute war. Man hatte mich als Einzigen in einem verlassenen Nebengebäude untergebracht, wo ich einen Schreibtisch in einem dürftig ausgestatteten Raum bezog. Das Mobiliar meines neuen Büros war alt und abgenutzt. Die Wände waren blank. Bilder mochte ich keine aufhängen. Lange würden sie eh nicht dort hängen bleiben. Irgendjemand würde sie mir heimlich stehlen. Die alten Schränke hatten innen keine Ablagen mehr und verschließen konnte man sie auch nicht. Ich bekam einen Stuhl, an dem eine Armlehne fehlte, und einen Tisch, der ergonomisch nicht zu meiner Körpergröße passte. Es wurde mir sogar untersagt, mir meinen eigenen Stuhl mitzubringen. Der alte Laptop, den man mir vor die Nase setzte, stürzte regelmäßig ab. Wenn sich mal jemand Zeit für mich nahm, teilte man mir mit, es täte ihnen leid, aber da wäre kein Backup vorhanden. Ich wusste natürlich, dass das gelogen war, aber was konnte ich tun? Uns außerhalb unserer Institution zu beschweren, ist uns Beamten nicht erlaubt, und wie Sie wissen, nehmen die Kollegen es als Schwäche auf, wenn man zeigt, dass man einer Situation nicht gewachsen ist. Ein Ersatzcomputer war nicht zu bekommen und meinen privaten durfte ich nicht benutzen. Was mir in dem Fall sogar einleuchtete. Auf meine E-Mails erhielt ich keine Antwort, niemand hob ab, wenn ich telefonierte. Wenn ich in die Büros meiner Kollegen ging, wandten sie sich verlegen ab. Es war ihnen unangenehm, mit mir zu sprechen. Da wusste ich endgültig, dass das Manöver von ganz oben kam.«

Dany lässt ihn erzählen. In der Ferne röhrt ein Propellerflugzeug durch die klare Sommerluft.

»Nachdem ich mich offen beklagt hatte, bekam ich dann doch eine Aufgabe. Eine, die politisch schon so durchgekaut war, dass man sie mir gerne gab. Man wollte, dass ich mit etwas beschäftigt bin, was von vornherein zum Scheitern verurteilt war. Was mir am meisten zusetzte, war die Genugtuung derer, die mir das alles antaten. Menschen, denen ich nie zuvor begegnet war, lachten mich offen aus, genossen es, Frankes Handlanger zu spielen. Weder sie noch der Minister waren für mich verfügbar, was bedeutete, dass ich nichts mit ihnen besprechen und daher nicht wissen konnte, ob das, was ich tat, auch in ihrem Sinne war. Es hatte keinen Zweck.« Er sieht Dany direkt in die Augen. Sie meint, in seinem Blick eine tiefe Traurigkeit zu entdecken. Oder verspürt nur sie sie? Er schaut kurz zu einer Fußgängerin, die ihren Hund Gassi führt, und fährt dann fort.»Wissen Sie, was das mit einem macht, wenn man jeden Morgen aufstehen und zur Arbeit gehen muss, obwohl man dort nichts zu tun hat? Es fühlt sich an, als sei man ein Sträfling, der nur nachts nach draußen darf. Natürlich fragen Sie mich jetzt, wieso ich geblieben bin. Nun, alle fünf Jahre wechselt der Minister. Ich hatte gehofft, dass sich das Blatt wieder wenden könnte. Und wer gibt schon freiwillig seine Privilegien auf?«

Dany lächelt leicht. Wenigstens ist er ehrlich.

»Anderen Mitarbeitern erging es ähnlich. Die, die es wagten, Kritik zu äußern, und war sie auch noch so banal, hat man lächelnd zum Nichtstun verurteilt. Wenn man Franke darauf ansprach, antwortete sie mit einem zuckersüßen Lächeln: ›Beschweren Sie sich nicht, es geht Ihnen doch gut. Seien Sie froh, dass Sie ein Dach über dem Kopf haben und jeden Monat Ihr Gehalt bekommen.‹ Stimmt ja, aber zu welchem Preis? Oft dachte ich darüber nach, in den Privatsektor zu wechseln, aber als Beamter hat man schnell den Zug verpasst. Man wird schwerfällig und altmodisch, kann nicht mehr mit der schnellen Entwicklung der Businesswelt mithalten. Wer hätte mich eingestellt mit über 50? Außerdem hätte ich alle meine Pensionsrechte verloren.«

»Kann ich nachvollziehen.«

»Man hat mich vergessen, weil ich nicht Mitglied einer Partei war, und ob Paula Franke es war, wusste niemand.

Sie verhielt sich sehr diskret. Es muss aber so gewesen sein, bei der Macht, die sie besaß. Sie entschied, wer zum engeren Dunstkreis des Ministers gehörte und wer nicht. Ihre Gefolgschaft bekam großräumige Büros mit schicker Ausstattung. Alle anderen wurden schikaniert. Es sei kein Büromaterial mehr übrig, die Heizung würde nicht funktionieren, das WC könne nicht repariert werden, das Klopapier wäre ausgegangen, der lange im Vorfeld reservierte Raum für ein Meeting hätte kurzfristig storniert werden müssen und man könne ja mit seinem Besuch nebenan ins Café gehen. Die Spielchen, mit denen sie einen Beamten fertigmachen konnten, waren unendlich.«

Dany fühlt mit ihm und schüttelt den Kopf. Sie kennt diese Tricks von früher, als sie als erste Lesbe beim Polizeikorps anfing. Diese Art von Mobbing ist grausam, auch wenn es jemanden trifft, der sich Uhren leisten kann, für die andere ein halbes Jahr arbeiten müssten.

»So waren die beiden. Sadisten. Aber in der Politik ist alles erlaubt. Irgendwann hatte ich genug von diesen ständigen Demütigungen und nahm mir für vier Jahre unbezahlten Urlaub. Meine Frau musste eine Weile für uns beide aufkommen. Die erste Zeit habe ich genutzt, um mich von meinen inneren Dämonen zu befreien, habe viel Sport getrieben und mir neue Hobbys gesucht. Mit der Zeit ließen die Wutausbrüche nach. Heute bin ich selbstständig und es geht mir besser denn je. Ich bin freiberuflicher Steuerberater und, wie Sie sehen können, sehr erfolgreich.«

Daher die teure Kleidung. Dany hat sich schon gewundert. Sie reibt sich die Stirn. All das ist ihr nicht fremd. Es gibt viele öffentliche Institutionen, in denen die Beamten schikaniert werden und auf dem Abstellgleis stehen. Beim Staat gibt es keinerlei Anlaufstellen, an die man sich wenden kann, wenn einem so etwas widerfährt. Man ist vollkommen auf sich gestellt. Niemand schert sich um das Arbeitsklima, nicht einmal die Beamtengewerkschaft. Dany kann nicht verstehen, was jemanden dazu bewegt, so mit seinen Mitmenschen umzugehen. Sie selbst, nun ja, sie selbst ist auch nicht einfach. Sie kann gelegentlich ausflippen, wenn es dazu einen Grund gibt. Aber nie würde sie das nur zum Spaß tun, zur bösen, quälerischen Freude. Und so was wurde mit öffentlichen Steuergeldern bezahlt ...

»Ich verstehe natürlich, dass Sie anonym bleiben wollen. Trotzdem muss ich überprüfen, wo Sie und Ihre Frau in der Woche vor dem 17. Mai waren, als Frau Franke mutmaßlich vergiftet wurde.«

»Wir waren beide in London. Ich habe dort an einem Steuersymposium teilgenommen und wir nutzten die Gelegenheit, uns die Gegend anzuschauen. Wir spielen mit dem Gedanken, uns in England ein kleines Cottage zu kaufen, und haben uns in der Woche einige Objekte angesehen.«

Schon wieder zwei, die wegwollen, denkt Dany. »Zurück zu Ihrer Aussage: Habe ich Sie richtig verstanden? Es erging nicht nur Ihnen so, sondern auch all jenen, die Kritik geäußert haben?«

»Genau.«

»Können Sie mir Namen nennen?«

»Nein, tut mir leid. Ich verpfeife meine Ex-Kollegen nicht. Ich möchte bloß, dass Sie wissen, was für ein Schwein die vornehme Dame war, auch wenn das niemand so sagt. Falls Sie Näheres wissen möchten, reden Sie mit den Leuten aus Paula Frankes Amt. Nicht mit der Direktion, sondern mit denen, die gleich darunter sitzen. Sie werden schon sehen.«

Bevor Dany reagieren kann, tippt sich der Mann an den Hut und macht sich davon. Dany sieht ihm benommen nach und weiß, dass es keinen Sinn hat, ihn aufzuhalten. Er wird nichts mehr sagen. Außerdem ist sie überzeugt, dass Leo auch so herausfinden kann, wer der Mann ist. Schließlich war er mal hoher Beamter des Finanzministeriums. Noch einen Augenblick bleibt sie stehen, schaut zur Brücke, dann in den Himmel. Sie könnte so leicht sein, diese kurze Zeit auf Erden, doch die Menschen lassen es nicht zu.

KAPITEL 25

Zurück im Revier, geht Dany schnurstracks zu Leo. »Bitte erstelle eine Liste all derer, die in den letzten 20 Jahren in den Verwaltungen des Finanzministeriums mit Paula Franke zusammengearbeitet haben. Nicht nur die Direktionsmitglieder, sondern auch die Etage darunter.«

Im Vernehmungssaal haben Julia und Marc bereits mit der Befragung von Frankes ehemaliger Mitarbeiterin begonnen. Die Frau ist um die 40 und formell gekleidet. Als Dany in der Tür erscheint, steht Marc auf, überlässt ihr seinen Platz und verlässt den Raum. Die Vernehmungen müssen stets zu zweit geführt werden, um widersprüchliche Situationen zu vermeiden.

Die Zeugin trägt ein dunkelblaues Kostüm und ihre langen, dunklen Haare in einem strengen Dutt.

»Kerner, guten Tag. Ich bin hier die Kriminalkommissarin. Mit wem habe ich die Ehre?«

Sie streckt der Frau die Hand hin.

Die schaut Dany mit klarem Blick an und ergreift sie.

»Ich heiße Olivia Regenwetter und möchte gerne eine Aussage machen.«

»Worüber, wenn ich fragen darf?«

»Ich habe sechs Jahre lang mit Frau Franke im Steueramt zusammengearbeitet. Sie war, ganz offen gesagt, ein Ungeheuer und hat ihre Mitarbeiter auf Schritt und Tritt betrogen.«

Bingo! Danys und Julias Blicke treffen sich.

»Was mich anbelangt, so hat sie zuerst meine Arbeit schlechtgemacht und in die Schublade gelegt, um sie dann ein Jahr später wieder hervorzukramen und als ihre eigene zu verkaufen. Sie tat das mit jedem, der erfolgreicher war als sie, und wehe, man wagte, sich gegen sie aufzulehnen. Dann wurde man weggesperrt und schikaniert.«

Olivia Regenwetter verschränkt trotzig ihre Arme und atmet tief durch. Dany ahnt, dass sie die tiefe Demütigung, die sie durch Paula Franke erlitten haben muss, noch nicht verdaut hat. Ähnliches habe ich doch heute schon mal gehört, denkt die Kommissarin. Also war die Dame Franke doch nicht so toll, wie ihre Freunde sagten. Nur, wie soll Dany unter all diesen Geschädigten den Täter finden?

Nachdem das Gespräch mit Olivia Regenwetter beendet ist, die von ähnlichen Abgründen berichtete wie der anonyme Zeuge, setzt Dany sich kurz mit Julia und Leo zusammen, um sie über das Gespräch im Petrusstal zu informieren.

So geheimnisvoll der anonyme Zeuge auch getan hat – für Leo ist es eine Sache von Minuten, seine Identität herauszufinden. Es handelt sich um Daniel Becker, der tatsächlich bis 2009 Direktor des Steueramts war. Doch nutzen können sie Beckers anonyme Aussage leider nicht. Olivia Regenwetters Alibi hat sich inzwischen als stichhaltig erwiesen. Während Julia auf die Schnelle bei Luxair anruft, um sich die Flüge des Ehepaares Becker bestätigen zu lassen, spricht Dany mit dem Rest des Teams im Großraumbüro.

»Ich möchte, dass ihr gleich die Alibis aller Mitarbeiter Frankes überprüft, sowohl die der Budgethaushaltsverwaltung als auch die des Steueramts. Auch soll Marc sich noch mal den jetzigen Ehemann vorknöpfen, um ihn zu fragen, ob er von den Schikanen seiner Frau wusste.« An Leo gewandt, setzt Dany noch eins obendrauf. »Suche mal nach einer Verbindung zwischen den Opfern des Doppelmordes und der Franke. Vielleicht haben die sich doch gekannt.«

Eins hatten sie auf jeden Fall schon gemeinsam: Alle drei haben mit Vergnügen Leute gemobbt.

»Seht nach, ob es jemanden gibt, der sowohl mit den Opfern des Doppelmordes als auch mit Frau Franke zusammengearbeitet hat.«

Kurze Zeit später betritt Leo Danys Büro.

»Ich hab da was!«

Er hält ein Foto in seiner Hand. Julia schaut neugierig herüber und kommt schnell dazu.

»Zeig mal her«, sagt Dany und greift nach dem Bild.

Alle drei beugen sich darüber. Ein Foto des lokalen Fernsehsenders, der auch eine Internetseite betreibt. Die drei Opfer sind darauf gemeinsam zu sehen, mit einer vierten Person. Jeder hat ein Glas Sekt in der Hand, die Herren tragen Smokings, die Damen Kleider. Darunter steht in Druckbuchstaben: »Geselliges Miteinander dieses Jahr auf Großherzogs Geburtstagsfest in der Philharmonie, 23. Juni 2021«.

»Keine Namen?«, fragt Dany enttäuscht.

»Nein, aber das wundert mich nicht«, sagt Julia. »Jedes Jahr werden mindestens hundert Fotos zum Fest veröffentlicht. Namen gibt's nur bei hochrangigen Politikern und der Oberschicht des Business. Alle, die eine Stufe drunter sind, werden nicht namentlich erwähnt, aber jeder ist glücklich, wenn er überhaupt auf einem Foto zu sehen ist. Nach dem Motto, ich war auch dabei.«

»Okay, dann fragt doch bitte bei den Mitarbeitern der GDE und der Budgethaushaltsverwaltung nach, ob jemand die vierte Person kennt.«

Tatsächlich sticht die weibliche Person, die zwischen den drei Opfern steht, hervor, findet Dany. Sie strahlt eine außerordentliche Schönheit und Grazie aus. Wer sie wohl ist?

KAPITEL 26

Mittwoch, den 8. Juni, 08.50 Uhr

Dany sitzt mit Leo und Julia im Wartezimmer der oberen Etage des Wirtschaftsministeriums. Gestern erhielten sie einen Anruf von Pit Muller, dem Direktor der GDE, der ihnen erklärte, dass die vierte Person auf dem Foto die Regierungsrätin Caro von Stetten sei. Sie sei diejenige, die vor 15 Jahren bei der GDE gearbeitet habe und den Chefposten der Abteilung bekommen sollte, als Philip Sinner auf der Bildfläche erschien und die Position übernahm. Außerdem war sie eine der beiden Beamten, die den Wirtschaftsminister zum Umtrunk in der GDE und später zur Winzergenossenschaft begleiteten.

Kurz nach der Sache mit Sinner war Caro von Stetten von der GDE als Regierungsrätin ins Wirtschaftsministerium gewechselt. Ein grandioser Karrieresprung, weshalb Dany diese Spur bisher nicht weiterverfolgt hat. Auch nun glaubt sie nicht, dass das damalige Ereignis als Mordmotiv reicht, aber diese Frau ist die einzige konkrete Spur, die sie bis jetzt haben. Leo und Julia wollten unbedingt bei dieser Unterredung dabei sein. Dany hat zugestimmt. Zu dritt kriegt man ein besseres Bild von einer fremden Person als allein.

Das Wirtschaftsministerium ist ein langes, rechteckiges Gebäude aus den Achtzigern. Das Wartezimmer des Kabinetts befindet sich im achten Stockwerk, in einer kleinen Ausbuchtung des Hauptgangs. Es herrscht wenig Betrieb. Hier liegt das Büro des Ministers, das geschlossen ist, daneben das seiner Sekretärin. Ihre Tür steht offen und signalisiert, dass man jederzeit eintreten darf. Gleich daneben das Büro des Oberregierungsrates Olli Welter, das ebenfalls offen steht und leer ist, und weiter hinten am Ende des Hauptganges das Reich Caro von Stettens. Ihre Tür ist verschlossen. Sie warten.

Dany kann nicht stillsitzen. Sie steht auf und sieht sich die Bilder an, die entlang des Ganges hängen, Fotos aus längst vergangenen Zeiten der Stahlindustrie Luxemburgs. In ihrem Rücken spürt sie die misstrauischen Blicke der Sekretärin, die sicher befürchtet, Dany könne sich ohne ihre Erlaubnis ins Büro des Ministers schleichen. Dany schüttelt lächelnd den Kopf. Wer weiß, vielleicht hat die Sekretärin so etwas ja schon mal erlebt. Ein wütender Selbstständiger, der sich unangekündigt beim Wirtschaftsminister beschweren wollte.

Nach einer gefühlten Ewigkeit klingelt das Telefon der Sekretärin. Kurz darauf steht sie auf und kommt auf die Ermittler zu. Sie mögen ihr folgen. Sie führt sie zu Caro von Stettens Büro und öffnet. Niemand da. Erstaunt blickt Dany die Sekretärin an. Die bedeutet ihnen, sich zu setzen. »Frau von Stetten kommt gleich. Sie ist noch in einem Meeting. Möchten Sie etwas trinken? Wasser, Kaffee?«

»Ja, vielen Dank.«

Dany sieht sich um. Das Büro hat mindestens 40 Quadratmeter und zu drei Seiten eine freie Sicht auf die umstehenden Gebäude. Klare Linien im Interieur, moderne Möbel, kaum Nippes. Leerer Schreibtisch.

»Daran könntet ihr euch mal ein Beispiel nehmen«, sagt Dany in gespielt strengem Ton und grinst ihre Kollegen an. »Paperless Desk Policy nennt sich das. Sie sind sicher Frau Kerner!«

Dany dreht sich um. Vor ihr steht Caro von Stetten und reicht ihr die Hand. Dany ist beeindruckt. Von Stetten ist gut einen Kopf größer als sie, ihr langes rotes Haar reicht fast bis zu ihrer Taille, grüne Augen, markante Wangenknochen und volle Lippen. Sie ist sehr klassisch gekleidet, trägt ein beiges Kostüm mit Rock und hellen Pumps. Sie scheint viel Sport zu treiben und wirkt diszipliniert – kein Härchen liegt krumm, kein Fussel und keine Falte auf ihrem Kostüm, die Pumps blitzen wie neu, die Beine frisch rasiert und eingecremt, die Fingernägel sauber lackiert. Ihr Make-up: nicht zu viel und nicht zu wenig. Wow, ist alles, was Dany denken kann.

Leo starrt Caro von Stetten mit offenem Mund an. Fehlt nur noch, dass er anfängt zu sabbern. Lediglich Julia wirkt unbeeindruckt.

Dany räuspert sich laut und blickt Leo intensiv an. Er bemerkt es und fängt sich wieder.

Dany wendet sich an die Regierungsrätin. »Ja. Guten Tag, Frau von Stetten. Danke, dass Sie sich so schnell für uns Zeit nehmen konnten.«

»Nichts zu danken. Für die Polizei habe ich immer Zeit. Wie kann ich Ihnen behilflich sein?« Von Stetten deutet ihnen an, sich an einen runden Tisch zu setzen.

»Sie haben sicher von den letzten drei Mordfällen gehört. Sie kannten die Opfer?«

Die Sekretärin des Ministers erscheint mit einem Tablett und verteilt Kaffee.

»Wie? Nein. Ich befasse mich nicht mit Mordgeschichten.« Interessiert beugt sie sich nach vorne, faltet die Hände, löst wieder eine Hand und zeigt auf eine Schüssel mit Gebäck. »Bitte bedienen Sie sich.«

Leo nickt und schielt verlegen nach der Gastgeberin. Dann greift er nach einem Keks.

Dany zieht das Foto aus ihrer Tasche.

»Erkennen Sie die drei Personen, die mit Ihnen auf diesem Foto zu sehen sind?«

Caro von Stettens Gesicht hellt sich auf. Sie lächelt und tippt mit dem Zeigefinger auf das glänzende Papier. »Ja, sicher, das war vor ein paar Jahren in der Philharmonie, nach der Zeremonie zur offiziellen Geburtstagsfeier des Großherzogs. Da kommen gut und gerne 1.500 Personen aus dem öffentlichen Leben zusammen. Ich bin dort zufällig Philip Sinner, Mike Foerster und Paula Franke begegnet. Aber was haben die drei mit den Morden zu tun? Stehen sie etwa unter Verdacht?«

Dany sucht nach Zeichen von Schauspiel, doch von Stetten wirkt unbedarft.

»Es tut mir leid, ich lese zwar tagtäglich die Zeitung, aber solche Themen interessieren mich nicht. Dafür ist meine Zeit zu knapp.« Von Stetten blickt Dany offen in die Augen und schlägt ihre Beine lässig übereinander.

Dany merkt, wie Leo sich davon ablenken lässt. Sie kann ihn verstehen.

»Alle diese drei sind Giftmorden zum Opfer gefallen.«

»Was? Nein.« Bestürzt sieht von Stetten von einem zum andern.

»Die beiden Herren Sinner und Foerster im Januar in

der GDE und Frau Franke vor ein paar Tagen bei sich zu Hause. Haben Sie nichts davon mitbekommen?« Dany sieht ihre Kollegen irritiert an. Eigentlich unfassbar, dass Caro von Stetten ahnungslos ist.

»Nein! Na ja, vielleicht habe ich flüchtig davon im Radio gehört. Aber dort hat man ja keine Namen genannt. Mein Gott, wie schrecklich. Haben Sie schon eine Idee, wer es gewesen sein könnte?«

»Nicht direkt. Wir ermitteln noch. Können Sie uns erzählen, woher Sie die Opfer gekannt haben?«

»Natürlich. Mit Philip Sinner habe ich eine Zeitlang in der GDE zusammengearbeitet. Mike Foerster war dort auch tätig, aber mit ihm hatte ich nie wirklich zu tun. Wir sind uns nur selten begegnet.« Frau von Stetten blickt nachdenklich zu Boden. »Paula Franke kenne ich nur vom Hörensagen. Sie stand in der Philharmonie schon bei den Herren Sinner und Foerster, als ich mich zu ihnen gesellte. Ich weiß nur, dass sie Chefin der Budgethaushaltsverwaltung ist. Das ist auch schon alles.«

Mit ihren rot lackierten Fingernägeln streicht sie sich eine Strähne hinters Ohr. »Wissen Sie, wir verkehren nur schriftlich mit der Budgethaushaltsverwaltung, und zwar jedes Jahr im Frühling, wenn wir das Budget für das folgende Jahr beantragen müssen. Dieser Antrag wird dann jedoch zuerst vom Wirtschaftsminister zum Finanzminister geschickt und dessen Kabinett schickt es weiter an die Budgethaushaltsverwaltung. Die Antwort bekommen wir dann auch wieder nur schriftlich, aber diesmal direkt von der Verwaltung zugesendet.«

Dany besinnt sich auf den anonymen Brief, den sie erst kürzlich erhalten hat. Die Worte des besorgten Bürgers.

»Wie funktioniert das eigentlich im Detail, so eine Budgetverteilung?«

»Jedes Jahr müssen wir alle Budgetposten detailliert im Voraus anfragen und argumentieren. Alles dokumentieren und erklären, wofür wir das Geld brauchen und wie wir auf die jeweiligen Summen kommen. Falls die Budgethaushaltsverwaltung Fragen zu den spezifischen Posten hat, werden diese schriftlich an uns weitergeleitet und wir beantworten diese auch per Post, indem wir ihnen die Kostenvoranschläge schicken, die bezeugen, dass die Summen korrekt die Marktpreise widerspiegeln. Auch muss bewiesen werden, dass die nationalen und internationalen Ausschreibungsregeln bei der Auswahl der Mandanten strengstens befolgt wurden.«

»Wird dieses Budget denn stets so angenommen, wie Sie es vorschlagen?«

Caro von Stetten lacht unbekümmert. »Wo denken Sie hin? Nein, so einfach ist das nicht. Bei sich jährlich wiederholenden Ausgaben wie den Renten für ein Gebäude oder den Leasingwagen des Ministers zum Beispiel gibt es keine Diskussionen. Sobald es sich aber um sich ständig ändernde Ausgaben handelt, wird genau überprüft, wofür das Geld benötigt wird. Es kommt des Öfteren vor, dass ein Budget zwischen 30 und 50 Prozent gekürzt wird oder Posten sogar ganz gestrichen werden.«

Dany wendet sich kurz an ihre Kollegen.

»Von Budgetkürzungen verstehen wir was, nicht wahr?«

Die nicken ihr schüchtern zu.

»Was tun Sie denn, wenn Ihnen das Budget für eine Ausgabe nicht reicht?«

»Im Juni jedes Jahres kommt der Finanzminister mit dem jeweiligen Minister zusammen, um sich noch einmal über diese schwebenden Posten zu beraten. Dann hängt es von der Überzeugungskraft des betreffenden Ministers ab, wie viel er vom Anfangsbudget retten kann.«

»Es wird gemunkelt, dass der Betrag davon abhängt, welcher Partei der Kollege angehört oder wie gut man persönlich mit dem Finanzminister oder mit Frau Franke befreundet ist. Stimmt das?«

Caro von Stetten lächelt weiter, aber aus ihren Augen ist die Unbeschwertheit gewichen. Als sie antwortet, hat sie den Kopf gesenkt. »Wissen Sie, bei diesen Gesprächen bin ich nicht dabei. Das müssen Sie schon den Oberregierungsrat meines Ministeriums fragen. Er ist derjenige, der jedes Jahr das Vergnügen hat, den Minister zu diesen Treffen zu begleiten.«

»Aber Sie müssen doch wissen, wie viel Prozent des Anfangsbudgets Ihr Ministerium jährlich zugesprochen bekommt.«

Caro von Stettens Körperhaltung ändert sich leicht. Ihre Bewegungen werden fahriger, so als wäre ihr das Thema unangenehm. »Mein Kollege Olli Welter ist der Einzige, der den Überblick über unser gesamtes Budget hat. Besprechen Sie das am besten mit ihm. Aber was hat das überhaupt mit den Morden zu tun?« Von Stetten wendet sich wieder Dany zu, sieht sie direkt an.

Dieses intensive Grün ihrer Augen, wie Sonnenlicht unter einem Blätterdach, denkt Dany. »Das weiß ich noch nicht. Vielleicht nichts. Ich war nur neugierig.« Dany wechselt das Thema. »Was sind eigentlich Ihre Aufgaben hier im Ministerium?«

»Ich bin zuständig für unsere Beziehungen zu EU-Mitgliedstaaten, zu Drittstaaten, zur Europäischen Kommission, zur UNO und zur NATO. Dafür benötige ich kein außerordentliches Budget. Das geht alles über unsere laufenden Kosten.«

»Kommen wir doch noch mal zu der Zeit zurück, als Sie bei der GDE waren. Sie sagten, Sie hätten mit Herrn Sinner zusammengearbeitet. Wie sah das aus?«

»Nun, ich war die ersten beiden Jahre seine zweite Hand, bevor ich ins Ministerium wechselte.«

»Das heißt?«

»Ich organisierte Konferenzen über alle möglichen Themen und war zuständig für die finanzielle Beratung der kleinen und mittleren Betriebe.«

»Das heißt, Sie saßen auch in diesem Gemeinschaftsbüro neben der Rezeption der GDE und haben Start-ups beraten?«

»Haben Sie schon mit den Kollegen dort gesprochen?«, lacht von Stetten und fährt fort, ohne eine Antwort abzuwarten. »Nein, nein, ich hatte mein eigenes Büro im vierten Stock. Im Erdgeschoss wurden nur die ersten globalen Informationen vergeben. Falls es dann um persönliche, finanzielle oder juristische Beratung ging, kamen die Start-ups ein paar Stockwerke höher zu den jeweiligen Experten.«

»Ihre Expertise bestand worin?«, fragt Leo, der sich wieder gefangen hat. Trotzdem muss er sich im Gespräch mit von Stetten an einem Keks festhalten.

»Ich half den Betrieben in allem, was mit Finanzfragen zu tun hatte. Administrativer Aufwand, öffentliche Hilfen, Buchhaltung, Steuerabgaben, Sozialabgaben und so weiter.«

»Sie sahen Philip Sinner also nicht ständig? Wenn ich das richtig verstanden habe, saß er doch im Erdgeschoss im Gemeinschaftsbüro?«

»... und hatte ein Auge auf seine Mitarbeiterinnen, ja!« Von Stetten schmunzelt.

»Was finden Sie daran denn so witzig?«

»Na ja, Philip Sinner war ein notorischer Sadist. Er genoss es, die Menschen zu beherrschen und mit ihnen zu spielen wie die Katze mit der Maus. Wenn es ihm gelang, jemanden fertigzumachen, war er in seinem Element. Das machte ihn euphorisch. Wenn jemand am Boden lag und nicht mehr aufstehen konnte, im übertragenen Sinne natürlich, kriegte er sich vor Übermut gar nicht mehr ein. Die Damen, die im Erdgeschoss für ihn arbeiten mussten, waren einfache Schreibkräfte, die intellektuell nicht mit ihm mithalten konnten. Leichte Beute.«

»Was auf Sie nicht zutraf?«

Von Stetten pausiert, trinkt einen Schluck Wasser und sieht Dany nachdenklich an. Sicher fragt sie sich nun, wie viel wir schon wissen, überlegt Dany.

Caro von Stetten fährt fort:»Ich nehme an, Sie haben schon gehört, dass ich als Chefin dieser Abteilung vorgesehen war, als Philip Sinner aus dem Nichts auftauchte und auf diesen Posten katapultiert wurde. Mit der Umbesetzung des Postens sollte die ganze Abteilung vom vierten Stock neben die Rezeption umziehen, damit die Start-ups nicht jedes Mal durch das ganze Gebäude müssen. Ich gebe zu, anfangs hat mir diese Interferenz sehr zugesetzt, da ich mich wahnsinnig über diese Beförderung gefreut hatte. Ein wundervolles Gefühl, von der Hierarchie so viel Vertrauen aus-

gesprochen zu bekommen, bis der Minister sich einmischte. Doch nach einer Weile schlich sich unter die
Enttäuschung auch eine gewisse Erleichterung. Ich war
erst Anfang 30 und fand mich noch etwas zu jung für so
viel Verantwortung. Meine Aufgabe hat mich ausgefüllt,
so, wie sie war. Da ich jedoch zugestimmt hatte, diese
Verantwortung zu übernehmen, hatte die Direktion so
ein schlechtes Gewissen, als Philip Sinner mir vor die
Nase gesetzt wurde, dass man mir erlaubte, im vierten
Stock bei meinen Kollegen der juristischen Abteilung zu
bleiben. Somit mussten wir uns nicht ständig über den
Weg laufen. Das kam nicht nur mir gelegen, sondern
auch Sinner, der wohl befürchtete, dass ich ihm gefährlich werden könnte. Irgendjemand hatte ihm natürlich
erzählt, dass ich an seiner Stelle den Job hätte antreten
sollen.« Von Stetten nimmt wieder einen Schluck Wasser.
    »Und das lief gut zwischen Ihnen beiden?«
    »Nicht besonders, nein. Einige Kollegen berichteten
mir, er habe sich vorgenommen, alles zu tun, um mich
loszuwerden, da er überzeugt sei, ich würde sonst an seinem Stuhl sägen. Was ich, wie gesagt, nicht vorhatte.«
    »Was geschah dann?«
    »Anfangs lief es eigentlich noch ganz gut zwischen uns.
Er beauftragte mich damit, eine Konferenz über zwei Tage
zu organisieren, zum Thema ›Best Practices über administrative Vereinfachungen für Start-ups‹. Ich sollte renom-
mierte internationale Kollegen einladen. Es war meine
Aufgabe, die ganze Konferenz organisatorisch wie inhalt-
lich zu gestalten und die Eröffnungsrede dafür zu halten.
Es sollten auch wenigstens zwei Minister zugegen sein, um
dem Thema das nötige Gewicht zu verleihen.«

Dany stellt sich das nicht einfach vor. »Hatten Sie keine Angst vor dieser Aufgabe?«

»Nein, im Gegenteil, es machte mir riesigen Spaß. Ich war total in meinem Element. Damit hatte er nicht gerechnet. Er dachte sicher, dass ich daran scheitern würde. Als er jedoch bemerkte, dass das ganze Event ein Erfolg werden würde, kam er sechs Wochen vorher zu mir ins Büro. Alles war vorbereitet, die Einladungen waren gedruckt und mussten nur noch verschickt werden. Die Oratoren hatten sich alle verpflichtet, die Hotels waren gebucht. Er blieb in meiner Bürotür stehen und fing ohne Vorwarnung an, auf mich einzubrüllen. Dass ich die größte Null sei, die er je in seinem Leben kennengelernt habe. Es sei ja gar nichts geplant. Der Saal wäre nicht reserviert, die Kopfhörer für die Übersetzung noch nicht bestellt. Die Übersetzer wüssten von nichts. Die Oratoren wären noch nicht bestimmt, das Programm stünde noch nicht, das Catering ... Er log, dass es krachte. Da er bei seinem Ausbruch in der Tür zu meinem Büro stehen geblieben war, hörten alle Kollegen auf dem Stockwerk, was er da von sich gab. Ich frage Sie, wer stellt infrage, was ein Chef so dahersagt? Da es eilte, machte niemand sich die Mühe, sich meine Version der Fakten anzuhören. Alle gingen davon aus, dass er recht hatte! Dabei war alles, was er mir vorwarf, erlogen. Alles war fertig organisiert. Nur noch die Einladungen mussten raus. Er wusste das natürlich. Ihm ging es nur darum, mir die Zuständigkeit abzunehmen, selbst als Retter der Aktion dazustehen und die Konferenz zu eröffnen. Auf dem Programm wurde kurzerhand mein Name durch seinen ersetzt. Er hielt die Begrüßungsrede und alles andere wurde so abgezogen, wie ich es geplant hatte. Nur ich durfte nicht dabei sein. Da die Direktion meine Arbeit zu schätzen wusste, war denen klar, was da ablief. Aber sie unternahmen nichts. Ich auch nicht. Schließlich hatte der Finanzminister persönlich Sinner zu uns geschickt. Niemand wollte es sich mit dem Finanzminister verderben. Nach einem Jahr, in dem die Situation zwischen Sinner und mir sich nur noch verschlechterte, bot man mir die Stelle als Regierungsrätin im Wirtschaftsministerium an. Ab da war das Thema für mich erledigt. Zu guter Letzt war das für mich ein Triumph und für ihn eine schöne Schlappe. Er, das angebliche Genie, blieb bis zuletzt bei der GDE, und ich, die angebliche Versagerin, wurde Regierungsrätin.«

Dany betrachtet von Stetten nachdenklich. In sich gekehrt und zufrieden. Ihre Rache hatte sich erfüllt. Ein Motiv, die drei umzubringen, scheint sie also nicht zu haben.

»Noch eine letzte Frage, Frau von Stetten. Wo waren Sie am 21. Januar zwischen 19 und 20 Uhr und zwischen dem 14. und 18. Mai dieses Jahres?«

Von Stetten schaut etwas verdutzt. Sie überlegt.

»Also, am 21. Januar war ich mit dem Wirtschaftsminister Roger Schmidt und mit Olli Welter abends bis 19 Uhr beim Umtrunk der GDE. Danach fuhren wir zur Winzergenossenschaft nach Grevenmacher, wo wir an einer großen Veranstaltung teilnahmen, die das neue Label der mosselländischen Winzer präsentierte. Ich kam erst so gegen 23.30 Uhr nach Hause. Sie können das ruhig bei dem Chauffeur des Ministers abklären. Wo ich zwischen dem 14. und 18. Mai war, muss ich in meiner Agenda nachschauen. Warten Sie. Ich glaube, da war ich beruflich in New York.«

Sie steht auf, geht zu ihrem Schreibtisch, setzt sich hin und startet ihren PC.

Nach einigen Minuten des Recherchierens, während derer sie sich etwas auf ein Post-it notiert, kommt sie damit zurück an den Tisch.

»Hier sehen Sie meine Flüge, die ich für den Trip nach New York genommen habe.« Dany greift nach dem Post-it und liest laut vor: »SO, 15. Mai: 11.34–12.09 Lux–Fra 17.05–10.55 Fra-JFK MI, 18. Mai: 17.40–06.58 JFK-Lis DO, 19. Mai: 08.40–12.20 Lis–Lux. Ich nehme an, Lis bedeutet Lissabon?«

»Ja, JFK bedeutet New York und Fra Frankfurt.« Dany lächelt die Regierungsrätin etwas provozierend an. »Dass Sie das alles noch auf Ihrem PC haben?«

Caro von Stetten antwortet locker: »Meine Sekretärin trägt die Flüge immer so präzise in meine Agenda ein, damit ich zu jedem Zeitpunkt genau nachschauen kann, wie ich den Ablauf meiner Reise planen muss. Sie kann Ihnen gerne eine Kopie des Zahlungsbelegs der Flüge mitgeben.«

Dany nickt und denkt nach. So, wie es aussieht, kann von Stetten Paula Franke nicht vergiftet haben. Sie musste zu dem Zeitpunkt schon unterwegs gewesen sein. Theoretisch könnte von Stetten es zwar zeitlich geschafft haben, mit dem Auto von Frankfurt nach Luxemburg und zurück zu fahren, aber praktisch wäre es schwierig gewesen, dann noch den Flug nach New York zu erreichen. Es wird das Beste sein, das Ganze noch mal in Ruhe zu durchdenken.

Dany schaut kurz zu ihren beiden Kollegen, die ihr zu verstehen geben, dass sie keine weiteren Fragen haben.

KAPITEL 27

Freitag, den 10. Juni, 17.20 Uhr

Als Dany das Präsidium am Freitagnachmittag verlässt, klingelt überraschend ihr Handy. Das passt ihr gerade gar nicht, weil sie in einer Stunde zu Hause mit Nathalie verabredet ist und sich gedanklich noch auf das Gespräch vorbereiten muss. Es ist Tom. In den letzten Tagen haben sie sich täglich getroffen und darüber gesprochen, was sie heute Abend vorhat. Wieso ruft er also an?

»Tom, was gibt's?«

»Ich weiß, ich sollte dich jetzt nicht stören, aber ich wollte hören, wie es dir geht. Ich bin für dich da, falls du danach reden möchtest. Auch noch mitten in der Nacht, wenn's sein muss, ja? Bitte melde dich und sag mir, wie's gelaufen ist!«

»Ja, gut.«

Ob Dany danach noch Lust auf ein Gespräch mit Tom haben wird? Nun hat sie keine. So gern sie ihn mag, jetzt ist nicht der Moment. Ihr ist übel. Ihr Magen verträgt solche Konfrontationen nicht, aber es muss sein. Als sie verzweifelt im Parkhaus nach ihrem Auto sucht und es nicht findet, merkt sie, dass sie vor Aufregung mit dem Lift ins falsche Stockwerk gefahren ist.

»Oh Mann!«

Ihr Kopf glüht vor Ärger, als sie zwei Stockwerke höher steigt. Das Treppenlaufen tut ihrem Körper gut, hilft es doch, das überschüssige Adrenalin loszuwerden. Sie hat aber auch wertvolle Zeit verloren, die sie nun wieder wettmachen muss. Doch draußen hält der zäh fließende Verkehr sie weiter auf.

Mit 20 Minuten Verspätung kommt sie zu Hause an. Bevor sie die Tür zur Wohnung aufschließt, zögert sie einen Augenblick. Sie überlegt kurz, ob sie nicht vorher klingeln soll, um sich anzukündigen, lässt den Gedanken aber sofort wieder fallen. Nathalie erwartet sie bereits schmollend auf dem Sofa. Das fängt gut an. Dany setzt ihre Tasche auf dem Küchentisch ab und schenkt sich ein Glas Orangensaft aus dem Kühlschrank ein.

»Willst du auch was?«

Nathalie schüttelt wortlos den Kopf und macht den Anfang. »Du wolltest mit mir sprechen?«

Dany geht zu ihr und setzt sich vorsichtig in den Sessel neben dem Sofa. »Ja, wir müssen reden.« Dany betrachtet ihr Glas. »Nathalie, seien wir ehrlich, der Urlaub auf den Seychellen war ein einziges Fiasko. Ich wollte damit unserer Beziehung zu einem Neustart verhelfen, aber es hat nicht funktioniert. So kann es mit uns nicht weitergehen. Deshalb habe ich beschlossen, definitiv auszuziehen.«

Nathalie lacht auf, als hätte Dany einen schlechten Witz gemacht.

Dany schockiert diese Reaktion. »Du lachst?«

»Das bist du doch schon. Ausgezogen!«

Dany sieht zu ihr auf. »Nein, ich möchte unwiderruflich ausziehen. Endgültig. Ich möchte die Scheidung.«

Sie lässt Nathalie das Ganze erst mal verdauen. Verständnislos schaut diese sie an. »Das willst du tun? Ernsthaft? Nach so einer langen Zeit? Hast du dabei unsere zwei gemeinsamen Söhne vergessen? Wir gehören doch zusammen!«

Dany schüttelt den Kopf und sieht wieder traurig zu Boden. Ihr Brustkorb fühlt sich so schwer an. »Nein, Nathalie, wir gehören schon lange nicht mehr zusammen. Und unsere Söhne, die sind erwachsen und werden mit der Situation gut fertigwerden.«

Nathalies Augen füllen sich mit Tränen, die ihr über die Wangen kullern. Sie sagt kein Wort mehr. Schluckt nur noch und weint. Da ist sie weg, die Härte der Predigerin, der Aktivistin, der Schuhaustauscherin. Zu spät.

»Sieh mal, wir haben uns doch komplett auseinandergelebt. Du führst schon eine Weile dein eigenes Leben. Wann hast du zuletzt eine gemeinsame Aktivität vorgeschlagen oder gefragt, was ich so mache, wie es mir geht?«

Nathalies Tränen weichen einem Blick, so scharf, als ob er töten könnte.

»Das sagst gerade du! Seit den Seychellen bist du doch diejenige, die überhaupt nicht mehr zu Hause ist. In den letzten Monaten warst du nur mit deinen Giftmorden beschäftigt und hattest keine Zeit mehr für uns, deine Familie. Sogar Felix findet, dass man dich überhaupt nicht mehr zu Gesicht bekommt.«

»Mag sein, dass ich in letzter Zeit zu wenig für euch da war. Aber das ist es nicht. Ich kann mir ein Leben mit dir nicht mehr vorstellen. Du weißt genau, weshalb. Wir haben uns schon so oft darüber gestritten und für mich ist der Zug abgefahren. Es ist vorbei, Nathalie.«

Nathalie schüttelt den Kopf. Ihr Blick taxiert Dany wie der einer Mutter, die ihr Kind offenen Auges ihr Leben wegwerfen sieht. »Du bist ein Feigling. Einfach weglaufen, wenn's schwierig wird. Na großartig!« Sie steht auf, nimmt ein Kissen in die Hand und schmeißt es durch den Raum. Dann beugt sie sich nach vorn, stützt ihre Hände auf ihre Schenkel und fängt an zu schluchzen.

Die Schuldfalle. Dany kennt sie zu gut. Fast wäre sie wieder darauf hereingefallen, hätte sich gedemütigt gefühlt, dass sie Nathalie zum wiederholten Mal nicht gut genug war. Nathalie hat durch diese zwei kurzen Sätze gezeigt, weshalb Dany wegmuss. Sie muss sich schützen. Sonst erstickt sie. Ein selbstbewussterer Mensch würde mit Humor darüber hinwegsehen. Ihre Worte nicht ernst nehmen. Aber Dany kann das nicht. Der anfänglichen Angespanntheit folgt nun Erleichterung. Sie wird sich eines Tages besser fühlen.

Als Dany merkt, dass Nathalie still geworden ist, steht sie auf und geht ins Gästezimmer, wo ihre Koffer verstaut sind. Sie zieht einen davon aus der Ecke und rollt ihn in ihr Schlafzimmer. Dann öffnet sie den Schrank, sieht sich den Inhalt an und atmet tief durch. Womit soll sie bloß anfangen? Was gehört in die Zukunft und was bleibt hier, vorerst jedenfalls? Ein kurzer Moment, doch dann fällt ihr die Auswahl überraschend leicht. Sie verspürt eine gewisse Befreiung, obwohl sie ahnt, dass das Schlimmste ihr bestimmt noch bevorsteht.

Die Katze ist aus dem Sack. Nathalie scheint keine Szene machen zu wollen. Im Wohnzimmer herrscht Stille. Nachdem Dany das Nötigste eingepackt hat, geht sie zu ihrem Schreibtisch, nimmt ihren Laptop sowie die wichtigsten

Dokumente und steckt sie in eine große Sporttasche. Sie möchte vermeiden, dass Nathalie sie später in ihrer Wut entsorgt. Auch ihre Fotoalben packt sie gleich mit ein. Dany hat schon genug Dramen miterlebt, um zu wissen, was passieren kann, wenn Eheleute auseinandergehen.

Als sie mit dem Koffer, der Sporttasche und ihrer Handtasche kurze Zeit später vor Nathalie steht, sitzt die erneut vor sich hin schauend auf dem Sofa und sagt kein Wort.

»Okay? Ich melde mich später.« Dany steht still da und wartet ab.

Nathalie reagiert nicht. Sitzt nur da und starrt vor sich hin, die Arme um das wieder aufgehobene Kissen geschlungen.

Dany betrachtet das Wohnzimmer, wo sie die letzten 20 Jahre gemeinsam ihre Abende verbracht haben. Erinnerungen ziehen an ihr vorbei. Nathalie, wie sie drüben im Ohrensessel Felix das Fläschchen gibt, die müden Beine über die eine Armlehne gehängt, mit dem Rücken gegen die andere gestützt, den Blick zärtlich auf das Baby gerichtet, wie es gierig trinkt. Pausenlos kippt Nathalies Kopf nach vorn. Sie muss sich bemühen, nicht dabei einzuschlafen. Melancholisch bringt Dany ihre Gedanken zurück in die Gegenwart.

Nathalie dreht ihr den Rücken zu. Also dreht Dany sich um und geht zur Tür hinaus.

Als sie eine knappe Stunde später mit dem Auto im Schwebsinger Hafen ankommt und ihre Sachen aufs Boot tragen möchte, ruft Anton, der Jüngere ihrer beiden Jungs, an. Dany wappnet sich geistig, bevor sie den Anruf annimmt.

»Was hast du getan? Nathalie ist am Boden zerstört. Du kannst doch nicht einfach von heute auf morgen gemütlich deine Sachen packen und gehen! Hättest du das nicht vorher ankündigen können? Was für eine Scheiße ist das denn?«

Dany setzt sich zurück ins Auto und seufzt. »Anton, es gibt keine schöne Art, sich zu trennen. Kurz und schmerzlos ist das Beste, glaub mir. Außerdem hat sich das schon lange angekündigt. Das wisst ihr beiden ganz genau. Wir haben uns in letzter Zeit nur noch gestritten.«

»Ja, aber Dany, streiten ist doch normal. Das sagt sogar unser Biolehrer. Ohne Streit kein Wandel. Ohne Wandel kein Fortschritt.«

»Du bist gut! Manchmal streiten mag ja vielleicht wichtig sein, aber ständig? Ständig ist kein Wandel, ständig ist Krieg. Das will ich nicht. Tut mir sehr leid, mein Lieber, aber ich werde meine Meinung nicht mehr ändern. Je eher du dich damit abfindest, desto besser. Sei mir bitte nicht böse. Ich bin immer für dich da, wenn du mich brauchst. Das weißt du, Anton. An unserer Beziehung wird sich nichts ändern.«

»Das kann ich dir nicht versprechen«, sagt Anton und legt auf.

Einen Moment hält Dany inne, legt das Telefon in den Schoß und schaut über den Hafen. Sanft glitzert das Wasser in seinen winzigen Wellen. Immer in Bewegung und doch friedlich still. Einmal tief durchatmen.

Sie wählt Felix' Nummer, aber der hebt nicht ab. Ob er es auch schon weiß? Er hängt nicht so bedingungslos an Nathalie wie Anton. Jedenfalls gibt er sich immer cool und außerdem weiß er ja eigentlich schon Bescheid. Sie hatten auf den Seychellen oft genug darüber geredet. Dany muss wissen, wie er darauf reagieren wird. Sie schaut auf ihr Handy und überlegt, ob sie Tom gleich anrufen oder erst die Koffer auspacken soll. Sie entscheidet sich für Ersteres. Nach Antons Anruf wird ihr Toms Stimme guttun. Er nimmt sofort ab.

»Na, wie ist es gelaufen?«

»Erstaunlich reibungslos, aber ich hatte gerade Anton am Telefon. Er ist sauer auf mich.«

»Das war ja zu erwarten. Gib ihnen Zeit! Wie geht es dir so?«

»Na ja, wie soll es mir schon gehen? Bin halt traurig.«

»Soll ich vorbeikommen?«

»Sei mir nicht böse, aber ich muss erst mal allein sein. Ich melde mich morgen, ja?«

»Es bleibt doch dabei, dass wir mit deinem Boot rausfahren, oder?«

»Bitte, lass uns das morgen klären.«

Auf Toms Seite bleibt es still. Dany seufzt. Sie hat nicht den Nerv für eine Diskussion.

»Ich ruf dich an, gute Nacht!«, sagt sie und legt auf.

KAPITEL 28

Samstag, den 11. Juni, 11.48 Uhr

Als sie am späten Morgen wach wird, brummt ihr der Schädel. Für einen kurzen Augenblick weiß sie nicht, wo sie sich befindet, bis ihr alles wieder einfällt. Sie hat bis spät in die Nacht ihre Sachen auf dem Boot verstaut und gleich die Gelegenheit am Schopfe gepackt und »DaySea« innen und außen geputzt, bis es dunkel wurde. Danach hat sie sich in der Dunkelheit auf die Terrasse gesetzt und sich einen, nein, zwei Gin Tonics gegönnt. Oder mehr. Keine Ahnung, wie spät es war, als sie zu Bett ging. Der Brummschädel ist der Preis, aber anders hätte sie sicher nicht einschlafen können.

Sie zieht sich etwas über und geht zur Rückseite des Hafengebäudes, wo ein Automat steht, der einem »frische« Baguettes backt. Gar nicht mal so schlecht, denkt Dany, als sie zurück auf ihrem Boot ein Stück mit ein bisschen Butter und selbst gekochter Marillenmarmelade verschlingt. Erst jetzt wird ihr bewusst, wie hungrig sie ist. Stimmt, gestern Abend hat sie nichts gegessen. Nach einer guten Tasse Kaffee geht es ihr gleich viel besser. Draußen scheint die Sonne. Das Wasser plätschert gegen die Bootswand. Die traurige Schwere, die sie gestern gefühlt hat, ist zwar noch da, aber auch dieses seltsame Gefühl der Beruhigung, es durchgezogen zu haben und nicht mehr zurückzumüssen. Doch was steht ihr bevor? Wie soll es finanziell weitergehen? Die Wohnung, die sie gemeinsam mit Nathalie gekauft hat, wird womöglich wieder aufgelöst werden müssen. Weder sie noch Nathalie können sich die Rückzahlung für so eine Wohnung leisten. Wahrscheinlich wird Dany auf dem Boot leben müssen. Fluch oder Segen? Das ist eine Frage für später. Am Montag hat sie einen Termin bei der Bank, um über ihre Optionen zu sprechen. Nun möchte sie das Wochenende nutzen, um dieses neue Gefühl der Freiheit, das so behutsam an ihr Leben klopft wie Wellen ans Boot, zu trainieren. Sie greift zum Handy und wählt Toms Nummer.

»Hallo.«

»Hi.« Dany muss lächeln.

»Na?«, fragt Tom zögernd. »Wie steht's?«

»Es geht. Möchtest du vorbeikommen?«

»Soll ich denn? Ich möchte mich dir auf keinen Fall aufdrängen. Wenn du noch etwas Zeit brauchst, ist das für mich in Ordnung.«

Dany ist zerknirscht. Womit hat sie den Kerl bloß verdient?

»Ich würde mich sehr freuen, wenn du den Tag mit mir verbringst«, antwortet Dany erleichtert.

»Gut, dann komme ich. Soll ich uns was mitbringen?«

Jetzt klingt Tom wieder wie immer.

»Nein, komm erst mal her. Einkaufen können wir anschließend gemeinsam.«

Kaum eine Stunde später steht Tom vor Danys Kajütentür. Er hat ein paar Leckereien vom Bäcker Oberweis mitgebracht. Rieslingspasteten, Kartoffelsalat, Brot, Erdbeermarmelade und Schokoladen-Eclairs.

»Mmh, lecker. Aber ich sagte doch, bring nichts mit.«

»Ich weiß, aber was soll's? Fahren wir raus oder magst du erst was essen?«

Dany sieht Tom an. Er trägt ein hellblaues Hemd, das fantastisch zu seinem braunen Teint passt, und beige Shorts. An den Füßen weiße Sneakers. Perfekt, denkt Dany, die sich auch schon passend fürs Bootfahren angezogen hat und unter ihren Shorts einen Bikini trägt.

»Lass uns zuerst zu meinem Lieblingsankerplatz fahren. Ist nicht weit und liegt etwas abseits in einer idyllischen Gegend.«

»Okay, was muss ich tun? Du weißt, ich habe keine Erfahrung mit Booten.«

Tom schaut sich unsicher um. Da Dany merkt, wie zaghaft er sich auf dem Schiff bewegt, lässt sie es erst mal langsam angehen. Sie erklärt ihm, auf was man an Bord achten muss, welche Sicherheitsmaßnahmen im Falle eines Unglücks einzuhalten sind und wie das Boot vertäut wird. Dann erklärt sie ihm noch schnell, wie die Ankerwinsch funktioniert, bevor sie das Boot klarmacht.

»Soll ich dir eine Rettungsweste geben? Zum Überziehen?«

Er sieht sie stolz an. »Nee, brauch ich nicht. Bin ein guter Schwimmer!«

Sie muss lachen.

Nachdem Tom die Leinen losgemacht hat, manövriert Dany das Schiff mit Hilfe der Bug- und Heckstrahler aus dem Hafenplatz hinaus auf die Mosel. Als sie Gas gibt, hält Tom sich krampfhaft fest, bis er merkt, dass es gar nicht so schnell fährt, wie er es sich bestimmt vorgestellt hatte.

»Das ist kein Rennboot, Tom, sondern ein Cruiser. Der fährt maximal 15 Kilometer pro Stunde. Du kannst ganz entspannt sein.«

Ungewollt bringt er sie zum Lachen, wie er dasteht, mit beiden Händen an der Reling. Dann kommt er ihr mit den Armen fuchtelnd entgegen und lässt sich neben sie auf den Kapitänssitz fallen.

Das Boot gleitet langsam über die Mosel. Zeit genug, sich die Gegend in Ruhe anzuschauen, als einziges Nebengeräusch das Plätschern des Wassers. Da es ein Verdrängerboot ist und kein Rennmodell, hört man den Motor kaum.

Als Tom einen Arm um Dany legen möchte, rückt sie abrupt von ihm ab.

»Sei mir nicht böse, aber du weißt doch, dass ich lesbisch bin.«

»Ich weiß aber auch, dass du früher mal was mit Männern hattest.«

»Ja, mag sein. Momentan bin ich aber nicht in der Verfassung, wieder an eine neue Beziehung zu denken. Ich muss erst mal meine Trennung verdauen.« Dany sieht Tom betreten an, in der Hoffnung, dass er es ihr nicht übelnimmt.

Tom lächelt sie zärtlich an und nimmt den Arm wieder weg. Er zeigt zum Ufer. »Schau mal, die Weinreben. Was für ein toller Anblick!«

Dany ist erleichtert. Es ist gut so, wie es ist.

Nach einer Weile auf dem Wasser biegt Dany nach rechts ab. Das Boot macht eine 180-Grad-Wendung und fährt auf einen kleinen Flussarm.

»Komisch, die Stelle ist mir noch nie aufgefallen«, meint Tom.

Der Flussarm befindet sich an der deutschen Seite der Mosel und die Stelle, die Dany sich zum Ankern ausgesucht hat, ist von den Straßen beider Ufer aus nicht zu sehen, da sie von dichtem Gebüsch umgeben ist. Der Ort hat etwas Magisches. Das Wasser steht ruhig und still, auf seiner glatten Oberfläche spiegeln sich die Büsche wie hingetupfte Aquarelle. Als der Anker hält, schaltet Dany den Motor aus. Man hört nur noch die Vögel und das Zirpen der Grillen. Lächelnd sieht Dany Tom an. »Na, was sagst du?«

Er schaut sich verträumt um und nickt, bevor er sich T-Shirt, Sneakers und Shorts auszieht und mit einem Plumps ins Wasser springt. Dany kreischt ausgelassen.

Wortlos tut sie es ihm nach und beide schwimmen prustend und keuchend durch den kalten Fluss, bis sie nicht mehr können. Dann steigen sie wieder mühsam aufs Boot. Dany läuft rasch hinein, um Badetücher zu holen. Anschließend machen sich beide über Toms Mitbringsel her. Die Sonne liegt tief über dem Tal und das Licht leuchtet geheimnisvoll.

»Wo wirst du eigentlich wohnen?«

»Erst mal hier auf dem Schiff. Am Montag habe ich einen Termin mit der Bank, aber ich bezweifle, dass ich mir was in Luxemburg leisten kann. Falls ich mir eine Wohnung suche, wird es eher im Grenzgebiet sein. Am liebsten hier irgendwo an der Mosel.« Weil sie jetzt nicht über sich reden möchte, wechselt Dany das Thema. »Woran arbeitest du momentan?«

Tom nimmt einen Schluck. »Ich recherchiere über die

Steuergelder, die das Gesundheitsministerium während der Coronazeit unnötig verprasst hat.«

»Ach ja? Wie denn?«

»Meine Recherchen sind noch nicht abgeschlossen, aber feststeht, dass die europäischen Ausschreibungspflichten nicht eingehalten wurden. Außerdem ist das Ministerium auf einer außerordentlich hohen Menge Impfdosen sitzen geblieben. Sobald ich so weit bin, zeige ich dir meinen Artikel. Wie steht's bei dir? Wie weit bist du mit deinen Ermittlungen?«

Dany hat es sich inzwischen auf dem Terrassensofa gemütlich gemacht und schnappt sich ihr Glas. »Wir haben ein Foto gefunden, das die drei Giftopfer zusammen mit Caro von Stetten zeigt, einer Regierungsrätin des Wirtschaftsministeriums. Sie hat früher bei der GDE mit Philip Sinner zusammengearbeitet. Die Spur hat uns aber nichts gebracht.«

»Caro von Stetten? Der Name sagt mir was! Wie sieht die denn aus?«

Er greift nach seinem Handy und öffnet das Internet. Seine Finger gleiten über das Display und er wird schnell fündig.

»Ja, klar, die kenne ich. Die war doch mit Jonas Neubert zusammen. Er und ich waren zur selben Zeit in Aix-en-Provence an der Uni. Damals hatte er kurz etwas mit einer Freundin von mir. Sehr hochnäsig, der Typ.«

»Mann, Luxemburg ist so klein. Ihr wart doch aber nicht im gleichen Studium unterwegs?«

»Nein. Er studierte Jura und ich Journalismus. Deshalb traf ich ihn auch nicht oft. Meine Freundin war eine Bitch mit Jungs. Hat nicht lange gehalten mit den beiden. Ja, stimmt, die Caro von Stetten arbeitet bei Minister Schmidt. Ich bin ihr dort schon auf Pressekonferenzen über den Weg gelaufen. Übrigens kenne ich Paula Franke auch von Pressekonferenzen des Finanzministers Werfel.«

»Glaubst du, dass die zwei Frauen sich kannten?«

»Es ist unvorstellbar, dass sie sich *nicht* kannten. Die Welt der Ministerien ist noch kleiner als unser kleines Land. Da kann man sich kaum ausweichen.«

Dany runzelt die Stirn. »Uns hat die von Stetten gesagt, sie sei der Franke in der Philharmonie zum ersten Mal begegnet.«

»Mag sein, aber es würde mich wundern. War da nicht vor einigen Jahren was mit der von Stetten? Es fällt mir gerade nicht ein. Mann, ich krieg mich nicht konzentriert. Du siehst so sexy aus!« Er spielt nervös mit seinem Glas und sieht Dany tief in die Augen. Das macht sie verlegen.

»Hör sofort auf damit, sonst fahren wir schnurstracks zurück in den Hafen«, tadelt Dany ihn schmunzelnd und eilt ins Boot, um sich einen Pulli zu holen.

KAPITEL 29

Montag, den 13. Juni, 09.45 Uhr

Julia unterbricht Dany und Leo, die konzentriert auf Leos Bildschirm starren.

»Dany, dein Telefon klingelt.«

Jede Menge Ergebnisse poppen auf.

»Ahrrgh, warum gerade jetzt?«

Dany hastet rüber in ihr Büro und nimmt ab. Tom wirkt aufgeregt am anderen Ende der Leitung.

»Dany, ich musste eben an unser Gespräch über Caro von Stetten denken. Kannst du dich noch erinnern, was vor ein paar Jahren mit ihrem Mann Jonas Neubert geschehen ist?« Er fährt fort, ohne Danys Reaktion abzuwarten. »Im Oktober 2021 nahm er sich das Leben. Er war ein beliebter Kommunalpolitiker der Hauptstadt Luxemburg. Man fand ihn damals in der Eingangshalle des Rathauses, wo er sich mit einem Seil am Lüster erhängt hatte. Ohne Abschiedsbrief. Es wurde gemunkelt, er habe die politischen Anschuldigungen, denen er ausgesetzt war, nicht verkraftet. Könnte es sein, dass es einen Zusammenhang zwischen diesem Selbstmord und den Serienmorden gibt? Hast du was dagegen, wenn ich darüber recherchiere und die Frage in einem Artikel aufwerfe? Vielleicht hilft es dir bei deinen Ermittlungen?«

Dany gefällt Toms Begeisterung für den Fall und sie freut sich, dass seine Informationen genau mit dem übereinstimmen, was sie eben mit Leo im Netz herausgefunden hat. Sie haben sich gerade die gleichen Fragen gestellt.

»Natürlich ist das für uns eine interessante Spur, Tom, aber die von Stetten hat ein Alibi. Außerdem gibt es noch keine Indizien, die den Selbstmord mit unseren Morden in Verbindung bringen. Falls es einen Zusammenhang gibt, könnte dein Artikel unseren Ermittlungen momentan sehr schaden. Es würde den Mörder zu früh warnen. Hast du nicht gesagt, du wärst vollends mit Recherchen über das Gesundheitsministerium beschäftigt?«

Dany hört Tom seufzen. »Ja, aber da ist was faul. Daher wäre es gut, wenn ich schon …«

»Nein, bitte gib uns noch etwas Zeit.«

»Okay, ich warte mit dem Artikel, bis du mir grünes Licht gibst, aber mit den Recherchen fange ich schon an. Und falls eine andere Zeitung vor mir darüber berichtet, drehe ich dir den Hals um.«

Tom beendet das Telefonat.

Dany atmet auf. Der Selbstmord könnte tatsächlich eine vielversprechende Spur sein. Sie gibt Leo und Julia den Auftrag, alles andere stehen und liegen zu lassen und sich ausschließlich auf Caro von Stettens Ehemann zu konzentrieren.

Nach ein paar Stunden haben sie so viel zusammengetragen, dass Dany spontan ein Teammeeting einberuft.

Julia und Leo stehen vor dem neuen Whiteboard, das sie in den Raum geschoben haben, und sehen sich die Zeitungsausschnitte über die Selbstmordgeschichte von Caro von Stettens Ehemann an. Vor ihnen sitzt das komplette Team:

Manuel Gabler, Marc Hoffmann, Metty Reuter, Emil Berg. Dany begrüßt sie und übergibt das Wort an Julia, bevor sie sich zu ihren Kollegen setzt. Julia wendet sich beflissen an die Runde und zeigt ein Foto Caro von Stettens, wie sie selbstbewusst an ein Gebäude gelehnt in die Kamera lächelt. Julia fasst kurz zusammen, was sie bereits über die Regierungsrätin wissen, und fährt fort.

»Nachdem Caro von Stetten damals von der GDE ins Wirtschaftsministerium gewechselt ist, verging nicht ein Monat, in dem sie nicht in irgendeinem Zeitungsartikel erschien. Sie machte sich bei den Unternehmern mit kleinen politischen Gefälligkeiten sehr beliebt. Über diesen Weg hat sie auch ihren zukünftigen Ehemann Jonas Neubert kennengelernt. Er führte zu diesem Zeitpunkt eine erfolgreiche Anwaltskanzlei und war ehrenamtlich in verschiedenen Gremien der Anwaltskammer tätig. Außerdem war er Mitglied der nationalen Oppositionspartei und im Gemeinderat der Stadt Luxemburg.«

Julia unterbricht sich kurz und nimmt einen Schluck Wasser.

»2018, übrigens kurz vor den Kommunalwahlen, hat man ihn des Steuerbetrugs bezichtigt und öffentlich diskreditiert.« Sie zeigt auf das Coverfoto der Tageszeitung Luxemburger Wort vom Mai 2018. »Die Medien veranstalteten eine Schlammschlacht, die sich gewaschen hatte. Ich brauche euch nicht zu sagen, dass er daraufhin die Kommunalwahlen verlor. Obwohl er zwei Jahre später von der Justiz freigesprochen wurde, war sein Ruf als Anwalt erst mal ruiniert und seine Kanzlei durch den Skandal schwer angeschlagen. Solche doppelzüngigen Anschuldigungen wiederholten sich in den nachfolgenden Monaten regelmäßig, aber er wurde immer wieder freigesprochen. Im Pressearchiv fanden wir über die nachfolgenden Anschuldigungen allerdings nichts mehr.«

Julia macht eine kurze Pause und sieht ihre Kollegen an. Alle sind konzentriert bei der Sache. Sie wendet sich wieder zum Whiteboard und zeigt auf ein anderes Coverfoto, diesmal aus einem Schundblatt.

»Jonas Neubert verkaufte seine Kanzlei, doch kaum hatte er sich von diesen falschen Anschuldigungen erholt, kam der nächste Schlag. Im Juni 2021 wurde ihm der Zugang zu den Festlichkeiten in der Philharmonie verweigert, angeblich, weil er eine Gefahr für die Staatssicherheit darstellte. Es handelte sich um die Feierlichkeiten rund um den Geburtstag des Großherzogs. Auch diesmal wurde die Sache in der Presse breitgetreten.«

»War das die Feier, auf der das Foto der drei Opfer mit Caro von Stetten aufgenommen wurde?«

»Ja. Genau.«

Leo, der die ganze Zeit neben Julia steht, hält inzwischen ein Cover des Luxemburger Wort vom Oktober 2021 hoch, darauf die Schlagzeile »Selbstmord des Kommunalpolitikers Jonas Neubert« nebst einem Foto von ihm und seiner Frau Caro von Stetten.

Marc schüttelt entsetzt den Kopf. »Das hat ihm sicher den Rest gegeben.«

Julia nickt. »Genau. Zum Zeitpunkt seines Selbstmordes im Oktober 2021 war sein Ruf gänzlich ruiniert und er beruflich am Ende.«

Manuel fährt sich durch sein schwarzes Haar.

»Krass.«

Alle sitzen am Tisch und schweigen betroffen. Dany

beobachtet Leo, der vor Kurzem noch begeistert von Caro von Stetten gewesen war. Sie fragt sich, was ihm gerade durch den Kopf geht. Sie muss zugeben, selbst erstaunt zu sein, dass der von Stetten überhaupt nichts anzumerken war, als sie zuletzt mit ihr sprachen. Sie hatte blendend ausgesehen und nicht im Geringsten mitgenommen gewirkt. Dabei waren alle diese Dinge doch erst knapp ein Jahr her. Welche Auswirkungen mögen die Anschuldigungen gegen von Stettens Mann und schließlich sein Selbstmord auf von Stettens Karriere gehabt haben? In so einem kleinen Land wie Luxemburg spricht sich das in den Ministerien doch wie ein Lauffeuer herum.

Dany schüttelt den Kopf. Die Tatsache, dass die Regierung Steuergelder einsetzt, um politische Gegner auszuschalten, anstatt damit die wahren Probleme des Landes zu lösen, ekelt sie an. Aber dass die dann auch noch mit erfundenen Anschuldigungen absichtlich und ungestraft eine Existenz zerstören, das schlägt dem Fass den Boden aus. Dany ist noch ganz in Gedanken, als Metty das Wort ergreift: »Ich kann mich vage daran erinnern. Mein Team war damals am Tatort und wir konnten nur noch den Tod Jonas Neuberts feststellen. Keine schöne Sache. Vor dem Rathaus gab es viel Aufsehen und es dauerte Wochen, bis sich das Gerede wieder gelegt hatte. Kannst du dich nicht erinnern, Dany? Willy musste noch kurz vor seiner Pensionierung der Familie Neuberts die schlechte Nachricht überbringen.«

Willys letzter Einsatz? Komisch. Ist ihr nicht mehr präsent.

Emil richtet sich wie vom Donner gerührt auf und klopft sich aufs Knie.

»Stimmt, nun weiß ich auch, wo ich die von Stetten schon mal gesehen habe! Willy hatte mich damals gebeten, dabei zu sein. Die Neuberts waren erst kürzlich von der Hauptstadt in eines der schönen Winzerhäuser nach Remich gezogen und wir mussten seine Frau benachrichtigen, die an dem Abend zu Hause vergeblich auf ihn wartete. Ich hatte die Verbindung nur nicht gezogen, weil sie ja hier mit ihrem Mädchennamen auf dem Whiteboard steht. Damals trug sie das Haar auch noch einen Tick heller.«

Dany ahnt langsam, wieso sie die Details nicht kennt. Da damals sofort klar war, dass es sich um einen Selbstmord handelte und nicht um einen Mord, hatte sie sich nicht länger damit aufgehalten. Die Leiche wurde freigegeben, Willy ging in Rente und somit war die Sache für sie erledigt. Vielleicht waren sie im Revier zu abgebrüht, aber bei so vielen Fällen im Jahr kann man sich nicht von jedem einzelnen zu sehr berühren lassen.

Dany hält es auf ihrem Stuhl nicht mehr aus und erhebt sich. »Gut, nehmen wir mal an, es gibt eine Verbindung zwischen den Giftmorden und dem Selbstmord. Welche könnte das sein? Und vor allem, wer könnte darin verwickelt sein?«

Insgeheim hofft sie, dass es keine Verbindung gibt. Falls doch, würde die politische Brisanz sie alle überfordern. Aber es würde erklären, warum der Untersuchungsrichter Brauer bei der Vernehmung des Aufsichtsrats der GDE und des Finanzministers so aufgebracht reagierte. Dany wird flau im Magen. Sie legt sich die Hand auf den Bauch.

»Was wissen wir über die falschen Anschuldigungen gegen Jonas Neubert? Wer genau hat ihn damals angeschwärzt?«

Dany wendet sich wieder an Julia und Leo. Leo sieht aufs Whiteboard, als müsse er die Artikel nochmals lesen.

»Die Anklage wegen Steuerbetrugs kam wahrscheinlich aus dem Steueramt, das dem Finanzminister unterliegt. Tja, und was den Zugang zur Philharmonie anbelangt, da müssen wir uns erst schlaumachen.«

Manuel Gabler meldet sich zu Wort: »Also, darüber weiß ich so einiges. Am Tag der Feierlichkeiten müssen wir aus dem Süden jedes Jahr mithelfen, um die Staatssicherheit zu gewährleisten. Das Protokoll der Festivitäten leitet ein Team, das aus der Polizeidirektion des Landes und Beamten aus dem Außenministerium sowie dem Staatsministerium besteht. Die Polizei erhält aus dem Staatsministerium die Liste derer, die zu den Feierlichkeiten eingeladen werden. Dann wird die Liste mit dem Vorstrafenregister abgeglichen. Alle Treffer gehen wieder ans Staatsministerium und das entscheidet dann von Fall zu Fall, wer trotzdem zugelassen oder gegebenenfalls abgelehnt wird.«

»Wie viele sind denn in der Regel auf einer solchen Liste?«, fragt Metty.

»Jedes Jahr sind's ungefähr ein Dutzend Leute, die nicht zugelassen werden. Tendenz steigend.«

Dany hebt erstaunt die Augenbrauen.

»Ich frage mich bloß, was die ausgefressen haben müssen. Gewöhnlich bleibt die Oberschicht doch unbehelligt, selbst wenn man sie mit Koks im Bordell erwischt.« Manuel lacht schallend.

Metty, der genauso wenig mit Ungerechtigkeiten klarkommt wie Dany, erwidert: »Wahrscheinlich ist Neubert oder die von Stetten jemandem aus der Regierungspartei auf die Füße getreten.«

»Leo, finde bitte heraus, wie das damals mit Jonas Neubert abgelaufen ist. Stand er im Vorstrafenregister und, falls ja, wer hat ihn auf die Liste gesetzt und weshalb? Wer genau hat entschieden, dass er nicht zur Philharmonie zugelassen wurde? Außerdem muss ich wissen, wie seine Familie darauf reagiert hat. Julia, du ermittelst, was du über die Anschuldigungen wegen Steuerbetrugs finden kannst. Von wem ging das aus? Was war der genaue Sachverhalt? Wie hat Jonas Neubert sich dazu geäußert? Wie kam es dazu, dass die Anklage wieder fallen gelassen wurde?«

Julia notiert sich alles und nickt eifrig.

»Vergiss nicht nachzusehen, ob Paula Franke, Daniel Becker – unser ›anonymer‹ Informant – und der Finanzminister zu dem Zeitpunkt schon oder noch auf ihren jeweiligen Posten waren. Vielleicht haben sie etwas mit der falschen Verleumdung des Steuerbetrugs zu tun.«

Marc, der bis zu dem Zeitpunkt still in seiner Ecke saß, nimmt sich einen Keks. »Müsste man in dieser Sache nicht auch einmal die Medien durchleuchten?«

Dany nickt. »Ja, mach das. Wer hat welchen Medien was genau zugesteckt? Welche Rolle spielten sie dabei? Emil, du bringst mir Frau von Stetten her. Wir beide werden sie mal zum Selbstmord ihres Mannes vernehmen. Das Ganze muss doch auch Auswirkungen auf ihre Karriere gehabt haben.«

Emil blickt erschrocken auf und hebt die Hand. »Sollten wir damit nicht warten, bis wir was Konkretes herausgefunden haben? Müssten wir nicht zuerst den Untersuchungsrichter darüber informieren?«

»Nö, wieso? Wir nehmen sie ja nicht fest. Es geht nur um ein Gespräch. Sie wird behandelt wie alle anderen auch.

Wieso sollten wir um sie mehr Aufhebens machen als um andere? Also, los!«

Dany fühlt die Blicke ihrer Kollegen auf sich. Sie zögern, bleiben erst mal sitzen, sagen allerdings kein Wort. Also fügt Dany hinzu: »Ich nehme es auch auf meine Kappe, sollte der Untersuchungsrichter sich darüber beschweren.«

Das scheint den Kollegen zu genügen, denn sie erheben sich nun und machen sich an die Arbeit. Wahrscheinlich gefällt ihnen Danys Vorgehensweise nicht, doch das ist ihr momentan egal. Je länger sie bei der Polizei ist, desto wütender wird sie über die immer häufiger auftretenden politischen Einmischungen in ihre Fälle. Sie hat es so satt, dass man sie kontinuierlich ausbremst. Aber auch hier hinschmeißen wie in der Ehe? Was dann? Privatdetektivin werden?

Manuel bleibt bei Dany stehen. »Und was soll ich tun?«

»Erkundige dich mal bei deinen Kollegen, die sich damals um die Sicherheitsvorkehrungen in der Philharmonie gekümmert haben, ob sie Näheres über Jonas Neuberts Zugangsverweigerung wissen. Finde heraus, wie er auf die Liste kam.«

KAPITEL 30

Donnerstag, den 16. Juni, 9 Uhr

Caro von Stetten sitzt am Donnerstagmorgen pünktlich im Präsidium, nachdem sie von einer Auslandsreise nach Dubai zurückgekehrt ist. Obwohl sicherlich noch erschöpft von der Reise, sieht man Caro von Stetten die Strapazen nicht an. Sie sieht genauso adrett aus, wie Dany sie in Erinnerung hat. Sichtlich gut gelaunt und freundlich lächelnd zeigt von Stetten ihre perfekten weißen Zähne in einem perfekt geschminkten Gesicht, das von ihren perfekt gestylten roten Haaren umrundet ist. Diesmal trägt sie ein dunkelblaues Kostüm mit weißer Bluse. Perfekt, ja, zu perfekt, denkt Dany und muss wegschauen. Komisch, dass ihr das erst jetzt auffällt. Womöglich, weil Caro von Stetten nicht mehr in ihrem schicken Büro sitzt, sondern hier im Revier, wo der Kontrast noch größer ist, mit den kargen Möbeln, die aus den Achtzigern stammen, und den Wänden, die ebenso grau und abgenutzt aussehen wie die Einrichtung.

Dany bittet Caro von Stetten, sie mit Emil in den fensterlosen Verhörraum zu begleiten. Im Vergleich zu ihrer Erscheinung sieht der nun noch schäbiger aus als sonst.

»Bitte setzen Sie sich.«

Caro von Stetten schaut sich kurz um, zieht den Metallstuhl unter dem Tisch hervor, wischt den Sitz ab und nimmt behutsam Platz. Sie hebt die Hände und lächelt Dany schulterzuckend an. »Frau Kriminalkommissarin, ich begreife nicht wirklich, wieso Sie mich noch einmal sprechen möchten. Ich kenne Paula Franke nicht und wüsste nicht, wie ich Ihnen bei Ihrem Fall behilflich sein könnte.«

Dany schaut sie einen Augenblick an.

»Frau von Stetten, wir haben erfahren, was Ihrem Mann zwischen 2018 und 2021 widerfahren ist, und würden gerne Ihre Version davon hören.«

Caro von Stettens Gesicht erblasst, doch sie verliert nicht wie erwartet die Fassung. »Ich wüsste nicht, was das mit den Giftmorden zu tun hat.«

Aufrecht sitzt sie auf ihrem Stuhl und stellt die Beine nebeneinander. Die Hände in ihrem Schoß abgelegt, sieht sie Dany offen an.

Zeit, ihr Vertrauen zu gewinnen.

»Wir möchten alle Eventualitäten ausschließen. Auch wenn es auf den ersten Blick nicht so aussieht, könnte es doch sein, dass die Fälle irgendwie zusammenhängen. Schließlich sind alle betroffenen Personen in irgendeiner Form politisch tätig gewesen.«

Caro von Stetten runzelt die Stirn. »Gut, was möchten Sie wissen?«

»Bitte beginnen Sie doch 2018 bei der Anklage Ihres Mannes wegen Steuerbetrugs. Wann fing das an und wer hat ihn damals angeschwärzt?«

Caro von Stetten atmet tief ein und beginnt mit einem Schluck Wasser.

»Im Juni 2018 sollten die Gemeindewahlen stattfinden, und obwohl mein Mann für die Oppositionspartei antrat, hatte er gute Erfolgsaussichten. Die Bevölkerung war der im Amt verweilenden Partei überdrüssig und er hatte sich ausgezeichnet positioniert. Man räumte ihm damals sogar echte Chancen für das Bürgermeisteramt ein. Einige Wochen vor den Gemeindewahlen wurden wir frühmorgens um halb sieben überraschend aus dem Bett geklingelt. Zuerst dachten wir, unserer Tochter wäre etwas zugestoßen, aber nachdem mein Mann sie in ihrem Zimmer schlafend vorfand, ging er im Bademantel nach unten und öffnete die Tür. Draußen standen ein Untersuchungsrichter mit einem Durchsuchungsbefehl und eine Gruppe Finanzbetrugsermittler, die mit leeren Kisten bepackt darauf bestanden, eingelassen zu werden. Die Ermittler waren alle in voller Polizeimontur, mit Schutzwesten, Pistolen und Knüppeln am Gürtel. Es traf uns völlig unvorbereitet und uns überkam eine tiefe Scham, wussten wir doch, dass so viel Polizeipräsenz in Remich nicht unbemerkt bleiben würde. Später erfuhren wir, dass tags zuvor im Hochglanzmagazin Klaatsch ein kurzer Artikel mit einem Foto von mir und meinem Mann erschienen war über eine angeblich gut organisierte und illegale Steuerbetrugsmasche, die die Anwaltskanzlei meines Mannes ausländischen Investoren anböte. Der Untersuchungsrichter habe einen Tipp bekommen, dem man nachgehen müsse. Die Ermittlungen der Abteilung für Wirtschaftskriminalität würden auf Hochtouren laufen. Da wir solche Schundblätter nicht lesen, hatten wir zum Zeitpunkt der Hausdurchsuchung keinen Schimmer davon.«

Caro von Stetten stellt das Glas wieder ab.

»Wir standen verblüfft in Pyjama und Bademantel im Eingang und haben zunächst versucht, uns einen Überblick über die Situation zu verschaffen. Stellen Sie sich mal vor, Sie liegen morgens um halb sieben noch im Bett und es klingelt an der Tür. Ich fragte sofort meinen Mann, ob etwas an der Sache dran sei, aber er war genauso überrascht wie ich. Falls ja, wüsste er nichts davon. Also ließen wir die Ermittler erst mal ins Haus und folgten ihnen überallhin. Sie wollten wissen, wo wir unsere Unterlagen aufbewahren, und durchwühlten alle Schränke und Schubläden unserer Büros. Als sie damit fertig waren, gingen sie von Raum zu Raum und suchten weiter. Sie beschlagnahmten einige Ordner und den Laptop meines Mannes. Meinen nahmen sie jedoch nicht mit. Auch nicht den unserer Tochter, die inzwischen wach geworden war, bei uns stand und schockiert zusah, was da ablief. Wir waren alle bestürzt. Wir hatten uns noch nie etwas zuschulden kommen lassen und kannten solche Abläufe nur aus Krimis. Niemals hätten wir uns erträumen lassen, dass uns so etwas mal selbst passieren würde.«

Caro von Stetten zieht ein Taschentuch aus ihrer Tasche und schnäuzt sich. Die beherrschte Art von vorhin ist wie weggeblasen. Sie blickt nun sehr ernst von Dany zu Emil.

»Sie kenne ich doch«, meint sie. »Sie waren damals dabei, als man mir Bescheid gab, dass Jonas tot sei.«

Dany fällt auf, dass sie nicht von einem Selbstmord spricht.

»Ja, stimmt, das war ich.« Emil schaut sie unsicher an.

Dany ahnt, wie er sich fühlt. Schließlich waren es Beamte wie sie beide gewesen, die auf Gesuch der Regierung die Neuberts mit den Anschuldigungen konfrontiert hatten.

»Dann wissen Sie ja, wovon ich rede.« Emil nickt mitfühlend. Caro von Stetten blickt zu Dany. »Waren Sie 2021 schon hier bei Ihrer Truppe?«

Dany sieht sie nachdenklich an. »Ja, aber ich war mit einem anderen Fall beschäftigt.«

»Ja. Sicher. Ein Fall, das war alles, was mein Mann für Sie war.« Sie schluckt. »Für mich war er sehr viel mehr.« Caro von Stetten greift wieder nach dem Wasser.

Nach einer kleinen Pause fährt Dany fort. »Wie ging es dann weiter?«

»Es war die Hölle los. Jonas rief augenblicklich die Kanzlei an und erfuhr, dass dort gerade das Gleiche geschah. Der Untersuchungsrichter hatte bereits eine Truppe dorthin geschickt, um alles zu beschlagnahmen. Jonas fuhr hin, um nach dem Rechten zu sehen. Ich blieb zu Hause bei unserer Tochter und meldete mich krank. Ein paar Stunden später wurde schon im Radio und abends im lokalen Fernsehen über die Anschuldigungen berichtet. Tags danach waren alle Zeitungen voll davon und Jonas' Partei berief ein Sonderkomitee ein, wo er vorsprechen sollte. Die Partei hatte noch am gleichen Tag ein Communiqué veröffentlicht, in dem sie für eine schnelle Aufklärung der Anschuldigungen plädierte und Hilfe bei der Aufklärung versprach, falls dies notwendig sei. Ein paar Tage später, als der Untersuchungsrichter schließlich Anklage erhob, distanzierte sich die Partei von Jonas und er zog seine Kandidatur zu den Gemeindewahlen zurück. Es schien uns allen das Beste, die Partei nicht auch noch mit in diesen Schlamassel zu ziehen. Sie würde ohnehin genug unter der Sache zu leiden haben. Natürlich waren wir alle am Boden zerstört, aber wir standen noch unter Schock, lebten in den Tag hinein und nahmen alles, wie es kam. Während Jonas tagelang von den Steuerermittlern vernommen wurde, liefen bei der Partei die Recherchen auf Hochtouren, um herauszufinden, wer hinter den Vorwürfen steckte. Ohne Erfolg. Wir ahnten natürlich, dass es nur einer seiner politischen Gegner gewesen sein konnte, aber wer genau, fanden wir nicht heraus.«

Dany und Emil wechseln bedeutungsvolle Blicke. Diese Ahnungslosigkeit nimmt Dany der Frau nicht ab. »Ach bitte, Frau von Stetten, sagen Sie mir doch nicht, Sie hätten keinen Verdacht gehabt!«

Caro von Stetten wirkt erstaunt, dann sieht sie Dany mitleidig an, als stünde sie vor einem kleinen, dummen Kind. »Frau Kerner, haben Sie eine Ahnung, wie viele Feinde man in der Politik hat? Nein?«

»Bitte, erzählen Sie es mir!«

»Sehr viele! Nicht einmal bei Ihren privaten Freunden können Sie sich jemals sicher sein. Die feindlich gesinnten Gruppierungen reichen sehr weit. Es handelt sich nicht nur um die direkten politischen Gegner, die mit einem auf der Wählerliste stehen, und um deren Parteimitglieder, sondern auch um ihre näheren Sympathisanten. Überall, auf allen Ebenen der Verwaltung oder der Privatfirmen, in den Medien, den Schulen. Alle versuchen – jeder in seiner Rolle – einen zu ruinieren. Politiker zu sein, ist ein undankbarer Job. Da wird mit harten Bandagen gekämpft.«

»Und Sie und Ihr Mann, haben Sie auch mit harten Bandagen gekämpft?«

»Ich würde lügen, wenn ich sagen würde, dass wir nie ausgeteilt hätten, aber wenn, dann haben wir immer nur den Ball gespielt und nie den Mann. Uns war wichtig, uns auf unsere Arbeit zu konzentrieren und durch unsere Leistungen aufzufallen. Intrigante Spielchen waren nicht unser Ding.«

»Natürlich nicht«, spöttelt Dany, was Emil pikiert zusammenzucken lässt. Seine Reaktion überrascht sie. Und auch wiederum nicht. Ein richtiger Dorfpolizist: sich mit allen guthalten und nur nicht anecken.

Von Stetten tut so, als hätte sie Danys Spott nicht bemerkt. »Und dann?«, fragt Dany weiter.

»Die Wahlen im Juni haben wir natürlich verloren. Das Resultat von Jonas' Partei war desaströs. Die etablierte Partei wurde wiedergewählt. Die Parteikollegen waren auf Abstand gegangen und in der Firma viele Kunden abgesprungen. Wir nutzten die Sommerpause bei Gericht und fuhren für vier Wochen in den Urlaub an die Nordsee. In ein Ferienhaus in den Dünen, wo wir für uns waren und uns gut ausruhen konnten. Als wir danach erholt zurückkamen, gingen die Ermittlungen weiter. Da Jonas selbst Finanzanwalt war, konnte er sich gut verteidigen, aber es war ein langer, einsamer Weg. Es dauerte anderthalb Jahre, bis der Untersuchungsrichter die etlichen Anklagen wieder fallen ließ. Jonas verfiel in eine Depression. Er konnte sich nicht mit der Sache abfinden.«

»Er wurde also nicht angeklagt?«

»Nein, dazu kam es Gott sei Dank nicht.«

Emil traut sich nun doch eine Bemerkung. »Aber ist der Ruf erst ruiniert …«

Caro von Stetten schaut ihn provozierend lächelnd an. »Haben Sie damit Erfahrung, Herr …?«

»Nennen Sie mich doch Emil«, erwidert er dümmlich grinsend. Dany traut ihren Ohren nicht und diesmal ist sie es, die Emil erstaunt anstarrt. Als er Danys Blick auf sich spürt, schaut er auf den Tisch und seine Ohren laufen glühend rot an. Männer …

»Wir machen eine Pause. Möchten Sie einen Kaffee? Ja? Emil, besorg Frau von Stetten mal ein Tässchen!«

Emil verlässt den Raum und Dany folgt ihm. Als die Tür hinter ihnen zuschlägt, nimmt sie ihn zur Seite.

»Sag mal, geht's noch? Was war das denn?«

»Was? Wieso? Ich wollte doch bloß nett sein!«

»Bloß nett sein? Sie hat vielleicht die Giftmorde begangen und du willst nett sein? Ich glaub, ich höre nicht recht! Wir sind hier bei einer Mordermittlung!«

»Hey, ist ja gut. Beruhige dich. Ich lasse das in Zukunft, okay?«

»Das will ich doch hoffen. Nett sein! Ich fasse es nicht!« Dany schüttelt den Kopf. Manchmal fühlt sie sich so einsam in ihrem Job.

Als die Ermittler kurz darauf wieder im Vernehmungsraum auftauchen, ist Caro von Stetten gerade dabei, auf und ab zu gehen. Sie setzt sich und bedankt sich für die Tasse Kaffee, die Emil vor sie hinstellt.

»Frau von Stetten, wie ging es mit der Firma Ihres Mannes weiter. War sie bankrott?«

»Nein, nicht sofort. Dank einiger alter Kunden konnte er sich gerade so über die Monate retten, bis Gras über die Sache gewachsen war.«

»Wie lange dauerte das in etwa?«

Von Stetten überlegt. Sie schaut an die Decke.

»Warten Sie, das muss Anfang 2021 gewesen sein. Ja, genau, nach der negativen Bilanzabrechnung des Jahres 2019 ging es Ende 2020 langsam bergauf. Er erzählte mir, die Firma habe das Schlimmste überwunden und würde wieder schwarze Zahlen schreiben.«

»Und trotzdem hat er sie verkauft!«

»Ja, wissen Sie, mein Mann hatte rund 130 Kunden und der Untersuchungsrichter hatte sich bei den vorherigen Anschuldigungen nur einen rausgepickt. Wir wussten ja nicht, wie es weitergehen würde. Ob nicht noch weitere Angriffe geplant waren. Das wäre seinen Kunden gegenüber nicht fair gewesen. Deshalb entschied er sich, das Unternehmen zu verkaufen und sich einen anderen Job zu suchen, der mit weniger persönlichem Risiko verbunden wäre.«

»Also war 2021 so etwas wie ein Neustart für Ihren Mann?«

»Wenn Sie so wollen. Was die Firma anbelangt, ja. Aber den verpatzten Bürgermeisterposten konnten wir nicht mehr retten und einen anderen Job hatte er noch nicht gefunden.«

»Nein, natürlich nicht, aber ist das nicht the name of the game?«

Caro von Stetten sieht Dany leicht verächtlich an. »Wenn Sie meinen! Wie schon gesagt, unsere Methoden waren das nicht.«

Dany nickt. Sie und von Stetten blicken einander an, als wüssten beide, wovon sie sprechen.

»Nun gut, kommen wir zu Ihnen. Welchen Posten hatten Sie zu dieser Zeit inne?«

Von Stetten beugt sich vor und nimmt einen Schluck aus der Tasse. Sie verzieht kurz das Gesicht. Den billigen Kaffee des Hauses würde sie privat wahrscheinlich nicht einmal zum Blumendüngen verwenden. Dany stützt ihre Hand am Kinn ab, beobachtet die Anspruchsvolle und wartet ab.

»Ich weiß, worauf Sie hinauswollen, und bevor es jemand anders tut, werde ich Ihnen lieber alles selbst erzählen. Der Steuerskandal hat in unserem Leben hohe Wellen geschlagen. In einem kleinen Land wie unserem bedeutet ein gutes Netzwerk alles. Wir haben unser Ansehen verloren und somit viele unserer sogenannten privaten Freunde.«

Sie pausiert und schaut gedankenverloren auf die Tischplatte.

»Mein Mann konnte nicht nur seine politische Karriere vergessen, sondern verlor auch viel Geld durch den Abgang aller Mandate. Außerdem konnten wir als Familie nicht mehr vor die Tür, ohne dass man uns auf der Straße und auf Events wiedererkannte und verurteilte. Viele unserer Freunde schoben uns auf die Wartebank. Es war furchtbar. Unsere Tochter kam abends öfter weinend nach Hause und bekam immer schlechtere Noten. Wir schickten sie dann auf ein Internat nach England, damit sie Abstand zu allem bekommt. Hätte ich meinen Kajaksport nicht gehabt, wäre ich sicherlich auch nicht damit klargekommen. Es wurde uns unmöglich gemacht, in der Gesellschaft wieder halbwegs Fuß zu fassen.«

Wie weit die Macht der Politik reicht, war selbst Dany bislang nicht klar gewesen. Und vor allem, wie weit die Beteiligten gehen. Würden einfache Bürger, wenn sie könnten, gegenseitig ganze Leben zerstören? Und ungeschoren davonkommen?

Caro von Stetten hat sie an der Mosel noch nie gesehen. Immerhin haben die Kajaksportler ihre Halle direkt am Ufer liegen und Dany sieht sie oft auf dem Wasser, wenn sie mit ihrem Motorboot rausfährt. Wobei sie nie auf deren Gesichter achtet, davon abgesehen, dass sie meist eine Kopfbedeckung tragen und daher schwer zu erkennen sind.

Caro von Stetten trinkt einen Schluck und räuspert sich.

»Das Ganze blieb auch bei mir im Ministerium nicht lange unbemerkt. Als die Sache in allen Zeitungen war, stand ich kurz davor, die Leitung des Wirtschaftsministeriums zu übernehmen. Offen gestanden hatte ich jedoch in dem Moment nicht den Mut für diese neue Rolle, und da der Minister befürchtete, die Sache könne auch indirekt seinem Ruf schaden, schlug ich ihm vor, lieber einen Kollegen von mir zu ernennen.«

Dany meint, sich an einen Namen zu erinnern. »Olli Welter!«

»Genau. Ich bat darum, mich von allen öffentlichen Aufgaben zu entbinden, um mir eine Verschnaufpause zu gönnen. Was nicht hieß, dass ich nicht ins Büro musste, nur brauchte ich nicht mehr in der ersten Reihe zu stehen.«

»Wie reagierten Ihre Kollegen darauf?«

»Frau Kerner, ich weiß nicht, wie die Stimmung bei Ihnen im Revier ist, aber in den Ministerien herrscht keine Kollegialität. Jeder muss sehen, wo er bleibt. Alle wollen nach oben, und wer oben ist, muss sich ständig umschauen, denn die Nächsten stehen schon Schlange. Bis dahin kam ich einigermaßen damit klar, aber als das mit meinem Mann passiert ist, nun, das war eine ganz andere Liga. Ich wurde zum Gespött meiner Kollegen. Schonungslos offen. Sie gaben sich nicht einmal die Mühe, sich hinter meinem Rücken über mich auszulassen. Wenn ich ihnen im Gang begegnete, ließen sie mich links liegen, grüßten mich kaum, sprachen auch sonst kein Wort mit mir, lachten mich nur noch aus. Sie dachten sicher, meine Karriere sei am Ende und ich könnte ihnen nie mehr in die Quere kommen.«

Dany betrachtet diese Frau, die dort war, wo so viele hinwollen. Oben. Dabei war es eigentlich unten, die Hölle. Schon bei der GDE und schließlich im Ministerium.

»Das war doch sicherlich hart für Sie, oder?«

»Ja, ich muss eingestehen, das hat mich umgehauen. Weil ich mir tatsächlich eingebildet hatte, ich sei beliebt im Ministerium. Dabei zeigte sich nun, dass sich alle nur wegen meines Postens bei mir eingeschleimt hatten. So lernt man seine Mitmenschen kennen!« Sie ringt sich ein Lächeln ab.

In Danys Mitleid mischt sich Bewunderung. So viel hat diese Frau mitgemacht und ist doch stark geblieben. Sitzt dort mit Würde, mit Haltung, mit Grazie. Ja, ihretwegen darf sie den Polizeikaffee verachten. Dany schaut auf die Uhr.

»Frau von Stetten, es ist gleich Mittag. Haben Sie was dagegen, wenn wir noch eine Stunde weitermachen?«

»Nein, überhaupt nicht. Ich muss nur um 14.30 Uhr wieder im Büro sein. Dann habe ich ein Meeting mit dem Minister.«

»Das kriegen wir hin.«

Emil schaut verstohlen zu Dany.

Dany erwidert den Blick. »Wie ist es mit dir?«

Emil nickt zustimmend. Bei allem, was sie an diesem Morgen erfahren haben, sollten sie den Fluss der Dinge nicht durch eine Mittagspause unterbrechen.

»Gut, dann kommen wir zu den Feierlichkeiten des 23. Juni 2021 in der Philharmonie.«

Caro von Stetten beugt sich vor, schenkt sich aus der Karaffe ein Glas Wasser ein, nimmt einen Schluck, stellt das Glas ganz langsam wieder auf den Tisch und beginnt. »Wie Sie wissen, hat die Veranstaltung jedes Jahr den gleichen Ablauf. Im Saal ist Platz für rund 1.500 Menschen. Auf der Bühne werden Personen geehrt, die in den vergangenen zwölf Monaten Großes geleistet haben. Der Großherzog und der Premierminister stecken ihnen Medaillen an, das Philharmonie-Orchester spielt dazu luxemburgische Melodien. Im Publikum sitzt das Who's who der Politik. Die verbliebenen Plätze werden an interessierte Bürger vergeben, die vorher einen intensiven Sicherheitscheck durchlaufen müssen. Ich werde auch jährlich eingeladen und repräsentiere dort immer das Wirtschaftsministerium.«

»Und Ihr Mann? War er ebenfalls Gast?«

»Nein. Er war ja nicht mehr im Gemeinderat. Aber er meldete sich als ganz normaler Bürger an. Der Premierminister hatte noch tags zuvor im Radio einen Appell an die Bürger gerichtet, dass noch Plätze frei seien. Nachdem ich ihn angemeldet hatte, bekam ich eine freundliche, kurze E-Mail zurück, in der stand, dass er nicht zur Philharmonie zugelassen sei. Wir waren wie vor den Kopf gestoßen. Es gab keinen ersichtlichen Grund dafür. Da wir ahnten, dass da was faul war, schrieb ich selbst an das Team des Protokolls. Man informierte mich schriftlich, dass man mir aus Datenschutzgründen nichts mitteilen dürfe, mein Mann aber auf schriftliche Anfrage hin mehr erfahren würde. Was er dann auch tat. Es kam, wie es kommen musste.« Caro von Stetten sieht Dany und Emil anschuldigend an. »Die Polizei – Ihre Institution – ließ mit einer Antwort wochenlang auf sich warten, sodass ich allein in die Philharmonie musste. In der Zwischenzeit hatte der Polizeichef sich jedoch so weit herabgelassen, mir doch noch per E-Mail den vermeintlichen Grund zu nennen. Mein Mann würde eine öffentliche Bedrohung darstellen!«

Emil sieht Dany entrüstet an. Dany hebt abwartend die Hand. »Und, wie ging es dann weiter?«

»Sie schickten meinem Mann einen Auszug seines Vorstrafenregisters. Wie zu erwarten, war dieser leer. Da entschieden wir uns, an die Presse zu gehen. Mein Mann beschuldigte die Regierung, ihn ohne gerechtfertigten Grund von den Feierlichkeiten ausgeschlossen zu haben, sozusagen als politische Schikane. Daraufhin folgte ein Statement des Polizeichefs, der zugab, dass die Polizei sich bei den Feierlichkeiten nicht nur auf das offizielle Vorstrafenregister verlassen würde, sondern auch noch über eine interne Liste verfüge, auf der sie besondere Vorfälle notieren würde. Wieso mein Mann auf dieser Liste stand, die sich übrigens als illegal erwies, wurde nie geklärt, obwohl die Presse und das Parlament danach fragten. Mein Mann erfuhr es auch nie. Immer wieder hat sein Anwalt Briefe an die Polizeidirektion geschickt, aber er bekam nie eine Antwort. Als er schließlich damit an die Presse ging, schickte der Polizeidirektor Robert Maler ihm doch einen Brief, in dem stand, dass man ihm wegen des Schutzes privater Daten keine Auskunft darüber geben könne. Stellen Sie sich das mal vor.«

»What the fuck, weißt du irgendwas darüber?«, fragt Dany Emil leise. Er schüttelt verwundert den Kopf.

Obwohl sie sich nur mehr vage an die Geschichte in den Medien erinnert, kann Dany sich sehr wohl vorstellen, dass der Polizeichef Robert Maler zu so etwas fähig ist. Jeder weiß, dass er privat mit etlichen Politikern verkehrt und sich gerne einladen lässt.

»Und trotz alledem gingen Sie zu den Feierlichkeiten?«, fragt Dany.

Caro von Stetten nickt. Sie ist wieder ganz die Alte, sitzt aufrecht, posiert auf ihrem Stuhl und lächelt. »Frau Kerner, ich habe etwas sehr Wichtiges in all den Jahren in der Politik gelernt. Wenn man richtig mit Schmutz beworfen wird, gilt es erst recht, den Kopf hochzuhalten und stolz durchzumarschieren. Ich bin absichtlich hingegangen, um allen zu zeigen, dass wir uns nicht von dort fernhalten lassen. Einfach war es nicht, das kann ich Ihnen versichern, denn anfangs wurde ich ignoriert, behandelt wie eine Aussätzige. Schon wieder war Jonas in negative Schlagzeilen geraten. Sie wissen ja, wie das mit den Menschen ist. Sie denken alle, wo Rauch ist, ist auch Feuer. Ich stolzierte durch die Menge, als sei nichts passiert, ging erst recht auf die Gäste zu, schüttelte eine Menge Hände und sprach mit jedem ein paar Worte. Man sollte mir nichts anmerken. Einige wandten sich ab, als sie mich auf sie zukommen sahen, aber nach einer Weile verloren viele Kollegen ihre Scheu und taten so, als sei nichts geschehen. So kam auch das Foto zustande, das Sie mir gezeigt haben. Das mit Philip Sinner, Mike Foerster und Paula Franke. Obwohl ich Letztere nicht kannte. Es war das erste und einzige Mal, dass ich mit ihr zu tun hatte. Glauben Sie mir!«

Dany kann es nicht fassen. Was für ein Dreckshaufen diese Politiker doch sind. Schlimmer als die boshaftesten Schulhofmobber. Doch sie weiß, dass die Befragung noch nicht zu Ende ist.

»Frau von Stetten, ich frage Sie noch mal, wer steckte hinter all diesen Anschuldigungen?«

Caro von Stetten lächelt Dany nun mitleidig an. »Was fragen Sie mich, Frau Kerner, fragen Sie doch Ihren Chef, den Robert Maler. Wenn ich es wüsste, hätten wir den oder die Verantwortlichen doch längst angezeigt. Wir vermuteten natürlich, dass der Innenminister, dem die Polizei untersteht, etwas damit zu tun haben müsste, da man uns keine Auskunft gab. Aber beweisen konnten wir das nicht. Er, der Staatsminister und der Finanzminister sind aus der gleichen Partei. Da der Polizeichef sich in Stillschweigen hüllte, wurde die Sache nie gänzlich aufgeklärt, aber immerhin gelang es der Partei meines Mannes, im Parlament die Aufhebung dieser illegalen Liste zu bewirken.«

Caro von Stetten schaut ungeduldig auf die Uhr, die 13 Uhr anzeigt. Dany weiß, dass sie den Selbstmord noch ansprechen muss. Caro von Stetten kommt ihr zuvor.

»Mein Mann hatte nach dem Bankrott seiner Firma und der Demütigung wegen der Philharmonie keine Kraft mehr. Er zog sich mehr und mehr zurück und blieb nur noch zu Hause. Als er mir dann an einem Sonntagmorgen Anfang Oktober 2021 mitteilte, er würde in die Hauptstadt fahren, um in der Partei nach dem Rechten zu sehen, dachte ich erleichtert, sein Gemütszustand hätte sich gebessert und alles würde nun gut werden. Bis am Abend Ihr Kollege vorbeikam, um mir die traurige Nachricht zu übermitteln. Jonas hatte uns keinen Abschiedsbrief hinterlassen, aber es war uns auch so klar, weshalb er es getan hatte.«

Das war leider nicht schwer, denkt Dany. Immerhin hat der Mann sich in dem öffentlichen Gebäude der Hauptstadt Luxemburgs erhängt, wo er hätte Bürgermeister werden können. Dany fällt auf, dass Caro von Stetten noch immer nicht das Wort »Selbstmord« in den Mund nimmt. Es fällt ihr sicherlich nicht leicht, darüber zu reden. Irgendwie muss Dany über interne Wege herausfinden, wer es damals auf Jonas Neubert und Caro von Stetten abgesehen hatte. So kommt sie nicht weiter. Sie beendet das Gespräch und begleitet Caro von Stetten zur Tür.

KAPITEL 31

Freitag, den 17. Juni, 8 Uhr

»Sind alle da?«

Leo nickt. Dany ist an diesem Morgen schon außergewöhnlich früh ins Büro gekommen, um noch einmal zu rekapitulieren, was in der letzten Woche an neuen Informationen hereingekommen ist und was sie alles mit ihren Kollegen besprechen muss. Es ist eine Menge. Seitenlange Notizen hat sie sich gemacht. Offene Fragen, auf die sie sich heute Antworten erhofft, vielleicht sogar den Durchbruch im Fall. Sie nimmt einen letzten Schluck Kaffee und begibt sich in den Aufenthaltsraum, wo die Whiteboards vor Post-its, Fotos, Zeitungsausschnitten und Notizen überquellen. Jede Tafel hat einen Titel bekommen: DM für Doppelmord, PF für Paula Franke, JN1 und JN2 für die Ermittlungen zu Jonas Neubert.

Letzte Woche hat Dany noch zwei weitere Whiteboards aufstellen lassen, auf denen alle Infos über Jonas Neuberts Selbstmord und seine Skandale zu finden sind. JN1 ist voll, JN2 steht am Ende des Raums. Wenn's so weitergeht, wird der Raum zu klein und wir müssen uns irgendwo anders einquartieren, denkt Dany gerade, als ihre Kollegen hinter ihr eintreten.

Die Kollegen aus den Regionen des Landes haben alle Unterstützung mitgebracht, was den Raum noch kleiner erscheinen lässt. Leo und Julia mussten Stühle aus den Vernehmungsräumen holen, damit jeder Platz nehmen kann. Auch die Kaffiskichelcher werden heute nicht ausreichen, denkt Dany, froh darüber, dass sie wieder zum Arbeitsalltag gehören.

»Vielen Dank, dass ihr so zahlreich erschienen seid. Ich schlage vor, dass wir uns chronologisch vorarbeiten. Beginnen wir mit den Ermittlungen im Giftmord Paula Franke. Was haben die Handydaten der Familie Franke ergeben? Gab es irgendwelche interessanten Hinweise?

Marc meldet sich zu Wort.

»Wir haben die Daten des Ex-Mannes, seiner Kinder, die des zweiten Ehemannes Andreas Jung sowie die der sechs Freunde, die Paula Franke zum Schlemmermarsch begleitet haben, untersuchen lassen. Alle Telefonanrufe, die drei Wochen davor sowie zwei Wochen nach dem Mord getätigt wurden. Ohne ernsthafte Spur. Auch sind wir mit den Verhören aller Beteiligten des Schlemmermarsches durch. Dabei ist uns etwas aufgefallen: Paula Franke wurde am Ziel des Schlemmermarsches mit einer Frau in voller Fahrrad-Montur gesehen. Helm, Trikot, kurze Hose und Turnschuhe. Dieses Detail ist insofern interessant, weil es sich ja um eine Wanderung handelte und alle anderen nur zu Fuß unterwegs waren. Der Zeuge konnte die Frau aber nicht näher beschreiben. Wir haben diese Information mit allen Teilnehmern besprochen, aber daran konnte sich niemand erinnern.«

Dany nickt. »Gut, danke. Bitte schickt eine Meldung raus, ob jemand an dem Tag in der Umgebung eine Frau auf einem Fahrrad beobachtet hat.«

Marc macht sich eine Notiz.

»Metty, was hat die Untersuchung des anonymen Briefes ergeben?«

Metty schüttelt den Kopf. »Keine Spuren. Es handelt sich um Papier, das im öffentlichen Dienst vom Digitalisierungsministerium in großen Mengen eingekauft und an alle öffentlichen Verwaltungen verteilt wird. Das Kuvert hatte das Briefmarkenzeichen des Staates, aber es war unmöglich herauszufinden, wer den Brief abgesendet hat. Auch kann sich im Verteilerzentrum des Staates niemand an diesen spezifischen Brief erinnern.«

»Zut!«, flucht sie auf Französisch. Danys Hoffnung auf einen Durchbruch schwindet.

»Was haben die Verhöre der Mitarbeiter des Steueramts ergeben?«

Julia erhebt sich und stellt sich ans Whiteboard »PF«. »Was die Mobbingmethoden der Paula Franke betrifft, über die uns Daniel Becker und Olivia Regenwetter berichteten, so konnten die meisten, die mit ihr im Steueramt zu tun hatten, ihr Verhalten bestätigen. Es sei nicht einfach gewesen mit ihr. Viele hätten sich nach einiger Zeit entweder versetzen oder von einem Psychologen wegen Burnout krankschreiben lassen. Als Paula Franke von der Steuerverwaltung in die Budgethaushaltsverwaltung wechselte, kamen alle Krankgeschriebenen wieder zurück. In der Budgethaushaltsverwaltung war Franke zwar erst seit Kurzem, aber auch dort konnte man mir bestätigen, dass sie Dreck am Stecken hatte. Seit Frankes Erscheinen wurde das Budget auffällig hoch an ihre persönlichen Freunde verteilt, aber niemand hatte sich getraut, ihre Entscheidungen offen anzuzweifeln. Schließlich waren die für den Finanzminister vorteilhaft gewesen und als durchschnittlicher Beamter legt man sich nicht mit seinem Minister an, wenn es nicht unbedingt sein muss.« Die Kollegen wechseln vielsagende Blicke. Manuel traut sich, laut auszusprechen, was alle denken. »Weshalb unsere Dany wahrhaftig keine Durchschnittsbeamtin ist!« Alle lachten.

Die Sache mit dem Untersuchungsrichter und Toms Artikel haben ihre Kollegen noch nicht vergessen. Dany klopft mit ihrem Füller auf den Tisch. »Schschsch.«

Vorbildliche Beamte, schnaubt Dany innerlich. Anweisungen befolgen, nichts hinterfragen, aber nun, da die Franke tot ist, trauen sich dann doch wieder einige hinter ihren Schreibtischen hervor.

»Hast du beim Steueramt oder bei der Budgethaushaltsverwaltung keine Verdächtigen ausmachen können?«

»Nein, leider nicht, alle schienen mir sehr abgeklärt. Aber wir sind noch dabei, ihre Alibis zu überprüfen.«

»Danke, Julia. Leo, was hast du über Jonas Neubert herausgefunden?«

»Neuberts Vorstrafenregister ist leer. Nichts. Im Sekretariat des Polizeichefs habe ich nach der geheimen Liste gefragt. Das hat die komplett auf die Palme gebracht. Wieso denn nun wieder nach dieser verdammten Liste gefragt würde, die sei doch schon lange vernichtet worden und längst kalter Kaffee! Als ich dann nachgehakt habe, welche besonderen Vorfälle auf dieser Liste vermerkt gewesen wären, und erklärte, dass wir prüfen würden, ob es Gemeinsamkeiten mit den Giftmorden gäbe, wurde das Sekretariat erst recht misstrauisch. Sie würden meine Anfrage an den Polizeichef weiterleiten. Dieser würde sich dann gegebenenfalls melden. Hat er aber nicht. Oder? Bei dir vielleicht?«

Dany schüttelt den Kopf. »Nein. Bei mir auch noch nicht.«

»Was für 'ne Scheiße!« Manuel speit die Worte förmlich aus.

»Reiß dich zusammen!«, ermahnte Dany ihn.

»Nein, ich reiße mich nicht zusammen. Einer meiner Kollegen hat mir gesteckt, dass der Polizeichef persönlich dafür sorgte, dass Jonas Neubert auf die geheime Liste kam. Niemand hat einen blassen Schimmer, was der Mann überhaupt getan haben soll. Das Ganze stinkt zum Himmel und uns sind die Hände gebunden? Was sind wir nur für eine Bananenrepublik?«

Alle sehen einander frustriert an. Nicht nur Dany hat es satt, dass die Politik immer wieder versucht, ihre Ermittlungen zu beeinflussen. In dem kleinen Luxemburg mischt die Politik sich inzwischen überall ein.

»Es nützt uns aber nichts, uns aufzuregen. Wir müssen jetzt einen kühlen Kopf bewahren und uns gemeinsam überlegen, wie wir auch ohne die Hilfe von Robert Maler Licht in die Sache bringen können.«

Dany ist genauso wütend wie ihr Team, aber sie weiß schon, was sie weiterbringen wird. Gut, dass morgen Wochenende ist. Tom und sie haben verabredet, mit dem Boot einen Ausflug nach Metz zu machen. Sie lächelt verstohlen. Ihre Kollegen haben recht. Sie ist keine Durchschnittsbeamtin und wird es niemals sein.

»Julia, was hast du über den angeblichen Steuerbetrug Jonas Neuberts herausgefunden?«

»Ich kenne jemanden bei der Steuerbetrugsfahndung

und der hat mir erzählt, dass die Meldung des Steueramts wegen Verdachts auf Steuerbetrug sowohl von Paula Franke als auch vom Finanzminister Egon Werfel unterschrieben war. Die Hausdurchsuchung hatte unser Untersuchungsrichter Brauer angeordnet.«

»So viel dazu. Was hat der Kollege noch gesagt?«

»Nur, dass Brauer Anfang 2021 auf Druck von Jonas Neuberts Partei alle Anklagen wieder fallen gelassen hat, genau einen Monat vor Jonas Neuberts Absage zur Philharmonie. Außerdem hat Frau von Stetten uns nicht erzählt, dass am 27. Oktober 2021 die Parlamentswahlen stattfanden und Neuberts Selbstmord in dem Moment die regierenden Parteien mächtig unter Druck setzte. Da die Medien aber keinen Zusammenhang zwischen Neuberts Skandalen und den politischen Parteien herstellten, gab es darüber wenig in den Zeitungsarchiven. Wer weiß, vielleicht wurde die Presse ja auch bedroht, um sie zum Schweigen zu bringen. Oder sie hielt sich mit kritischen Beiträgen zur Regierung zurück, schließlich werden die Medien subventioniert. Neuberts Oppositionspartei hatte damals nur leichten Druck auf die Regierung ausgeübt und den Vorfall nicht an die große Glocke gehängt. Sicher hoffte sie, je nachdem, welches Wahlresultat sie verbuchen würde, mit der regierenden Partei eine neue Koalition bilden zu können.«

Dany sieht den Kollegen an, wie angeekelt sie von den Machenschaften in der Politik sind. »Lasst uns eine Pause machen. Darauf brauche ich einen starken Kaffee. Wollt ihr auch einen?«, fragt sie.

Bald ist die Küche brechend voll.

Eine knappe halbe Stunde später sitzen alle wieder im Versammlungsraum.

»Gut, also es scheint so, als hätte Paula Franke sich mit dem Finanzminister Egon Werfel und dem Polizeichef Robert Maler auf Jonas Neubert konzentriert, um ihn zu erledigen. Also hätte Caro von Stetten ein Motiv gehabt, Paula Franke umzubringen. Nun wissen wir aber, dass sie zum Zeitpunkt der Vergiftung unterwegs nach New York war. Sie kennt zwar Philip Sinner und Mike Foerster, hat aber kein ausreichendes Motiv, um die zwei umzubringen. Außerdem saß sie während der Vergiftung der beiden bereits beim Wirtschaftsminister und bei Olli Welter im Wagen nach Grevenmacher. Hat jemand schon mit diesem Welter geredet?«

Emil hebt die Hand. »Ja, er hat bestätigt, dass Caro von Stetten während des Umtrunks der GDE nicht von seiner Seite gewichen ist.«

Dany beißt sich kurz auf die Unterlippe. »Können wir uns auf seine Aussage verlassen? Ist doch vorstellbar, dass sie mal kurz zur Toilette ging und er es einfach vergessen hat. Wäre doch möglich!«

Metty nickt nachdenklich, während Emil fortfährt. »Olli Welter hat auch die Geschäftsreise Caro von Stettens nach New York bestätigt. Wann sie genau geflogen ist, wusste er aber nicht mehr. Die Zahlungsbelege aus der Buchhaltung des Wirtschaftsministeriums bestätigen die Uhrzeiten, die Caro von Stetten uns gegenüber angegeben hat. Sie habe Olli Welter auch mehrmals in den Tagen ihres Aufenthaltes in New York kurze Videoausschnitte und Fotos über die dortige Konferenz geschickt. Uns liegen Kopien davon vor.«

»Was ist mit Caro von Stettens Tochter?«

»Die war zur Tatzeit der Giftmorde im Ausland und sogar beide Male voll im Klausurstress. Die Kollegen aus Cambridge, wo sie studiert, haben uns das schriftliche Transkript der Aussagen ihrer Zimmergenossinnen geschickt. Die bestätigen, dass die Tochter sich während der Tatzeiten bei ihnen befand.«

»Ach, Mann.« Dany stützt den Kopf in die Hände und beugt sich vor. Dann blickt sie auf ihr Notizheft. Ein Punkt ist noch nicht geklärt. »Marc, du wolltest dich doch mit der Rolle der Medien beschäftigen. Inwiefern unterstützten sie die Hetzjagd gegen Neubert?«

Marc zuckt die Schultern.

»Die Medien bekamen einen Tipp aus Regierungskreisen. Mehr wollten sie mir nicht verraten. Außerdem soll Jonas Neubert daraufhin mit Hilfe eines Journalisten beim luxemburgischen TV-Sender die Existenz dieser geheimen Liste aufgedeckt und als Zeuge im Fernsehen aufgetreten sein, um die Regierung wegen der Verweigerung seines Zugangs zu den Feierlichkeiten zu diskreditieren. Ansonsten hab ich nichts Außergewöhnliches gefunden. Na ja, außer dass die Medien in letzter Zeit ungewöhnlich brav sind. Von dem Journalisten hört man gar nichts mehr. Darüber wollte mir niemand Auskünfte geben.« Marc zwinkert Dany zu.

»Würde mich nicht wundern, wenn die Regierung den auch mundtot gemacht hat«, stichelt Manuel.

»Wenn wir Tom Bach nicht hätten, könnte die Regierung machen, was sie will. Keiner würde darüber schreiben.«

Alle lächeln Dany an, die verlegen zu Boden schaut. »Gut, machen wir für heute Schluss«, sagt sie. »Überlegt euch, wie der Doppelmord mit Paula Frankes Mord und Jonas Neuberts Geschichte zusammenhängen mag oder was wir noch übersehen haben könnten. Falls euch was einfällt, ruft mich an.«

Sämtliche Mitglieder des Teams stehen auf, als hätten sie Gewichte zu tragen. Die Vorträge der zahlreichen Informationen, ohne einen konkreten Hinweis zu haben, scheinen sie zu ermüden. Aber für Dany ist der Tag noch nicht vorbei. Auf sie wartet das Treffen mit dem Untersuchungsrichter.

KAPITEL 32

Freitag, den 17. Juni, 14.30 Uhr

Brauers Sekretärin bittet Dany, im Vorzimmer zu warten. Brauer führe soeben ein wichtiges Telefonat und würde sie gleich danach empfangen. Dany setzt sich hin und sieht sich um. Die Möbel im Vorzimmer sind noch aus den Siebzigern. Schwere Vorhänge lassen kaum Licht ins Zimmer, genau richtig für den leicht vertrockneten Ficus, der eh nicht viel braucht. Die Regale quellen über von alten Bänden zur Rechtswissenschaft, die darüber hinwegtäuschen sollen, dass der Beruf des Untersuchungsrichters weniger mit Recht als mit Politik zu tun hat. Die Bibliothek dient ausschließlich als historische Sammlung, die Besucher beeindrucken soll. Auf dem Sofatisch liegen ein paar juristische Magazine. Doch Dany kann nur an den Fall denken, lehnt sich zurück und schließt die Augen. In Gedanken geht sie noch einmal durch, was sie mit Brauer besprechen möchte.

Gedämpft hört Dany Brauers Stimme hinter der Tür, versteht aber nicht, was er sagt. Er spricht auffallend schnell und wird immer lauter. Ein kurzer Moment der Stille, dann geht die Tür auf und Brauer steht mit hochrotem Kopf vor ihr. Seine Haare stehen ihm zu Berge, als hätte ein Wirbelwind sie zerzaust.

»Treten Sie schon ein, Frau Kerner. Ich komme gleich wieder.«

Er eilt hinaus in den Gang, vermutlich zur Toilette. Sie betritt sein Büro und wartet im Stehen.

Nach einigen Minuten kommt er wieder, diesmal mit gekämmtem Haar. Die Röte in seinem Gesicht hat nachgelassen.

»Geht es Ihnen gut?« Danys Frage ist rhetorisch gemeint. Brauer würde ihr eh nicht seinen ehrlichen Gemütszustand verraten.

»Mir geht's wunderbar, Frau Kerner. Wie weit sind Sie mit Ihren Ermittlungen?«

Dany muss insgeheim schmunzeln. Brauer macht sich nicht mal die Mühe, nach ihrem Befinden zu fragen. Sie bringt ihn auf den aktuellen Stand.

»Frau Kerner, lassen Sie doch den Unfug mit Jonas Neubert. Die Sache hat nichts mit den Morden zu tun! Konzentrieren Sie sich lieber auf die Teilnehmer des Schlemmermarsches. Haben Sie alle ordentlich in die Mangel genommen?«

»Herr Brauer, wir haben jeden zu den Ereignissen befragt, aber haben schlichtweg nicht die Mittel, um uns mit den Alibis jedes Einzelnen im Detail zu beschäftigen. Außerdem sind wir überzeugt, dass die Morde etwas mit dem Selbstmord Jonas Neuberts zu tun haben. Wir sehen nur noch nicht den genauen Zusammenhang. Deshalb wollte ich Sie auch bitten, ob wir nicht Verstärkung anfordern könnten. Und wir müssten unbedingt von Ihnen die Erlaubnis bekommen, den Finanzminister, den Innenminister und den Polizeichef zu Jonas Neuberts Skandalen zu befragen.«

»Kommt gar nicht infrage! Haben Sie mir denn nicht zugehört, Frau Kerner? Ich habe Ihnen eben verboten, weiter in diese Richtung zu ermitteln. Ich erlaube Ihnen nicht, mit dem armen Polizeichef zu reden, und schon gar nicht mit den Ministern. Maler hat mit der leidigen Geschichte von der geheimen Liste genug durchgemacht. Was glauben Sie denn, wer Sie sind? Der Innenminister hat sich eben bei mir beschwert, dass Beamte Ihrer Abteilung gegen ihren eigenen Polizeichef ermitteln. So geht das nicht! Ab sofort ist damit Schluss! Und Verstärkung haben Sie schon zur Genüge bekommen. Tun Sie das, um was ich Sie gebeten habe, und kommen Sie erst wieder zu mir, wenn Sie Ergebnisse vorzuweisen haben!«

»Aber ...«

»Kein Aber, Frau Kerner. Auf Wiedersehen!«

Brauer hält Dany die Tür auf und winkt sie fuchtelnd hinaus. Ablehnung und Arroganz ist sie gewohnt, aber dieser Gefühlsausbruch von Brauer macht sie sprachlos. Ist sie gerade jemandem auf beide Füße getreten?

Auf dem Gehweg vor Brauers Bürogebäude muss Dany lange warten, bis die Ampel auf Grün springt. Nach einer gefühlten Ewigkeit kann sie endlich los, aber jeder Schritt fällt ihr schwer. Sie muss durch die schmale Rue de la Congrégation, die von hohen, fensterlosen Gebäuden umsäumt ist und somit fortwährend im Schatten liegt. Dany stolpert über einen losen Stein im Kopfsteinpflaster und flucht. Mit kurzen, schnellen Schritten geht sie zurück und schleudert den Stein mit dem Fuß kraftvoll gegen die Wand.

Am Ende der Straße biegt sie zur Place Clairefontaine ab und stößt auf eine Gruppe ausgelassener Jugendlicher, die auf sie zustürmen und sie von beiden Seiten bei den Händen nehmen und Ringelreihe mit ihr tanzen. Völlig überrumpelt wird Dany herumgewirbelt und hat Mühe mitzuhalten. Ihre trübseligen Gedanken werden in den blauen Himmel hinaufgesogen und lösen sich auf. Sie wird von fröhlichen Kindheitserinnerungen übermannt und ein Glucksen entweicht ihr. Wann wird sie endlich lernen, solche kleinen Niederlagen wie vorhin nicht an sich ranzulassen?

Zurück im Revier, erzählt Dany ihrem Team, was sich eben bei Brauer abgespielt hat, und bittet Leo, über ihn zu ermitteln. Er soll sein ganzes Leben durchleuchten. Mit wem Brauer verwandt ist, wer seine Freunde sind, in welche Clubs er geht.

Leo blickt Dany verhalten an, traut sich dann doch. »Findest du das nicht etwas übertrieben?«

»Die Sache stinkt zum Himmel, Leo, glaub mir. Tue bitte, was ich dir sage.« Dann schnappt Dany sich ihre Jacke und macht früh Schluss. Der Brauer kann sie mal. Auf dem Weg nach draußen ruft sie Tom an. »Was machst du gerade?«

»Arbeiten.«

»Kannst du alles stehen und liegen lassen und heute schon mit mir nach Metz fahren?«

»Was? Wieso?«

»Erzähl ich dir später. Soll ich dich abholen? So in einer Stunde?«

»Eh, muss das sein? Ich bin gerade so gut im Schreibfluss.«

Dany seufzt. »Tut mir leid. Ich bin nicht gut drauf und hab mir kurzerhand freigenommen.«

»Ist was passiert?«

»Kann ich dir am Telefon nicht sagen.«

»Na gut. Ich mach Schluss.«

»Bis gleich. Könntest du deinen Laptop mitbringen?«

Tom wittert sicher einen Scoop.

»Eh? Okay.«

Dany schmunzelt. Der arme Kerl. Hoffentlich hat sie
ihn nicht zu sehr überrannt. Der Brauer wird sie auf jeden
Fall nicht so schnell kleinkriegen. Das wäre doch gelacht.
Jetzt hat er erst recht ihre Neugierde geweckt.

*

Vor Sonnenuntergang erreichen Dany und Tom den
Hafen von Metz und machen das Boot am Steg fest. Drei
Schleusen haben sie hinter sich gebracht und hätten an
der bei Diedenhofen fast übernachten müssen, weil das
Büro, bei dem sie die Maut entrichten müssen, schon dabei
war zu schließen. Der Schleusenwärter war allerdings
so nett, sie noch abzufertigen. Für Tom war es die erste
Schleusendurchfahrt und er wirkt noch ganz aufgeregt.
Am Anfang wollte er unbedingt die Rettungsweste anzie-
hen, aber nachdem sie die Schleuse in Schengen-Apach,
die die Grenze von Luxemburg nach Frankreich kenn-
zeichnet, geschleust hatten, nahm er sie wieder ab. Tatsächlich schwankt Danys Boot in der Schleuse nur leicht,
wenn ein großer Kohlenfrachter vor ihr den Motor startet
und losfährt. Nicht genug, um jemanden aus dem Gleich-
gewicht zu bringen. Mit Genugtuung hat Dany unterwegs beobachten können, wie Toms Begeisterung für die
Bootsfahrt von Stunde zu Stunde wuchs. Ganz natürlich

verwandelte er sich mit jeder Meile, die sie zurücklegten, in einen perfekten Smutje. Während der Fahrt hat Dany ihn bei einem Glas Apfelsaft und Chips auf den letzten Stand der Ermittlungen gebracht. Sie weiß, dass sie ihm in dieser Sache komplett vertrauen kann, denn seit ihrer gemeinsamen Schulzeit hat er ihr Vertrauen noch nie missbraucht. Außerdem, wenn der Brauer sich nicht an die obligatorische Verschwiegenheit hält, wieso sollte sie es dann tun? Irgendwie muss sie schließlich weiterkommen. Sie ist inzwischen überzeugt, dass Brauer mit Jonas Neuberts Sache zu tun haben muss. Zumindest deckt er jemanden. Da ihr die Hände gebunden sind, hat Tom ihr vorgeschlagen, das Wochenende zu nutzen, um mit ihr gemeinsam einen Plan auszuhecken, um Brauer zu überführen.

Dany ist erleichtert. Nicht nur, weil er ihr helfen möchte, sondern auch, weil er, wie es scheint, nicht mehr versucht, bei ihr zu landen. Sie wüsste nicht, wie sie darauf reagieren würde. Zu widersprüchlich ist ihre Gefühlswelt momentan, als dass sie auch noch damit klarkommen könnte.

Nacheinander gehen beide unter die Dusche, nachdem sie noch für den folgenden Tag in Metz einen Tisch in einem guten Restaurant reserviert haben.

*

»Jungs, kommt mal alle her!« Dany betritt am Montagmorgen beschwingt das Großraumbüro und trommelt die ganze Truppe zusammen. Nachdem alle neugierig im Versammlungsraum Platz genommen haben, schießt Dany los. »Am Wochenende habe ich mich hingesetzt und fleißig recherchiert. Dabei bin ich auf überraschende Hinweise gestoßen.«

Sie sieht alle herausfordernd an.

»Nicht nur waren die Giftopfer Philip Sinner, Mike Foerster und Paula Franke in derselben politischen Partei wie der Finanzminister Egon Werfel, Robert Maler und Brauer sind auch noch gemeinsam mit Werfel im selben Golfklub.«

Sie schaut zufrieden in die Runde.

Manuel schlägt sich lachend auf die Beine. »Wie hast du das bloß herausgefunden?«

Dany schaut verschwörerisch in die Runde und zuckt mit den Schultern. Das Team fängt ausgelassen an zu lachen. Man spürt förmlich, wie die neue Spur das Team motiviert. Dany bleibt verhalten. Dass ihr Polizeichef in den Fall verwickelt sein könnte, beunruhigt sie.

Sie kriegt sich wieder ein und fährt fort. »Würde mich nicht wundern, wenn heute noch die Bombe platzt. Schließlich ist die Presse uns ganz dicht auf den Fersen und die wird es sich nicht nehmen lassen, nach den eventuellen Zusammenhängen zwischen Neuberts Selbstmord und den Giftmorden zu forschen und alles zu bringen, was bisher bekannt ist. Zum Beispiel, wieso der Untersuchungsrichter die Ermittlungen nicht schneller vorantreibt und ob das vielleicht damit zu tun hat, dass er mit den Herren Maler und Werfel befreundet ist.«

Manuel beobachtet Dany misstrauisch. Sie darf sich nichts anmerken lassen. Eigentlich hat sie schon zu viel gesagt.

Metty, der die ganze Zeit vor sich hin gestarrt hat, wirft ein: »Ja, aber nehmen wir mal an, die Giftopfer hätten was mit Jonas Neuberts Skandalen zu tun, dann stellt sich trotzdem immer noch die Frage, was genau? Und weshalb wurde der Neubert so derart in den Schmutz gezogen? Klar geht es in der Politik hoch her, aber es ist doch eher ungewöhnlich, dass man so weit geht, jemanden in den Tod zu hetzen.«

Dany nickt. »Da hast du recht, aber solange Brauer unsere Ermittlungen überwacht, werden wir nicht dahinterkommen. Er hat uns ausdrücklich verboten, Kontakt mit Maler und Werfel aufzunehmen, und die anderen sind tot, wie ihr wisst. Ich kann mir auch nicht vorstellen, dass die Ehefrauen von Sinner und Foerster mehr wissen. Wenn die beiden Giftopfer da drinstecken, haben sie ihre Frauen ganz sicher nicht eingeweiht. So blöd waren die nicht.«

»Also, was schlägst du vor?«, fragt Marc.

»Warten wir ab, ob wir nach der Veröffentlichung durch die Presse einen Hinweis aus der Bevölkerung kriegen. Wenn nicht, knöpfen wir uns noch mal die von Stetten vor. Überhaupt sollten wir uns erneut ihr Alibi ansehen. Julia, überprüfe bitte mit Marc und den deutschen Kollegen die Flugdaten und die Länge der Strecke Frankfurt-Echternach-Frankfurt, um zu sehen, ob die Zeitangaben wirklich stimmen. Checkt in Frankfurt am Flughafen, ob Caro von Stetten tatsächlich ins Flugzeug gestiegen oder nicht doch nach Echternach gefahren ist.«

KAPITEL 33

Dienstag, den 21. Juni, 06.40 Uhr

Dany ist zeitig aufgewacht und hat sich ausnahmsweise ein royales Frühstück gegönnt. Der Tag verspricht, sonnig zu werden. Obwohl es so früh morgens noch frisch ist, setzt sie sich aufs Deck ihres Bootes und genießt ihre Eggs Benedict. Wahrscheinlich hat ihre innere Unruhe sie so früh geweckt. Toms Artikel wird hohe Wellen schlagen. Für Dany ist es ungewohnt, entgegen der Hierarchie zu arbeiten, aber Brauer hat ihr keine andere Wahl gelassen. Sie muss wissen, was es mit Jonas Neuberts Selbstmord auf sich hat.

Sie ist gerade dabei, den Eingang zu ihrem Boot abzusperren, als ihr Telefon klingelt. Das Sekretariat des Oberstaatsanwalts, das sie schnurstracks ins Gericht beordert. Oje, jetzt geht's los, denkt Dany und ruft sofort im Büro an, um Bescheid zu sagen, dass sie später kommt. Dann schickt sie eine Nachricht an Tom.

»Ist der Artikel raus?«

»Ja. Toi, toi, toi!«

Dany klopft das Herz bis zum Hals. Sie hat zwar im Laufe ihrer Karriere sehr viel vom anfänglichen Respekt gegenüber Vorgesetzten verloren, da die meisten, die ihr über den Weg gelaufen sind, ausgewachsene Nieten waren,

aber der Oberstaatsanwalt soll wohl eine absolute Ausnahme darstellen.

Im Gericht angekommen, begleitet sie ein Beamter gleich
ins Büro des Oberstaatsanwalts.
»Frau Kerner, kommen Sie herein. Bitte setzen Sie sich.
Freut mich, Sie kennenzulernen. Ich hab schon viel von
Ihnen gehört. Wir sind uns persönlich noch nie begeg-
net, oder?«
»Guten Morgen, Herr Oberstaatsanwalt. Nein, ich hatte
noch nicht das Vergnügen.«
»Untersuchungsrichter Brauer spricht nur in den höchs-
ten Tönen von Ihnen.«
»Ach, tatsächlich?«
»Ja, Sie sind seine beste Kraft, sagt er immer.«
Dany kann ihre Verwunderung kaum verbergen.
Lang und schlaksig steht der Oberstaatsanwalt hinter
seinem mächtigen Schreibtisch und deutet auf den Stuhl
vor ihr. Der Kopf mit dem schütteren braunen Haar beher-
bergt einen scharfen Verstand. Einmal konnte sie ihn auf
einer Europol-Konferenz live erleben und hat bis heute
nicht vergessen, was der Mann alles wusste und wie er die
Dinge anging.
»Frau Kerner. Gestern hat der Journalist Tom Bach auf
seinem Blog einen Artikel veröffentlicht, der es in sich hat.
Wissen Sie davon?«
Dany nickt mit großen, ehrfürchtigen Augen.
»Was ich dort gelesen habe, hat mir überhaupt nicht
gefallen. Kennen Sie den Inhalt?«
»Hab bloß davon gehört, Herr Oberstaatsanwalt.«
»Was halten Sie davon?«

»Nun, es steht anscheinend nichts drin, was wir nicht schon kennen.«

»Wie meinen Sie das? Ist was dran an Bachs Andeutung, dass Brauer etwas mit Jonas Neuberts Selbstmord zu tun haben könnte?«

»Wir hegen zumindest den Verdacht, dass er mehr darüber weiß, als er uns glauben lassen will.«

»Wie kommen Sie darauf?«

»Erst hat Herr Brauer uns bei den Doppelmorden im Januar in der GDE das Verhör der einzelnen Mitglieder des Verwaltungsrats verboten. Dann hat er uns nicht erlaubt, im Umfeld Jonas Neuberts zu ermitteln, in der Sache seines Selbstmordes.«

»Weshalb möchten Sie denn diese alte Geschichte wieder aufrollen?«

Dany wird misstrauisch. Möchte der Oberstaatsanwalt nun etwa auch den Riegel vorschieben?

»Wir haben erfahren, dass der Finanzminister, der Polizeichef und Frau Paula Franke, eines der Giftopfer, anscheinend maßgeblich an den falschen Anschuldigungen gegen Jonas Neubert beteiligt gewesen sind. Außerdem, dass Brauer regelmäßig mit Robert Maler und Egon Werfel Golf spielt und alle, auch Mike Foerster und Philip Sinner, in der gleichen politischen Partei sind. Brauer hat uns ausdrücklich verboten, Kontakt zu Maler und Werfel aufzunehmen, um sie zu der Verbindung Caro von Stettens, also der Frau Jonas Neuberts, und Paula Franke zu befragen. Frau von Stetten kannte auch die Doppelmord-Opfer gut. Sie könnte eine Schlüsselfigur in den drei Giftmorden sein.«

»Ja, das stand ja alles in dem Artikel. Nicht schön, was

Sie mir da erzählen! Kann mir vorstellen, dass die Regierung darüber nicht sehr erfreut sein wird. Und das soll Tom Bach alles selbst herausgefunden haben?« Das anfängliche Lächeln des Oberstaatsanwalts ist erloschen. Seine stechenden Augen beobachten Dany scharf. Ihr rutscht das Herz in die Hose. Ihre Hoffnung schwindet. Bitte nicht, denkt sie, als der Oberstaatsanwalt aufsteht und die Tür öffnet.

»Nicolas, stell doch bitte den Untersuchungsrichter zu mir durch. Gleich. Ja?«

Er schließt die Tür wieder und setzt sich. Kurz darauf klingelt das Telefon.

»Ja, danke, mach das.«

Pause.

»Hallo, Jean, ja ich bin's, hör mal, hast du den neuesten Artikel von Tom Bach gelesen? Ja? Gut! Dann komm doch bitte gleich zu mir ins Büro! Und bring deine Stellvertreterin Leah Ebersbach auch mit. Ja, so ist es, sofort! Ich schicke euch meinen Dienstwagen vorbei, dann geht's schneller. Gut, bis gleich.«

Der Oberstaatsanwalt lächelt Dany wieder an. »Wäre doch gelacht, wenn wir das nicht geregelt bekämen.«

Er steht auf und gibt draußen Anweisungen, den Chauffeur zum Untersuchungsrichter zu schicken. Mit zwei Tassen Kaffee kehrt er zurück, von denen er eine mit seiner schmalen Hand vor Dany abstellt.

»Sie möchten doch Kaffee, oder? Es ist ja erst kurz vor neun. Da können Sie sicher noch einen vertragen.«

»Ja, vielen Dank.«

Dany ist perplex. Ein Oberstaatsanwalt, der einem den Kaffee bringt? Wo gibt's das denn!

»Also, Frau Kerner. Ich werde Leah Ebersbach, die stellvertretende Untersuchungsrichterin, bitten, für die Dauer der Ermittlungen das Amt Brauers zu übernehmen. Sollte sich herausstellen, dass Brauer die Nachforschungen behindern wollte oder sogar etwas mit den eben genannten Konflikten zu tun hat, wird er von mir persönlich endgültig des Amtes enthoben. Ich dulde keinen Schmu! Der Untersuchungsrichter ist für mich das Sinnbild für Integrität und Rechtschaffenheit. Dort gehören unklare Vorgehensweisen nicht hin. Falls sich jedoch zeigen sollte, dass Herr Brauer den Fall bloß unterschätzt hat, wird er, nach Lösung der Fälle, wieder rehabilitiert. Haben Sie mich verstanden?«

»Ja, Herr Oberstaatsanwalt, vielen Dank!«

»Gut, dann machen Sie sich bitte an die Arbeit und vernehmen, wen auch immer Sie vernehmen möchten. Frau Ebersbach wird von mir dementsprechende Anweisungen erhalten und sich noch heute bei Ihnen melden, um die Formalitäten zu regeln. Ich werde den Justizminister darüber in Kenntnis setzen. Was halten Sie davon?«

Dany ist ganz benommen. Erst dachte sie, er würde ihr wegen des Artikels den Kopf waschen, und nun das hier? Kaffee und Gerechtigkeit. Klare Worte und Integrität. Ob in diesem Land doch noch nicht alles verloren ist?

»Ja, gut.«

»Dann sind wir uns ja einig. Machen Sie aber bitte keine große Sache draus. Am besten, Sie gehen jetzt. Herr Brauer muss Ihnen ja nicht gerade hier über den Weg laufen, nicht wahr?«

Erst draußen vor der Tür des Büros bemerkt Dany, dass sie vor Aufregung glatt ihren Kaffee vergessen hat.

KAPITEL 34

Dienstag, den 21. Juni, 08.40 Uhr

Dany betrachtet das Gebäude, das sie soeben verlassen hat. Der Glaskomplex beherbergt neben dem Gericht zugleich die GDE. Was für eine Ironie. Sie denkt an den Moment im Januar zurück, als ihre Ermittlungen in den Giftmordfällen genau hier begannen. Vieles hat sich seither ereignet und doch gehen die Ermittlungen nur langsam voran. Ihr Handy vibriert lautlos in der Tasche.

Als sie rangeht, hört sie Tom gleich aufgeregt drauflosplappern.

»Hör mal, ich hatte gerade einen merkwürdigen Anruf. Eine Bekannte hat mir in voller Panik erzählt, sie müsse um ihr Leben fürchten. Sie sei mit den Opfern der Giftmorde befreundet gewesen und überzeugt, die Nächste auf der Liste zu sein.«

»Oh, wow, hast du ihr meine Nummer gegeben?«

»Ja, klar, aber sie meinte, sie würde lieber sofort zu dir ins Präsidium kommen. Die hatte richtig Schiss!«

Dany atmet tief durch. »Momentan bin ich aber gar nicht in meinem Büro. Ich komme eben vom Oberstaatsanwalt. Und wenn's doch nur eine Spinnerin ist, die sich wichtigmachen will?«

»Das ist keine Spinnerin. Sie hat mir unmissverständlich erklärt, wieso sie glaubt, die Nächste zu sein. Aber mir fehlt der Zusammenhang. Besser, du hörst dir an, was sie zu sagen hat.«

»Ich rufe sofort Leo an, um ihn vorzuwarnen. Bin mit der Tram gleich wieder im Büro.«

Als Dany eine Viertelstunde später ihr Büro betritt, klingelt es auch schon an der Eingangstür. Die Kamera am Eingang zeigt eine kleine Frau um die 50, in klassischem Outfit und von sehr kräftiger Statur, die ängstlich nach links und rechts schaut, auf den Zehenspitzen wippt und sichtlich ungeduldig darauf wartet, eingelassen zu werden. Sie trägt einen dunklen Anzug und ein weißes Hemd.

Das wird sie sein, denkt Dany.

Leo steht auf, um die Frau einzulassen. Dany beobachtet, wie er sie in die Vernehmungsräume führt und wieder zurückkommt.

»Die Frau heißt Charlotte Verhagen und behauptet zu wissen, wieso die drei Giftopfer ermordet wurden. Sie möchte eine Aussage machen, aber erst, wenn wir ihr Polizeischutz geben. Sie befürchtet, die Nächste auf der Liste zu sein.«

»Aha. Aber die stellvertretende Untersuchungsrichterin Ebersbach ist gerade mit Brauer beim Oberstaatsanwalt. Die werde ich momentan nicht erreichen. Lass mich mal mit der Zeugin reden. Ich gehe davon aus, dass es nach der Intervention des Oberstaatsanwalts kein Problem mehr sein wird, Unterstützung anzufordern und der Frau eine Streife zur Seite zu stellen. Sollte sich herausstellen, dass sie den Schutz wirklich braucht.«

Leo ersetzt diesmal Julia im Vernehmungsraum.

Mit ihren rund 90 Kilo, dem großen Busen und dem mächtigen Bauch wirkt Charlotte Verhagen recht imposant. Mit den Händen streift sie sich ihr spärliches, blondes Haar hinter die Ohren. Nachdem sie sich vorgestellt und einen Kaffee erhalten hat, setzen sich alle an den Tisch.

»Frau Kerner, ich brauche Polizeischutz!«

»Das sagten Sie ja bereits meinem Kollegen. Weshalb?«

Charlotte Verhagen steht erregt auf und geht im Raum auf und ab, als müsste sie ihre Gedanken sortieren. Ihre Augen sind rot unterlaufen. Ihr dünnes Haar klebt ungepflegt und strähnig an ihrer Kopfhaut. Hemd und Hose sind zerknittert, als hätte sie darin geschlafen. Das Monogramm, mit dem ihr Hemd bestickt ist, passt nicht recht dazu, findet Dany.

»Ich weiß nicht genau, wo ich anfangen soll, aber ich bin mir sicher, dass Philip, Mike und Paula von der gleichen Person ermordet wurden und dass ich die Nächste bin! Seit ich das von Paula weiß, traue ich mich überhaupt nicht mehr aus dem Haus.«

Dany zeigt wieder auf den Stuhl. »Vielleicht ist es am besten, Sie fangen ganz von vorne an.«

Charlotte Verhagen wirkt unsicher, setzt sich dennoch und betrachtet ihre Fingernägel, die schon eine Weile nicht mehr maniküt wurden. So lange, spitze Fingernägel hat Dany noch nie gesehen. Sie schaudert. Die Frau ist gar nicht ihr Typ.

Charlotte Verhagen beginnt mit ihrer Erzählung.

»In den Neunzigern war ich in Aix-en-Provence an der Uni und habe dort Wirtschaftswissenschaften studiert.«

Dany stützt sich mit den Ellbogen auf dem Tisch ab und macht sich auf eine lange Story gefasst.

Charlotte Verhagen fährt fort. »In meinem Lehrgang waren drei Jungs aus Luxemburg. Wir haben uns alle erst in Aix kennengelernt und wohnten zu Beginn jeder für sich in kleinen, kostspieligen Ein-Zimmer-Wohnungen. Weil wir mit unserem Taschengeld haushalten mussten, beschlossen wir nach dem ersten Semester, uns gemeinsam ein Haus zu mieten, wo wir alle viel mehr Platz hätten, weniger Geld bezahlen müssten und sogar einen kleinen Garten unser Eigen nennen könnten. Da ich inzwischen mit Norbert, einem der drei Jungs, zusammen war und alle drei sehr eng miteinander befreundet waren, hatte keiner von ihnen ein Problem damit, mich in ihrer Mitte aufzunehmen. Die ersten drei Jahre lief auch alles wunderbar. Die Stimmung war gut und wir haben viel gemeinsam unternommen. Ich wurde von allen verwöhnt, konnte mich also am allerwenigsten beklagen.« Charlotte Verhagen kichert.

Was ist daran so witzig? Dany weiß nicht, was sie an der Frau so irritierend findet, aber sie bekommt Gänsehaut, wenn sie sie nur ansieht.

»Im vorletzten Studienjahr hatten wir alle, außer meinem Freund Norbert, ein Nachexamen. Was bedeutete, dass wir anderen zu dritt im Sommer in Aix bleiben mussten, um zu büffeln, und Norbert währenddessen nach Luxemburg fuhr. Obwohl wir viel lernten, gönnten wir uns abends manchmal eine Auszeit von ein bis zwei Stunden. Ich fuhr dann, einmal mit dem einen Kommilitonen und dann mal mit dem anderen, entweder ins Kino oder in ein Restaurant zum Abendessen.«

»Und Ihr Freund Norbert hatte nichts dagegen, dass Sie in seiner Abwesenheit abwechselnd mit den beiden anderen Männern ausgingen?«

»Er war nicht der eifersüchtige Typ.« Charlotte Verhagen betrachtet gleichgültig ihre Hände. »Aber Grund dazu hätte er gehabt, denn es kam so, dass ich mich in Michel verliebte, den dritten im Bunde. Eines Morgens erwischte Jonas Michel dabei, wie er aus meinem Schlafzimmer kam.«

Dany und Leo blicken einander erstaunt an. Dany unterbricht Charlotte Verhagen. »Jonas? Sie meinen Jonas Neubert?«

»Ja, genau. Natürlich war Jonas, über das, was er entdeckt hatte, sehr erschüttert. Eigentlich standen Jonas, Michel und Norbert sich sehr nah, waren beste Freunde. Michel, dessen erste feste Freundin ich war, hatte große Angst vor Norberts Reaktion. Daher bat ich Jonas, Michel zu helfen, falls es zu einem Eklat kommen würde. Norbert konnte gelegentlich aggressiv werden, wenn er zu viel getrunken hatte. Nach den Klausuren fuhr ich nach Luxemburg, um mit Norbert Schluss zu machen. Michel und ich hatten uns inzwischen eine neue Wohnung gesucht.«

Dany kann gut nachvollziehen, dass Norbert ebenfalls nicht mehr in dem Haus wohnen wollte, wo all das begann. Dumm gelaufen für Jonas Neubert.

»Als Norbert Michel mit der Sache konfrontierte und tatsächlich auf ihn einschlug, ließ Jonas sich nicht blicken, obwohl er sich auch im Haus aufhielt. Ich befand mich schon in unserer neuen Wohnung, die Michel und ich uns noch während unseres Nachexamens gesucht hatten. Michels Eltern sind sehr wohlhabend und hatten kein Problem damit, für Michel eine kurze Zeit lang zwei Mieten zu zahlen.«

Da hatte sich die Dame also den Richtigen ausgesucht und sich gleichzeitig clever aus allem herausgehalten, denkt Dany. Dass Jonas Neubert sich nicht einmischte, wundert Dany wenig. Wieso sollte Neubert sich vor Michel stellen, wenn er nichts mit der Sache zu tun hatte?

»Für uns war Jonas ein feiger Verräter. Deshalb sorgte ich dafür, dass Jonas nirgends mehr eingeladen wurde. Ich erzählte jedem, Jonas habe Michel im Stich gelassen. Michel war tatsächlich sehr enttäuscht von ihm.«

Dany denkt eher daran, wie Norbert sich gefühlt haben muss, aber darüber verliert die Verhagen kein Wort. Sie weicht Danys Blick aus. So wie dem Unheil, das sie um sich herum angerichtet hat.

Dany wird langsam ungeduldig. Diese kindische Geschichte erklärt nicht, wieso die Verhagen das nächste Opfer des potenziellen Serientäters sein soll oder was das alles mit den Mordopfern zu tun hat. Wahrscheinlich will sie sich doch bloß wichtigmachen. Immerhin hat Tom sie nur am Telefon erlebt.

»Frau Verhagen, was hat das alles mit den Serienmorden zu tun?«

»2014 lernte ich in der Regierungspartei Philip Sinner und Mike Foerster kennen. Nachdem ich ihnen erzählt hatte, dass ich in Aix-en-Provence Wirtschaftswissenschaften studiert hätte, erzählten sie mir, dass sie Jonas Neuberts Frau aus der GDE kennen würden. Jonas Neubert hätte ja auch in Aix studiert und die von Stetten sei inzwischen Regierungsrätin im Wirtschaftsministerium. Ich ließ mich über Jonas aus und sie erzählten mir, wie Caro auch ihnen übel mitgespielt habe. So schmiedeten wir gemeinsam einen Plan, wie wir den beiden eins auswischen könnten.«

Dany und Leo wechseln wieder einen Blick. Dany fragt: »Habe ich das richtig verstanden? Caro von Stetten soll Philip Sinner und Mike Foerster übel mitgespielt haben?«

»Ja, genau.«

»Und wie?«

Nun ist Dany gespannt, haben sie doch inzwischen vom Personalchef der GDE den eindeutigen Schriftverkehr zwischen Philip Sinner und Caro von Stetten als Nachweis für Philip Sinners Mobbing-Taten erhalten.

»Nun, Philip Sinner war Caro von Stettens Chef. Sie hat ihm den Posten streitig gemacht und ihn bei der Direktion angeschwärzt. Er würde Lügen über sie verbreiten. Es artete darin aus, dass sie beim jährlichen Evaluierungsgespräch den Personalchef bat, dabei zu sein, da sie anscheinend befürchtete, von Philip unfair behandelt zu werden. Dabei war sie es, die gegen Philip intrigierte. Man beschuldigte Philip, Caro von Stetten systematisch gemobbt zu haben, und der Vorstand trieb ihn sogar so weit, dass er sich bei ihr vor allen Mitgliedern der Direktion und des Verwaltungsrats entschuldigen musste. Da ich Philip nur als geselligen, hochintelligenten Typen aus der Partei kannte, mit dem man sehr gut lachen konnte, glaubte ich ihm natürlich.« Charlotte Verhagen streckt sich und legt den Arm um die Rückenlehne ihres Stuhls.

Und weil er dir bestimmt nützlich sein konnte, denkt Dany. Sie kann sich gut vorstellen, dass Jonas Neubert der Kleinkram in Aix zu blöd war. Sich vor den Freund zu stellen, um sich an seiner Stelle verprügeln zu lassen! Wie bitte? Dany hätte da auch nicht mitgemacht. Jeder muss doch für sich selbst einstehen.

»Frau Verhagen, ich hätte noch eine Frage zu der Sache in Aix. Wie ging es mit Michel weiter?«

»Wir haben geheiratet, einen Sohn bekommen, der inzwischen erwachsen ist, und sind seit 2013 geschieden.«

»Und was war der Scheidungsgrund?«

»Das tut hier nichts zur Sache.«

Dany lässt es vorerst auf sich beruhen, flüstert Leo aber ins Ohr, dass er Michel ausfindig machen soll. Leo verlässt den Vernehmungsraum.

»Frau Verhagen, Sie sagten, Sie hätten mit Sinner und Foerster einen Plan ausgeheckt, um sich an Caro von Stetten und Jonas Neubert zu rächen. Wie sah dieser Vergeltungsplan aus?«

»Bevor ich Ihnen mehr dazu sage, möchte ich eine schriftliche Zusage, dass Sie mir Polizeischutz gewähren.« Charlotte Verhagen lehnt sich zurück, starrt Dany an und verschränkt die Unterarme auf ihrem dicken Bauch.

Dany blickt zur Uhr. »Gut, warten Sie hier.«

KAPITEL 35

Dienstag, den 21. Juni, 12 Uhr

Dany verlässt den Vernehmungsraum und fängt Leo im Flur davor ab.

»Also«, fängt er an, »Charlotte Verhagen hat zwischen 1992 und 1996 in Aix-en-Provence studiert und arbeitet momentan in einer Bank.«

»Als was?« Dany ist neugierig, ob die Verhagen in der Bank auch Karriere gemacht hat.

»Mittlere Karriereleiter. Nichts Besonderes.« Leo steckt sich seinen Füller hinters Ohr. »In Aix hat sie drei Jahre mit Jonas Neubert, Michel Senger und Norbert Tannenberg zusammengewohnt. Michel Senger hat sie ein Jahr nach dem Uni Abschluss geheiratet und noch ein Jahr später kam ihr Sohn Joe zur Welt. 2013 wurden sie geschieden. Anscheinend hatte die Verhagen ein Faible für reiche Männer. Sie selbst stammt aus einer Stahlarbeiterfamilie in Differdingen. Norbert Tannenberg ist der Sohn eines wohlhabenden Bankdirektors und Michel Sengers Vater ist als Immobilienhai noch um ein paar Millionen reicher als der Bankdirektor. Übrigens hat ihr Ex-Mann wieder geheiratet, und nun rate mal, wen.«

»Wen?«, fragt Dany aufgeregt.

»Caro von Stettens Schwester.«

»Ach!« Was für eine Story! Damit hat Dany nicht gerechnet. »Bitte Michel Senger und Caro von Stetten sofort ins Revier. Ich möchte gerne mit beiden reden.«

»Geht klar.«

»Schicke auch jemanden belegte Brötchen vom Bäcker Oberweis holen. Nicht dass uns die Verhagen noch wegen Vernachlässigung anklagt. Ich traue der Frau nicht. Unterdessen besorge ich bei der Untersuchungsrichterin Ebersbach einen Antrag auf Polizeischutz für die Verhagen, die beiden Minister und den Polizeichef.«

Eine Stunde später sitzen Leo und Dany mit vollem Magen wieder im Vernehmungsraum und führen das Gespräch mit Charlotte Verhagen fort.

»Also, wir sind dabei, Ihnen ein Bewachungsteam zu besorgen. Erzählen Sie bitte weiter. Wie sah Ihr Vergeltungsplan aus?«

Charlotte Verhagen scheint sich etwas beruhigt zu haben. Sie sitzt lässig auf ihrem Stuhl und hat ihre Hände auf den Tisch gelegt.

»Nun, an einem Wochenende im Spätsommer 2014 habe ich bei mir zu Hause ein Barbecue organisiert und ein paar Parteifreunde eingeladen, unter anderem Philip Sinner, Mike Foerster, Paula Franke, den Innenminister Florian Kessler, den Finanzminister Egon Werfel und den Polizeichef Robert Maler. Dort kam uns die Idee, wie wir uns an den Neuberts rächen könnten. Paula Franke kannte die beiden zwar nicht, aber sie war dem Finanzminister noch einen Gefallen schuldig. Daher half sie uns gerne dabei, den Neubert des Steuerbetrugs zu beschuldigen. Robert Maler tat den Rest. Auch er hatte seinen Posten dem Innenminister zu verdanken.«

Dany sieht Charlotte Verhagen spöttisch an. »Und wie wir wissen, spielen beide gern zusammen Golf. Sie auch?«

»Nein, dieser Snobsport ist nichts für mich.«

»Wie das? Sie haben doch in eine reiche Familie eingeheiratet.«

»Das war nur purer Zufall. Ich hasse das Establishment.«

Die Heirat ihres Ex-Mannes mit Caro von Stettens Schwester muss ihren Stolz gekränkt haben, denkt Dany. Soweit sie weiß, kommt die von Stetten aus einer alten Adelsfamilie.

Charlotte Verhagens Blick wandert zur Tür. Sie redet nicht weiter und scheint gedanklich ganz woanders zu sein.

Dany beobachtet Leo. Der wirkt genauso entsetzt wie sie über die Gedankenlosigkeit, mit der Charlotte Verhagen diese hinterhältigen Machenschaften erzählt. Ihre ungenierte, gehässige Art, anderer Menschen Leid zu genießen, beschwört Danys Wut herauf. Gegen das System, gegen die Politik und die Intrigen der Akteure. Wie die meisten in diesem Milieu scheint auch Charlotte Verhagen kein schlechtes Gewissen zu haben. Mal sehen.

»Frau Verhagen, kennen Sie Martine von Stetten?«

Charlotte Verhagens Kopf schnellt hoch. Ihre Augen funkeln. »Was? Ja.«

»Sie ist doch jetzt mit Ihrem Ex-Mann verheiratet.«

»Ja. Und?«

»Was macht Martine von Stetten eigentlich beruflich?«

Charlotte Verhagen hebt entrückt die Schultern und verschränkt die Arme. »Sie ist Hofdame beim Großherzog. Aber ich weiß wirklich nicht, was das hiermit zu tun hat.«

»Nein? Ich finde schon: Sie ertragen es nicht, dass Ihr Ex ausgerechnet die Schwester Caro von Stettens geheiratet hat. Ist es nicht so? Dass sie auch noch so einen hochkarätigen Posten bekleidet, muss Sie doch sehr ärgern.«

»Was Michel tut, geht mich nichts an.«

»Das stimmt. Da haben Sie zur Abwechslung einmal recht!«

»Wie bitte?«

Dany sieht ihr lange in die Augen. Charlotte Verhagens Fassade bröckelt. Sie wirkt nun etwas griesgrämiger als zuvor. »Und doch taten Sie alles, um diese Familie zu zerstören. Schämen Sie sich denn gar nicht?«

Bockig schaut die Verhagen an Dany vorbei. Dany atmet tief durch.

»Als Philip Sinner und Mike Foerster im Januar starben, dachten Sie vielleicht noch an Zufall, aber als Sie nun den Artikel von Tom Bach lasen, bekamen Sie es mit der Angst zu tun, nicht wahr? Sie denken, die von Stetten rächt sich mit den Giftmorden an Ihnen und Ihren Verbündeten.«

Charlotte Verhagen schweigt.

»Aber wie kann sie wissen, dass Sie hinter den falschen Beschuldigungen gegen ihren Mann stecken?«

Charlotte Verhagen wirkt nun etwas zerknirscht. Sieht Dany da etwa einen Anflug von Reue? »Ich habe es ihr erzählt.«

»Was? Wann?«

»Etwa zwei Monate nach dem Tod ihres Mannes, Anfang Dezember 2021, da lief ich ihr bei gemeinsamen Freunden über den Weg. Ich war schon ziemlich angetrunken und bester Feierlaune, als ich im Türrahmen in sie hineinrannte. Sie war anscheinend schon wieder auf dem Weg nach Hause. Ihr war wohl nicht zum Feiern zumute. Ich bekundete ihr mein Beileid und wollte ein paar Worte mit ihr reden. Doch sie schubste mich zur Seite und wollte sich vorbeidrängen. Das hat mich wütend gemacht. Es erinnerte mich an Jonas' überhebliche Art früher, die mich schon damals rasend gemacht hat, und an seine Feigheit. Ich ergriff ihren Arm und konnte sie überreden, doch noch etwas zu bleiben und mit mir auf alte Zeiten anzustoßen. Sie lenkte ein. Nach einer Weile brach es aus mir heraus. Ich konnte nicht anders. Wie sie dastand und mich herablassend ansah, in ihrem Hermès-Kleid und der Uhr von Cartier. Ich erzählte ihr, dass wir diejenigen gewesen seien, die ihren Mann des Steuerbetrugs beschuldigt und ihm den Zugang zur Philharmonie verwehrt hatten. Dass ihre Familie durch diese öffentliche Demütigung nun endlich ihre faire Strafe bekommen habe.«

Charlotte Verhagen schaut kurz auf. Ihre Augen sind voller Hass. Speichel klebt in ihren Mundwinkeln. Offenbar hatte die Verhagen in diesem Moment alles in Caro von Stetten hineinprojiziert, was sie am Establishment störte.

Charlotte Verhagen fährt fort. »Vielleicht hätte ich es ihr nicht sagen sollen, aber nun ist es zu spät.«

Dany und Leo sind stumm vor Entsetzen. So etwas hält doch niemand aus. Was für eine Schweinerei! Caro von Stetten hatte sich nichts von alledem anmerken lassen. Dany merkt Leo an, dass er das Gleiche denkt.

Es ist Caro von Stetten.

Charlotte Verhagen hat recht. Sie muss um ihr Leben fürchten.

KAPITEL 36

Mittwoch, den 22. Juni, 15 Uhr – noch sieben Stunden bis zu den Geburtstagsfeierlichkeiten des Großherzogs.

Das Team sitzt im Versammlungsraum, während Dany Charlotte Verhagens Aussage zusammenfasst. »Wir haben Charlotte Verhagen gestern mit einer Streife nach Hause geschickt. Die wird vor ihrem Haus bleiben und sie ständig im Auge behalten. Außerdem habe ich vorhin mit der stellvertretenden Untersuchungsrichterin gesprochen. Sie hat uns den Durchsuchungsbeschluss für Caro von Stettens Haus und ihre vorläufige Festnahme zugesagt. Wenn unser Meeting hier fertig ist, müsste ich alles in meiner Mailbox vorfinden. Habt ihr noch mal ihr Alibi überprüft?«

Julia und Marc sind gerade aus Frankfurt zurückgekommen. Leo, der eben noch dabei war, mit der Polizei in Echternach zu telefonieren, betritt den Raum und kommt ihnen zuvor. »Dany, die Polizei in Echternach hat vor einer Woche vor dem Haushaltswarengeschäft ein Damen-E-Bike in Gewahrsam genommen, das dort schon einige Wochen lang angekettet herumstand. Niemand hat es abgeholt. Das fand der Ladenbesitzer merkwürdig und hat die Polizei informiert. Es könnte sich um das Fahrrad handeln, das die Frau dabeihatte, die beim Schlemmermarsch mit Paula Franke sprach.«

»Sehr gut.« Dany nickt zufrieden.

»Wir brauchen unbedingt die DNA von Caro von Stetten. Habt ihr Frau von Stetten schon gefunden?«

»Nein, noch nicht.«

»Lasst das E-Bike zur Spurensicherung bringen. Die sollen es auf DNA-Spuren untersuchen und herausfinden, auf welchen Namen es im Transportministerium registriert ist. Fahndet auch nach Caro von Stettens Auto.«

»Die Kollegen sind schon dabei.«

Marc ergreift das Wort, während Julia und Leo Platz nehmen. »Aus Frankfurt haben wir auch Neuigkeiten.«

»Schießt los.«

»Also«, beginnt Julia mit dem Bericht, »um mit dem Auto von Echternach zum Frankfurter Flughafen zu fahren, braucht man drei Stunden, mit Einparken und so. Obwohl wir inzwischen wissen, dass die Fahrradfahrerin gegen 15 Uhr mit Paula Franke gesprochen hat und Caro von Stettens Flug nach New York um 17.05 Uhr startete, haben wir trotzdem bei den Autovermietern in Luxemburg und am Frankfurter Flughafen nachgefragt, ob Caro von Stetten am besagten Tag bei ihnen einen Wagen gemietet hat.«

»Und?«

Julia lässt das Team kurz zappeln, bevor sie fortfährt: »Caro von Stetten hat tatsächlich einen Wagen gemietet, den sie am Frankfurter Flughafen um 12.40 Uhr abgeholt und gegen 19 Uhr wieder abgegeben hat.«

Dany ist überrascht. »Aber wie ist das möglich? Sie saß doch um 17.05 Uhr im Flug von Frankfurt nach New York!«

Marc schüttelt den Kopf. »Eben nicht. Da hat jemand bei uns im Revier geschlampt. Obwohl sie den Flug im

Ministerium als Ausgabe verbucht hat, ist sie nicht erschienen. In Wirklichkeit hat sie auf eigene Kosten noch einen späteren Flug gebucht, und zwar den von 20.45 Uhr. Da saß sie dann schließlich drin. Das bestätigte uns das Personal der Fluggesellschaft. Von dieser Buchung wusste das Ministerium nichts, weil Frau von Stetten diesen Flug mit Bargeld bezahlt hatte. Die Fluggesellschaft wird uns die Quittung für die Barzahlung zukommen lassen.«

Julia fügt ergänzend hinzu: »In der Zwischenzeit hatte sie genügend Zeit, nach Echternach zu fahren und Paula Franke zu vergiften.«

Metty fragt nachdenklich: »Und was hat sie mit dem Gift gemacht? Im Flughafen gibt's doch Spürhunde und Erkennungsgeräte für fremde Substanzen.«

Julia zuckt mit den Schultern. »Keine Ahnung. Die Sicherheitsleute im Frankfurter Flughafen hatten jedenfalls in diesen Tagen nichts Verdächtiges berichtet.«

»Wahrscheinlich hat sie unterwegs noch irgendwo Halt gemacht, sich umgezogen und gründlich gewaschen«, bemerkt Dany. »Jemand, der so etwas erfolgreich planen kann, denkt auch daran.«

»Ja, und das ist wie eine Nadel im Heuhaufen. Wenn wir jetzt alle Raststätten nach Spuren abklappern müssen! Das wird dauern.«

Manuel kratzt sich am Kopf. Wenn er doch nur damit aufhören könnte, denkt Dany. Sie juckt es schon allein vom Zusehen.

Sie steht auf und klatscht in die Hände. »So, Leute, dann mal los. Ich denke, das reicht für eine Festnahme. Was meint ihr?«

Während Dany an ihrem Schreibtisch sitzt und auf die Beschlüsse der stellvertretenden Untersuchungsrichterin wartet, befindet sich eine Streife auf dem Weg zu Caro von Stettens Büro, um sie aufs Revier zu bringen. Ihr Handy zeigt ein paar verpasste Anrufe an. Tom, der bestimmt wissen will, wie die Ermittlungen vorangehen, und Felix. Endlich meldet er sich mal. Dany hat in den vergangenen Tagen vergebens versucht, ihn telefonisch zu erreichen.

Dennoch ruft sie zuerst Tom an und erzählt ihm, was sie und ihr Team herausgefunden haben.

Tom berichtet im Gegenzug, welche Konsequenzen sein Artikel nach sich gezogen hat. »Die Oppositionspartei hat von der Regierung die Aufklärung des Selbstmordes ihres ehemaligen Parteikollegen und der Verbindungen zu den Serienmorden gefordert.«

»Die haben wohl keine Ahnung, dass sie damit ihre eigene Parteikollegin ans Messer liefern.«

»Oder es ist ihnen egal. Was meinst du, wie froh die sind, wenn sie diese Sache endlich begraben können? Der Fraktionssprecher der Oppositionspartei hat soeben im Fernsehen ein Interview gegeben. Falls es stimmt, was du mir eben erzählt hast, dass die Regierung und die Giftopfer an Jonas Neuberts Selbstmord beteiligt waren und dass Caro von Stetten die Giftmorde begangen hat, dann wird das noch politische Auswirkungen haben. Ich weiß nicht, ob die Regierung das überlebt.«

Dany fährt sich durch ihr kurzes Haar. »Ich hoffe doch sehr, dass die dann abdanken, bei dem, was die sich da geleistet haben. Wenn du magst, kannst du auch alles verwenden, was ich dir erzählt habe. Geh nur nicht zu sehr ins Detail. Die Bevölkerung soll sich bei uns melden, falls sie Hinweise geben kann.«

»Okay, mach ich. Das wird ein Spaß!« Tom lacht am anderen Ende der Leitung.

Dany kann sich nicht freuen. Ihr sitzt das Leid der Caro von Stetten zu sehr in den Knochen. Und die Missgunst der Politiker. Sie hat eben aufgelegt, da klingelt das Telefon gleich noch mal. Eigentlich wollte sie sich bei Felix melden, aber er wird warten müssen. Es ist Metty, der ihr bestätigt, dass die Spurensicherung nur darauf wartet, ins Haus der Neuberts zu fahren.

Dany druckt rasch die Papiere der Untersuchungsrichterin aus, greift dann nach ihrer Jacke und trommelt ihr Team zusammen, um zu Caro von Stettens Haus zu fahren. Unterwegs teilen die Kollegen ihr telefonisch mit, dass von Stetten nicht im Büro war.

*

Als sie beim Haus ankommen, klingelt Dany ein paarmal. Es ist inzwischen 17 Uhr und die Hauptstadt ist überfüllt mit Menschen, die sich jährlich am Vortag des Geburtstags des Großherzogs treffen, um sich das Feuerwerk anzusehen, das um 23 Uhr zu seinen Ehren stattfindet. Zu dem Spektakel lädt die großherzogliche Familie auch alle Parlamentarier und Regierungsvertreter ein, um es aus der ersten Reihe zu beobachten.

Hoffentlich ist Caro von Stetten Dany und ihrem Team nicht schon entwischt. Es ist der falsche Augenblick für eine Verfolgungsjagd durch die Hauptstadt. Bei dem Andrang und all den Polizeibeamten, die nicht verfügbar sind, weil sie sich um die Sicherheit der Staatsleute kümmern müssen.

»Manuel, brecht die Tür auf. Wir müssen unbedingt rein. Die von Stetten ist heute Nachmittag nicht im Büro gewesen.«

Drinnen im Haus ist es still. Nur eine langhaarige Katze streift Dany um die Beine und miaut kläglich.

»Na, du? Niemand da?«

Vorsichtig wagen sich alle voran, von Raum zu Raum, bis Emil aus dem Keller laut nach Dany ruft. Als sie hinuntergeht, findet sie ihn weit hinten neben der leeren Garage in einem dunklen, fensterlosen Raum, der nur schwach beleuchtet ist. Dort befinden sich ein Safe und eine geräumige Garderobe, in der Jagdbekleidung hängt.

»Sie mal hier.« Emil zeigt auf das Regal rechts daneben. Schön in einer Reihe sind Wanderschuhe für jede Jahreszeit aufgereiht sowie Tarnwesten und Jagdmesser.

»Ist der Safe verschlossen?«

»Ja, und die Schlüssel stecken nicht. Vielleicht sind sie im Schrank.«

Emil findet im untersten Fach ein Paar Schlüssel. Sie passen. Er öffnet die schwere Safe-Tür. Ein Gewehr der Marke Blaser und zwei Flinten. Über den Gewehren finden sie in einem Fach Munition, ein Karton 3,5-mm-Patronen für Doppelflinten und zwei Kartons 7x64-Munition für Jagdgewehre.

»Die waren Jäger?«

Noch etwas, was ihnen entgangen ist.

Dany sieht sich um und durchsucht noch einmal die Regalfächer. Ganz oben im Schrank findet sie schließlich Papiere, die Jagd- und Waffenscheine von Jonas Neubert, und in dem Fach daneben die von Caro von Stetten. Beide bescheinigen jeweils eine Flinte und einen Karabiner. Dany sieht noch mal in den Safe. »Scheiße, eine Flinte fehlt. Die Sauer 404, die von Caro von Stetten. Gebt sofort die Information raus. Emil, du fährst mit Julia zu Charlotte Verhagen. Ihr müsst sie aufhalten, bevor sie ihm etwas antut. Ich geh noch zu Metty und komm dann gleich nach.«

Dany steigt wieder hoch ins Wohnzimmer. Dort durchsuchen Beamte der Spurensicherung alle Schränke und Schubläden. In der Küche bietet sich ihr das gleiche Bild. Im ersten Stock findet sie Metty im Badezimmer vor, der gerade die Medikamente durchsieht.

»Habt ihr noch was Brauchbares gefunden? Zyankali, Botulinumtoxine oder ihren Computer? Ihr Handy? Ihre Kreditkarten vielleicht?«

Metty schaut kurz auf und lacht. »Meine liebe Dany, das Leben ist kein Wunschkonzert. Das müsstest du eigentlich wissen. Nein, aber Spaß beiseite. Bei ihren Medikamenten habe ich auf den ersten Blick nichts Außergewöhnliches entdeckt, aber wir werden die Fläschchen natürlich auf Spuren untersuchen. In Caro von Stettens Büro haben wir einen Laptop gefunden, den kann Leo sich gleich mal ansehen. Handys oder Kreditkarten haben wir keine gefunden, aber ich nehme mal an, die trägt sie bei sich. Was war denn im Keller?«

Dany läuft hin und her. Ihre Gedanken überschlagen sich. »Sie waren beide Jäger und Caro von Stettens Gewehr fehlt. Außerdem ist sie nicht zu erreichen und im Büro ist sie auch nicht. Die Untersuchungsrichterin muss sie gleich zur Fahndung ausschreiben lassen.

Metty hat alles eingepackt und schließt die Tasche. »Ich fürchte, uns steht eine lange Nacht bevor. Da es eilt, werde ich alle verfügbaren Mitarbeiter der Spurensicherung einbestellen.«

Dany nickt und fasst Metty beim Vorbeigehen am Arm. Ihr ist noch etwas eingefallen. »Wenn beide Jäger waren, dann müssten sie doch eine Jagdhütte haben. Vielleicht ist sie dort. Es wäre auch möglich, dass sie sich was antun möchte. Jetzt, wo sie weiß, dass die Schlinge sich so langsam um sie zuzieht.«

»Kann gut sein. Die Forstverwaltung müsste dir darüber Auskunft geben können.«

Zehn Minuten später ist Dany unterwegs nach Machtum mit den Koordinaten der Jagdhütte, wo die Neuberts eine Jagd gepachtet haben. Hoffentlich findet sie Caro von Stetten dort vor. Obwohl sie weiß, dass sie eigentlich nicht allein hinfahren dürfte, kann sie sich keinen Aufschub leisten. Sie kann nicht noch eine Leiche gebrauchen und schon gar keinen Mord mit Jagdgewehr.

*

Als Dany die Jagdhütte erreicht, ist diese kaum zu erkennen. Sie liegt tief im Wald an einem Schotterweg und alles ist still. Dany parkt ihren Wagen in angemessener Entfernung am Wegesrand und steigt langsam aus. Mit der Waffe in der Hand schleicht sie sich an und achtet genau darauf, wo sie ihre Füße hinsetzt. Caro von Stetten ist als erfahrene Jägerin sicherlich gut darin, Geräusche zuzuordnen. In der Dämmerung erkennt Dany nur die Umrisse der Hütte. Kein Wagen weit und breit. Keine Geräusche, außer einsamem Vogelgezwitscher und dem Scheuern ihrer Hosenbeine bei jedem Schritt.

In der Hütte brennt kein Licht, aber das will nichts heißen. Sie schaut durch die Fenster ins Innere, sieht dort aber nichts außer einigen Bänken und Stühlen. Die Hütte wirkt verlassen. Da das Fensterglas reflektiert, kann Danys Taschenlampe nicht recht hineinleuchten. Dany versucht, die Tür zu öffnen, aber die ist verschlossen. Sie geht um die Hütte herum und findet keine zweite Öffnung.

Falscher Alarm. Hier ist sie nicht. Shit. Dany lässt ihre Waffe sinken und schaut sich im Wald um. Aus Erfahrung weiß sie, dass die Vögel im Wald ganz still werden, wenn jemand kommt. Aber nun unterhalten sie sich viel zu laut und keck. Hier ist eindeutig niemand.

KAPITEL 37

Samstag, den 28. Mai, 21 Uhr, 17 Jahre zuvor

Das letzte warme Licht des lauen Sommerabends scheint durch die grünen, saftigen Blätter des Waldes. Du sitzt in der Kanzel des Hochsitzes, fünf Meter unter dir der braune Laubboden. Der Schatten des beginnenden Sonnenuntergangs weitet sich aus und mit ihm kommt die Frische. Er sitzt einen Kilometer weiter weg, noch tiefer im Wald und tut das Gleiche wie du. Er wartet und beobachtet das Leben des Waldes. Weidmannsheil hat er dir gewünscht. Du ihm auch. Ihr seid in Symbiose.

Geräusche erfüllen die Luft. Welcher Vogel war das? Es raschelt im Unterholz. Sicher der Dachs, der seine Runde beginnt. Nein, dafür ist es noch zu früh. In der Regel wartet er, bis es stockdunkel ist, bevor er sich aus seinem Versteck herauswagt. So wie die Wildschweine. Auch sie siehst du selten. Du hörst sie oft. Das Gegrunze, hauptsächlich der Kleinen, die noch nicht gelernt haben, dass es besser ist, sich still durch den Wald zu bewegen. Nachts, wenn du auf der Lauer liegst.

Doch heute bist du nicht ihretwegen hier. Du wartest auf den Rehbock. Ihn hast du letztes Mal verpasst. Ihn musst du heute erlegen. Die Grillen zirpen. Mäuse rascheln unten im trockenen Laub. Nun siehst du einen Rotspecht und hörst, wie er mit seinem langen Schnabel ein Loch in den Baumstamm stößt. Tok, tok, tok. Eine Weile siehst du ihm zu. Dem begegnet man nur, wenn man auf die Jagd geht. Ein Spaziergänger kriegt so etwas selten mit.

Du wendest den Blick ab und schaust in die Richtung, aus der der Sonnenstrahl kommt. Der letzte des Tages.

Dann siehst du ihn. Dort steht er, auf hundert Meter Entfernung. Der Rehbock. Er trippelt. Grast und trippelt langsam vorwärts. Manchmal wird er von einem Baumstamm verdeckt. Dann siehst du ihn wieder in seiner ganzen Pracht. Er ist noch weit von dir entfernt. Zu weit. Du wartest. Nun herrscht Stille im Wald. Der Bock bewegt sich lautlos. Er kommt langsam näher. Du bewegst dich nicht, bist ganz still.

Nun sind es nur noch 20 Meter. Du schaust von oben auf ihn herab. Er ahnt nicht, dass du da bist. Er hört dein Herz nicht schlagen. Es schlägt jetzt lauter als vorhin. Ganz langsam und leise nimmst du die Waffe zur Hand und legst an. Du darfst nun bloß kein Geräusch machen. Du suchst den Rehbock durch dein Glas. Da ist er. Prachtvoll. Sein Geweih steht ihm mindestens fünf Zentimeter über den Lauschern. Gerade und stolz steht er da und lauscht. Du hältst die Luft an. Dein Herz rast. Er hat die besten Jahre schon hinter sich. Du redest es dir ein, damit es dir leichter fällt abzudrücken.

Eigentlich müsstest du mehrmals die Woche ansitzen, um den Abschussplan zu erreichen. Wer kann das schon? Wo bleiben die Zeit und der Wille? Du bist kein Massenmörder. Du tust es nur, um ab und zu etwas Fleisch im Tiefkühler zu haben. So wie du es von zu Hause kennst. Das ist mit deinem Gewissen vereinbar. Nicht aber der erhöhte

Abschussplan. Fast bist du erleichtert, als der Eichelhäher seinen Laut von sich gibt. Er meldet Gefahr im Verzug. Der Rehbock hat es auch gehört. Er hebt den Kopf und schaut sich um. Du hebst den Kopf ebenfalls und suchst den Wald ab. Da ist aber nichts. Das hat der Bock auch gemerkt und grast weiter. Er steht dem Lauf des Gewehrs jetzt im rechten Winkel gegenüber. Ganz so wie das Lehrbuch es vorschreibt. Fast tut es dir leid, dass er so schön in Schusslinie dasteht. Gerne hättest du ihm noch eine Weile zugesehen, aber er kann jeden Moment abtauchen. Du musst die Gelegenheit ergreifen und zielst auf sein Herz. Nun nicht mehr atmen. Nicht mehr bewegen. Nur noch volle Konzentration. Das Kreuz im Glas ist genau drauf. Eins … Zwei … Peng! Er ist augenblicklich umgekippt und liegt unbeweglich auf dem Boden. Der Rehbock hat nichts mitbekommen. Die Kugel hat ihn mitten ins Herz getroffen.

Du bist erleichtert, schaust dich um, ob es einen Zeugen gibt, aber nein, es bleibt still ringsum. Du entnimmst das Magazin und sicherst deine Waffe, stellst sie ab und hebst die leere Hülse auf. Dann ziehst du in aller Ruhe dein Handy aus dem Rucksack und schreibst ihm eine SMS: »Ich hab den Bock. Er liegt. Ich werde ihn jetzt ausnehmen.«

»Weidmannsheil, mein Schatz.«

»Weidmannsdank. Bis gleich.«

Es braucht nicht viele Worte. Ihr versteht euch auch so.

Du musst dich beeilen, solange es noch etwas hell ist, denn in der Dunkelheit ist es schwer, das Tier auszunehmen. Du packst alles zusammen, schließt die Kanzel hinter dir ab und steigst die Leiter hinunter. Der Bock sieht genauso aus wie erwartet. Ein Blattschuss. Sehr sauber. Du bist froh, dass er nichts mitbekommen hat, ziehst die Jacke aus und krem-

pelst die Ärmel hoch. Jetzt wird's dreckig. Du klemmst dir die Hinterbeine des Rehbocks unter die Knie und greifst mit der einen Hand ins Fell des Brustkorbs. Mit der anderen Hand, in der dein Messer liegt, schneidest du den Bauch auf.

Du achtest darauf, dass du den Magen nicht verletzt, weil du das Fleisch nicht mit dessen Inhalt kontaminieren willst. Sobald der Bauch etwa 40 Zentimeter geöffnet ist, kommen dir die Eingeweide schon entgegen. Blut und Schleim vermischen sich mit dem Fell. Nachdem du den Bauch bis nach unten aufgeschnitten hast, weißt du, nun kommt der schwere Teil. Du musst schließlich noch den Anus, den Darm und die Blase entfernen. Dafür musst du das Steißbein brechen. Das braucht Kraft. Kraft, die du eigentlich nicht hast. Dein Messer ist sehr robust, scharf und hat spitze Kanten wie eine Säge. Das hilft dir. Du haust mit aller Kraft das Messer auf das Steißbein und schneidest, so fest es geht. Mit den Händen drückst du die Haxen des Rehbocks auseinander. Es knackt einmal heftig, dann hast du es geschafft. Du schiebst die Eingeweide mit einer Hand heraus und weit weg. Die gehören den Aasfressern. Nur das Herz und die Leber behältst du.

Wischst deine Hände im Laub ab, greifst in den Rucksack und holst den Haken heraus, mit dem du den Rehbock zum Wagen ziehst. Zu Hause kann der Bock ein paar Tage lang im begehbaren Kühlschrank abhängen, danach wirst du ihm das Fell abziehen. Das geht ganz leicht. Dann wirst du ihn in Portionen schneiden und für die Kühltruhe verpacken. Du fühlst dich gut, bist stolz auf dich, denn du weißt, du könntest allein in der Wildnis zurechtkommen. Ein Gefühl tiefster Befriedigung ergreift dich. Du spürst, das ist die wahre Natur des Menschen.

KAPITEL 38

Bei der Jagdhütte geht Dany zurück zum Wagen, steckt ihre Waffe ins Halfter und ruft beim Einsteigen Julia an, um zu hören, wie der Stand bei Charlotte Verhagen ist. Julia geht gleich ran.

»Ihr geht's gut. Sie hat natürlich Angst und bleibt im Haus. Vor ihrer Tür steht eine Patrouille, und wir, also Emil und ich, spazieren die ganze Zeit die Straße entlang und passen auf. Alles ruhig.«

»Okay, gut. Meldet euch, falls ihr Verstärkung braucht.«

»Machen wir.«

Sorgenvoll reibt Dany sich die Stirn. Was hat die von Stetten vor? Wo ist sie?

Dany ruft Leo an, um zu hören, ob er etwas auf Caro von Stettens Laptop gefunden hat. Leo klingt gestresst. »Dany, ich hab Charlotte Verhagens Ex-Mann hier. Du hattest mich doch gebeten, ihn ins Revier zu beordern. Er wartet auf dich!«

Mann, den hatte sie ganz vergessen. »Bin gleich da. Du hattest sicher noch keine Zeit, dich mit von Stettens Laptop zu befassen?«

Dany hört Leo laut einatmen.

»Ich wollte gerade damit anfangen.«

»Gut, ich lass dich dann mal. Bis gleich.«

Alle Parkplätze in der Innenstadt sind besetzt und die Straßen für den Verkehr gesperrt. Überall stehen Menschen. Das ganze Land ist in die Hauptstadt gekommen, um sich das Feuerwerk anzuschauen. Die Menge ist so dicht, dass Dany nur schrittweise vorankommt. Caro von Stetten hat sich tatsächlich den richtigen Moment ausgesucht, um zu verschwinden. Die Fahndung hat noch nichts ergeben.

Als Dany im Revier ankommt, klimpert Leo laut auf Caro von Stettens Laptop herum. Es sieht so aus, als würde er im tiefsten Innern des Gerätes wühlen, aber Dany versteht davon nur Bahnhof. Da Leo eh nicht aufschaut und sich nicht aus der Ruhe bringen lässt, geht sie an ihm vorbei. Mit Julia noch bei Verhagen und Leo am Laptop, bittet sie Marc, sie beim Verhör von Charlotte Verhagens Ex-Mann zu unterstützen.

»Eigentlich wollte ich gerade Feierabend machen. Hab meiner Frau versprochen, heute Abend ausnahmsweise einmal mit ihr feiern zu gehen. Sie wird nicht happy sein.«

»Sorry, Marc, aber wir müssen die von Stetten finden, bevor sie noch jemandem was antut. Sag deiner Frau, sie hat was gut bei mir.«

Dany führt Verhagens Ex-Mann in den Verhörraum und erklärt, was seine Ex-Frau vor ein paar Stunden im Revier erzählt hat.

Michel Senger schüttelt ungläubig den Kopf. »So ein Bullshit!«

Dany horcht auf.

»Also hat sie Ihnen die gleiche Story über Jonas erzählt, die sie mir damals aufgebunden hat! Was für eine Dreistigkeit.«

»Was? Wovon sprechen Sie, Herr Senger?«

»Wissen Sie, weshalb Jonas Neubert damals nicht zu uns gehalten hat?«

Dany verneint ungeduldig.

»Ich muss weiter ausholen. 2012, also ein Jahr vor unserer Scheidung, bin ich wie zufällig Martine von Stetten, Caro von Stettens Schwester, auf einer Tagung in Brüssel begegnet, wo wir uns die nächsten drei Tage aufhielten. Da wir dort die einzigen Luxemburger waren, gingen wir abends zusammen essen und verbrachten etliche Stunden miteinander. Während einem dieser Abende kamen wir auf die Zeit in Aix-en-Provence zu sprechen und die Sache mit Jonas' vermeintlichem Verrat. Martine erzählte mir, dass Jonas sich nicht loyal uns gegenüber verhalten hatte, weil Charlotte damals gleichzeitig bei mir *und* bei ihm gebaggert hatte. Zuerst hat sie von ihm eine Abfuhr bekommen und am Tag danach hat sie's bei mir versucht. Mich hat sie dann schließlich rumgekriegt. Ich war damals so naiv!«

Das fehlende Puzzlestück.

»Deshalb also hat sie Jonas bei den Kommilitonen schlechtgemacht. Sie musste sichergehen, dass sie beide nicht mehr miteinander reden würden. Anderenfalls wäre ihre Anmache bei Jonas Neubert aufgeflogen. Bis jetzt fand ich ihr Verhalten absolut unverhältnismäßig und kindisch. Nun ist mir alles klar!«

»Ja, da ich mit dem ganzen Umzug und Norberts Anschuldigungen überfordert war, hatte ich damals keine Kraft mehr übrig, um auch noch über Jonas nachzudenken.«

»Aber warum hat er es Ihnen denn nicht gleich erzählt? Als guter Freund hätte er das doch tun können.«

»Das habe ich Martine auch gefragt. Sie meinte, er hätte sofort gewusst, dass Charlotte die Wahrheit nur verdrehen würde. Sie hätte erzählt, dass Jonas bloß eifersüchtig auf sie sei, weil er mich mit ihr teilen müsse. Jonas hatte schon immer die Gabe, weit vorauszudenken. Er wusste, ich würde im Zweifelsfall Charlotte glauben und nicht ihm. So verliebt, wie ich in sie war. Deshalb hat er sich gar nicht erst bemüht, die Sache aufzuklären. Und ich dachte, er könnte mir mein Glück nicht gönnen.«

Nun versteht Dany auch, warum Charlotte Verhagen sich zu so einer späten Rache entschloss. Martine von Stetten zerstörte durch die Aufdeckung der Wahrheit deren Ehe.

Michel Senger runzelt nachdenklich die Stirn. »Wieso bin ich hier? Ihr Kollege sagte, es ginge um die Serienmorde.«

KAPITEL 39

Mittwoch, den 22. Juni, 21.30 Uhr

Nachdem sie Michel Senger ins Bild gesetzt und ihn zur Tür begleitet haben, holt Marc drei Tassen Kaffee aus der Küche, bringt eine Leo vorbei, der noch immer an Caro von Stettens Laptop herumklappert, und reicht die zweite Dany, die inzwischen wieder an ihrem Schreibtisch sitzt.

»Scheint jetzt klar zu sein, wie alles zusammenhängt, oder?«

Dany lächelt. »Ja, sieht so aus. Nur können wir Caro von Stetten noch nichts Konkretes nachweisen. Wir wissen nur, dass sie nicht den ersten Flug nach New York genommen hat und noch einmal mit dem Mietauto ein paar Hundert Kilometer zurücklegte. Mehr haben wir nicht.«

Dany hat's kaum ausgesprochen, da kommt Metty zur Tür herein.

»Gut, dass ihr hier seid. Die Spurensicherung hat den Halter des Fahrrads in Echternach gefunden. Es ist Caro von Stetten.«

Nach allem, was sie in den letzten Stunden erfahren hat, möchte Dany das nicht hören. Was ist denn bloß los mit ihr? Sie müsste sich über ihre Fortschritte freuen, aber das Gegenteil ist der Fall. Wie ist es möglich, dass die Politik den Staatsapparat vor der Nase der Öffentlichkeit miss-

brauchen kann, um solch lächerliche private Fehden aus-
zufechten? Mit den Steuergeldern der Bevölkerung und
der Hilfe von öffentlichen Beamten, denkt Dany. Und
ohne dass jemand den Mund aufmacht.

»Super.« Sie darf sich ihre Verbitterung nicht anmerken lassen.

Nun gesellt sich auch noch Leo zu ihnen. Danys Büro
wird langsam zu klein.

»Na, Leo, hast du etwas?«

Er nickt, schweigt aber genüsslich, um seinen Triumph
noch etwas auszukosten.

»Okay. Gehen wir doch rüber in den Versammlungsraum.«

Leo schreibt hastig ein paar Worte auf das »JN2«-White-
board, das sie in den letzten Tagen auf »CVS« – für Caro
von Stetten – umgetauft haben.

»Also, obwohl Caro von Stetten alle verdächtigen Einträge, Cookies und Apps in ihrem Rechner gelöscht hat, ist
es mir mit Hilfe von Europol gelungen, alle zu extrahieren.
Sie ist seit Dezember 2021 sehr fleißig bei der Erforschung
aller Arten von Giften gewesen. Es wurden 213 relevante
und eindeutige Einträge gemacht, die 93 Suchelemente enthielten wie ›Lebensmittelvergiftung verabreichen/vortäu-
schen‹, ›Tod durch Vergiften‹, ›tödliches Gift kaufen‹, ›perfekter Mord‹, ›contract killer‹, ›Botulinumtoxine‹, ›nicht
nachweisbare Gifte‹ und so weiter. Die komplette Liste der
Eintragungen werde ich euch spätestens am Freitag geben
können. Aus diesen geht hervor, dass Caro von Stetten in
den allermeisten Fällen nach Stichworten suchte, um dann
52 Seiten mit Erläuterungen oder Presseartikeln oder gar

Geschäftsadressen zu konsultieren. Dafür hat die von Stetten sich den Tor-Browser installiert und über diesen im Darknet recherchiert. Eine Methode, die verhindern soll, Aktivitäten im Internet nachzuverfolgen. Außerdem habe ich festgestellt, dass von den 52 Seiten 36 zum heutigen Zeitpunkt der Auswertung nicht mehr existieren. Hab sie durchprobiert. Auch im Darknet ist es üblich, dass Seiten nur kurzzeitig aktiv sind und dann gelöscht oder gar mit einer anderen Adresse verknüpft werden. Vor allem die mit illegalen oder zumindest fragwürdigen Inhalten.«

Dany stellt ihre Tasse ab. »Und was hat sie nun genau im Darknet getrieben?«

»Am 18. Dezember 2021 stellte sie unter einem Pseudonym in einem Forum die Frage: ›Ich suche ein Gift, das bei einer Autopsie nicht leicht zu entdecken ist. Wo kann ich ein solches Gift bestellen?‹ Darauf bekam sie eine Antwort mit Giften, die nicht verwendet werden sollten: ›Halten Sie sich von Schwermetallen wie Blei, Arsen und Quecksilber fern. Diese werden oft postmortal durch eine einfache Laboruntersuchung erkannt.‹ Kurz darauf hat die Verdächtige die Substanzen Zyankali und Botulinumtoxine mit Bitcoins gekauft. Am 20. Dezember 2021 schickte sie eine Mail an bitcoin.de mit der Bitte, die Wartezeit von 15 Tagen zu verkürzen, die normalerweise vorausgesetzt wird, um über seine Bitcoins verfügen zu können. Sie bräuchte diese dringend. Diesem Antrag wurde stattgegeben und der Verifizierungsprozess beschleunigt. Am 22. Dezember kaufte Caro von Stetten zum ersten Mal Bitcoins auf dem Betrapay Market. Am 28. Dezember erfolgte ein zweiter Kauf. Ich habe die Kollegen von Europol kontaktiert und die haben mir mitgeteilt, dass die Betrapay-Market-Plattform vor zwei Wochen nach einer konzertierten Aktion zwischen dem FBI und Europol aufgelöst worden ist. Im Rahmen dieser Operation wurden Server beschlagnahmt, wodurch auch relevante Informationen im Rahmen des Sachverhalts vor der Strafkammer eingeholt werden können. Am 27. Dezember hat von Stetten einen ersten Kauf von Zyankali bei einem Verkäufer namens ›Dostany22881‹ getätigt. Am 3. Januar 2022 machte sie beim gleichen Verkäufer eine zweite Bestellung, diesmal eine Dose Zyankali und zwei Dosen Botulinumtoxine.« Leo öffnet seine Arme, zum Zeichen, dass sein Vortrag beendet ist. Marc und Dany sehen einander beeindruckt an.

»Wow, großartige Arbeit, Leo. Und das in so kurzer Zeit!«

Leo strahlt übers ganze Gesicht. »Ich hatte Glück, dass die Kollegen von Europol noch im Büro waren. Sie haben mir sehr geholfen, auch mit der Auswertung des Darknets. Ohne sie hätte ich das nicht geschafft.

Dany wendet sich an Marc: »Sieh zu, dass du den Innenminister und den Finanzminister aus der Schusslinie nimmst. Erkläre ihren Bodyguards die Sachlage und appelliere an ihre Vernunft. Mache ihnen Angst. Wenn es sein muss, sag ihnen, der Großherzog sei in Gefahr. Kümmere dich auch um den Polizeichef. Ich werde sofort nach Wasserbillig fahren, zum Haus von Charlotte Verhagen. Wir müssen sie in Sicherheit bringen. Mir ist gar nicht wohl dabei, dass Julia und Emil mit der Streife dort allein mit ihr sind.«

Dany ruft Julia an, um sie auf den letzten Stand der Ermittlungen zu bringen. Dann macht sie sich auf den

Weg. Leider steht die Spezialeinheit, die sie angefordert hat, gerade nicht zur Verfügung, die Feierlichkeiten des Großherzogs sind heute wichtiger.

KAPITEL 40

Mittwoch, 22. Juni, 22.20 Uhr – Gegenwart

Eben hattest du noch mal Glück.

Schon zweimal bist du ihnen heute knapp entwischt.

Das ist schlecht, denn es bedeutet, dass sie dir bereits auf den Fersen sind.

Dieser Tom Bach! Mit ihm hast du nicht gerechnet. Nur gut, dass du schnell reagiert hast. Fast hätten sie dich gehabt. Das erste Mal zu Hause, als sie an der Tür klingelten und du eben ins Auto stiegst. Wie passend, dass du den Wagen in einer Nebenstraße geparkt hattest.

Dann ein zweites Mal in Machtum im Wald, wo du das Auto abseits der Jagdhütte in einem unbekannten Feldweg abgestellt hattest.

Die Kerner mag vielleicht nett sein, aber clever ist sie nicht. Sie ist zu nah an die Hütte rangefahren. Du hattest gerade noch Zeit, dich in der Hütte einzusperren und dich in einem Abstellraum zu verstecken, bis sie weg war.

Du bist dort hingefahren, denn du brauchtest noch dein Nachtsichtgerät und den Schalldämpfer für die Sauer 404. Die lagen beide in der Hütte, da, wo du sie das letzte Mal gebraucht hast, als du noch mit Jonas auf die Jagd gegangen bist. Seither warst du nicht mehr dort. So gedankenversunken warst du hinten in der Hütte, in deinem Ver-

steck, dass du es fast nicht mitbekommen hättest, als Dany Kerner wegfuhr.

Nun bist du ganz in der Nähe von Charlotte Verhagens Haus, das in Wasserbillig direkt ans luxemburgische Ufer der Sauer grenzt. Du sitzt gegenüber am deutschen Ufer und blickst hinüber in Verhagens Garten. Deinen Wagen hast du 500 Meter weiter nördlich am Rand der Landstraße Richtung Ralingen stehen lassen, zu Fuß nur fünf Minuten von deinem Standort entfernt. Hier im Gebüsch bist du gut geschützt. Die Sonne geht gleich unter und sie können dich hier im Schatten nicht sehen. Vermuten werden sie dich hier schon gar nicht. Du musst kurz lachen. Ach, unsere luxemburgische Polizei. Sie hat sich Mühe gegeben. Aber sie wird dich nicht kriegen. Du bist ihnen immer einen Schritt voraus.

Wie so oft in letzter Zeit sitzt du hier und wartest auf eine gute Gelegenheit. Dein Gewehr liegt fertig geladen neben dir im Gras, das Nachtsichtgerät und den Schalldämpfer fest aufgeschraubt. Ein letztes Mal siehst du durch dein Fernglas. Die Entfernung und die Schärfe sind präzise eingestellt. Du bist bereit.

Du lauschst dem gurgelnden Plätschern des Flusses in dem sonst so stillen Tal. Nur der Grenzverkehr an der Wasserbilligerbrück stört die Ruhe. Regelmäßig kommt eine Polizistin in den Garten und dreht ihre Runde. Charlottes Hund tobt sich wie immer auf dem Rasen aus, schaut gelegentlich zum Haus und winselt mit gerunzelter Stirn. Die Polizistin beugt sich zu ihm hinunter, spricht ihm gut zu und streichelt ihn. Hoffentlich vergisst Charlotte Verhagen nicht, ihn zu füttern, bei all der Aufregung. Du siehst sie, wie sie im Wohnzimmer ungeduldig auf und ab geht und per Handy auf jemanden einredet. Ihr Wohnzimmer zeigt nach vorne, zum Fluss. Genau wie ihre Küche. Du hast sie schon so oft beobachtet, genau von dieser Stelle aus. Sie hat dich nie bemerkt. Die Verhagen ist ja so dumm! Ohne den Sinner hätte sie den Plan nie durchziehen können. Diese Schweine! Aber nun sehen sie ja, was sie davon haben.

Der Hund hat sich inzwischen auf seine Hinterpfoten gesetzt, neigt den Kopf und spitzt die Ohren. Er wird ungeduldig und bellt. Die Verhagen sieht den Hund, spricht ein paar Worte ins Telefon und legt es dann ab. Nun kommt Bewegung in die Sache. Endlich!

Du stehst auf, nimmst dein Gewehr und bringst dich in Position. Du könntest auch durchs Fenster schießen, aber wenn der Hund noch gefüttert werden muss, umso besser. Die Polizistin schlendert langsam wieder Richtung Vorderseite des Hauses. Der Schalldämpfer wird dir mit ein bisschen Glück ein paar Sekunden Zeit verschaffen.

KAPITEL 41

Mittwoch, den 22. Juni – 22.25 Uhr

Als Dany Charlotte Verhagens Haus in Wasserbillig erreicht, entdeckt sie sofort den Streifenwagen. Sie parkt und blickt zu ihren Kollegen, die gerade ein Sandwich essen. Emil kommt ihr mit den Händen in den Taschen entgegen.

»Na, wie sieht's hier aus?«

»Alles ruhig.«

»Die Verhagen?«

»Sie ist im Haus und telefoniert gerade.«

»Und Julia?«

»Dreht hinten im Garten ihre Runde.«

»Ah, da kommt sie ja. Na, Julia, alles okay?«

Julia schlendert entspannt auf sie zu. »Ja, alles ruhig.« Nachdem Dany die beiden über den letzten Stand der Ermittlungen unterrichtet hat, geht Julia zurück Richtung Garten. Emil bleibt im Vorgarten stehen und sucht mit dem Fernglas die Umgebung ab. Etwas abseits hören sie einen Hund bellen.

Emil zuckt mit den Schultern.

»Das ist der Hund von Frau Verhagen. Er ist im Garten.« Während Dany auf das Haus zugeht, winkt sie den Kollegen der Streife kurz zu, die noch immer im Fahrzeug sitzen.

Als sie klingeln will, hört sie Julia rufen: »Nein! Nein! Nein! Hilfe! Ruft einen Krankenwagen!«

Dany und Emil blicken einander erschrocken an und laufen los. Auch die Streifenkollegen steigen rasch aus, zücken ihre Waffen und rennen ihnen hinterher.

Was sie im Garten zu sehen bekommen, lässt alle schockiert innehalten. Auf dem Boden liegt Charlotte Verhagen neben ihrem Hund, der winselnd ihren Brustkorb ableckt. Alles voller Blut. Ihre Augen sind offen und blicken starr und leblos in den Himmel. Nein! Das darf nicht sein!

Neben ihr kniet Julia und tastet nach Charlotte Verhagens Puls. Sie dreht sich zu ihnen um und schüttelt den Kopf.

Dany bückt sich und schiebt Julia beiseite. »Lass mich mal ran.«

Sie beugt sich über Charlotte Verhagen und macht Wiederbelebungsversuche. Immer wieder, wieder und wieder.

Nach einer gefühlten Ewigkeit fasst Emil Dany an die Schulter. »Sie ist tot! Es hat keinen Zweck mehr.«

Dany hält inne und fährt sich mit ihren blutüberströmten Fingern durchs Haar. »Das darf nicht wahr sein.« Danys Gedanken überschlagen sich. »Scheiße! Scheiße! Scheiße! Was macht die Verhagen hier draußen? Hatte ich nicht gesagt, dass sie drinnen bleiben muss? Verdammte Scheiße!«

Sie erhebt sich mit hängenden Armen, weiß, dass sie sich zusammenreißen muss und es nichts bringt, das Team zusammenzustauchen. Sie müssen schnell handeln. Fieberhaft wendet sie sich an Julia. »Von wo kam der Schuss?«

Julia, die noch bebend auf dem Boden hockt, hebt die Schultern. »Ich weiß es nicht.« Laut schluchzend verbirgt sie ihr Gesicht in den Händen. Auch an ihren zitternden Fingern klebt Blut.

Dany sieht sich um. Der vordere Teil des Hauses mit dem Garten liegt am Ufer des Flusses Sauer, der hundert Meter weiter südlich unter der Wasserbilligerbrück hindurch rauschend in die Mosel fließt. Hinter dem Haus befinden sich nur die Rückseite des Nachbarhauses. Dany rennt zum Ufer. Die Sauer, registriert Dany. Sonst nichts. Gegenüber auf der deutschen Seite blitzt im Gebüsch kurz etwas auf.

Dany richtet sich an die Streife. »Los, Leute, rüber auf die deutsche Seite. Dort hat sich was bewegt. Nehmt die Wasserbilligerbrück Richtung Trier.« Dann dreht sie sich zu Emil. »Du kommst mit mir. Wir fahren rüber nach Norden.«

Julia steht rasch auf und klopft sich die Hose ab. »Und was ist mit mir?«

»Du kümmerst dich um die Gerichtsmedizin und den Hund.«

Dany rennt mit Emil zu ihrem Auto, stellt die Sirene aufs Dach und drückt aufs Gas.

»Wie fahre ich am besten, Emil? Du kennst dich doch hier aus.«

Emils Kopf ist vor Aufregung hochrot, er atmet schnell. »Hier die Einbahnstraße hoch und dann gleich links über die Wasserbilligerbrück nach Deutschland Richtung Ralingen.«

»Okay, beobachte bitte das deutsche Ufer der Sauer, wenn ich jetzt über die Brücke fahre. Ich hab da vorhin was gesehen.«

»Okay.«

Einige Minuten später fährt Dany mit lauter Sirene über die Brücke und biegt nach links Richtung mutmaßlichem Tatort ab.

Unterwegs ruft sie per Funk die Streife an, um zu sehen, wo sie sind. Die Streife hat die gleiche Brücke überquert und fährt die Strecke südlich Richtung Trier ab, um nach Caro von Stettens Wagen zu suchen. Sie berichten Dany, dass ihnen nichts Verdächtiges aufgefallen ist. Eigentlich dürften sie alle nicht mehr weiterermitteln. Sie befinden sich auf deutschem Hoheitsgebiet und ohne die deutschen Kollegen dürften sie überhaupt nicht dort sein. Sofort leitet Dany eine internationale Fahndung ein. Sie brauchen dringend Straßensperren und den Helikopter. Für die stellvertretende Untersuchungsrichterin bleibt jetzt keine Zeit.

Dann fährt Dany mit ihrem Auto am deutschen Ufer entlang Richtung Ralingen und trifft dort auf Caro von Stettens Auto, das etwas entfernt hinter der Brücke am rechten Straßenrand steht. Spätestens jetzt müsste sie auf die deutschen Kollegen warten, aber es ist ihr wurscht. Sollen die sich doch aufregen. Emil scheint der gleichen Meinung zu sein. Auch er steigt aus, zückt seine Waffe und nähert sich langsam dem Wagen. Er ist leer und abgeschlossen. Dany folgt Emil, der nun zu Fuß auf der Suche nach dem Tatort unterwegs ist. Am gegenüberliegenden Straßenrand befinden sich hohe Bäume und Gestrüpp, deren Wurzeln einige Meter tiefer als die Fahrbahn liegen. Es geht steil bergab zum Ufer der Sauer. Als sie sich nur langsam zurück in Richtung Wasserbilligerbrück durchkämpfen, mit den Hosen immer mal wieder an dornigen

Hecken hängen bleibend, nähern sie sich einer Stelle, wo es lichter wird und die Sauer zum Vorschein kommt.

Hier muss Caro von Stetten gesessen haben. Das Gras ist zertrampelt und im Gebüsch liegen ein Rucksack und ein Jagdgewehr der Marke Sauer vom Typ 404. Merkwürdig, dass von Stetten das alles zurückgelassen hat. Dany schaut sich um. Direkt gegenüber erblickt sie Verhagens Haus und Garten. Reger Verkehr herrscht an der Wasserbilligerbrück, dem Grenzübergang zwischen Deutschland und Luxemburg. Von Caro von Stetten bislang keine Spur. Entweder ist sie zurück zum Auto oder sie ist zu Fuß unterwegs. Vielleicht hat jemand sie mitgenommen. Dany schickt die Streifenpolizisten und Emil los, um weiter nach Caro von Stetten zu suchen. Sie kann nicht weit gekommen sein. Dany blickt hinüber in den Garten Verhagens, wo sie Julia telefonieren sieht.

Ein perfekter Standort. Schlau, die von Stetten. Richtig clever! Bestimmt wusste die Mörderin, dass die luxemburgische Polizei nicht so ohne Weiteres auf der deutschen Seite ermitteln kann.

Dany zieht sich Handschuhe über, öffnet den Rucksack und findet dort genügend Munition, um einen ganzen Gesangverein umzulegen, sowie Nachtsichtgerät und Schalldämpfer.

Als die deutschen Kollegen eintreffen, ist auch Emil wieder zurück. Nichts.

Dany muss an Brauer denken, wie er reagierte, als sie die Deutschen ohne seine vorherige Erlaubnis um Verstärkung bat. Genau diese hätten sie bei der Überwachung von Frau Verhagens Haus gut gebrauchen können. Dann wäre das hier nicht passiert. Dany reibt sich die Stirn. Was für ein Fall.

»Julia fühlt sich bestimmt total beschissen! Die Arme!« Emil klingt kleinlaut. Kein Wunder! Dany fühlt sich auch mies. Die stellvertretende Untersuchungsrichterin wird sauer sein.

Dany ruft Marc an. Auch möglich, dass die von Stetten auf dem Weg in die Stadt ist, um ihre Vendetta fortzusetzen. Marc befindet sich noch inmitten der Menge, die für die Feierlichkeiten zusammengekommen ist. Neben sich die beiden Minister mit ihren Bodyguards, die ohne großes Aufsehen mit ihm mitgegangen sind. »Kein Problem, Dany, ich gebe der Untersuchungsrichterin Bescheid, aber zuerst muss ich die beiden an einen sicheren Ort bringen. Danach komme ich mit meinem Team zu euch. Was sagen die deutschen Kollegen?«

Noch bevor Dany antworten kann, hört sie auf Marcs Seite einen Knall. Dann noch einen und noch einen! Sie fährt erschrocken zusammen, muss schließlich aber erleichtert lachen. In der Aufregung hat sie das Feuerwerk komplett vergessen. Die Festlichkeiten zum Geburtstag des Großherzogs haben begonnen!

KAPITEL 42

Donnerstag, den 23. Juni, 04.16 Uhr morgens

Dany schleicht sich im Schwebsinger Hafen lautlos auf ihr Boot. Sie ist hundemüde und froh, wenn sie sich endlich ins Bett legen kann. Der Fall verlangt ihr alles ab. Mit der Taschenlampe ihres Handys leuchtet sie sich auf dem Steg vorwärts. Ihre Augenlider sind so schwer, dass sie alles nur noch unscharf erkennt. Im Hafen sind alle Lichter aus. Seit der Energiekrise wird überall gespart. Leichter Nebel steigt vom Wasser hoch. Weit und breit ist alles ruhig.

Als Dany die Tür zu ihrer Kajüte aufschließt, strömt ihr eine schwüle Luft entgegen. Drinnen öffnet sie rasch alle Luken. In den letzten Tagen hat die Sonne »DaySeas« Stahlrumpf aufgeheizt, sodass die Luft innen stickig ist. Dany ist zu erschöpft, um sich die Zähne zu putzen. Mühsam schlüpft sie in ihren Pyjama und legt sich unter die Decke. Sie spürt, wie ihr Körper sich entspannt. Endlich kann sie loslassen. Sofort schießen ihr Tränen in die Augen. Sie kann nicht mehr. Hat versagt. Total versagt!

Es ist erst ein halbes Jahr her, dass sie zum Doppelmord in die GDE gerufen wurde, und doch kommt es ihr so vor, als läge es Jahre zurück. Obwohl ihr Körper nach Schlaf dürstet, halten sie die Selbstzweifel wach und sie muss automatisch an ihren verstorbenen Vater denken. Was würde er wohl zu alldem sagen?

Von ihm hat sie ihren Gerechtigkeitssinn geerbt. Er war zu Lebzeiten Richter am Europäischen Gerichtshof in Luxemburg. Einer der Ersten damals, als die Gerichtsbarkeit noch kohärent Recht sprach und die europäischen Grundsatzprinzipien schuf, die heute den Vertrag der Europäischen Union ausmachen. So viel Hoffnung lag einst in diesem eigentlich so wunderbaren Werk. Heute sind die europäischen Institutionen in Danys Augen nur noch die Fassade eines institutionalisierten Lobbyismus. Die ganz Großen bestimmen die Welt und die Politiker spielen Handlanger.

Damals war Dany das Juristische zu theoretisch und rigide. Sie wollte was erleben und nicht nur hinter einem Schreibtisch sitzen. Aber bis zum Doppelmord im Januar war ihr Job langweilig gewesen, bei Weitem nicht so, wie sie es sich erträumt hatte. Deshalb hatten ihr Vater und sie zeit seines Lebens viel gestritten. Sie könne sich noch jederzeit für eine juristische Laufbahn entscheiden oder sich wenigstens bei Europol melden. Dany hatte seine Vorschläge kategorisch abgelehnt. Ihr Familienleben war ihr wichtiger gewesen und insgeheim wollte sie es ihm zeigen. Doch nun muss sie sich eingestehen, dass er recht gehabt hatte.

Jetzt, wo Dany sieht, wie weit ein Mensch getrieben werden kann, trotz solidem Rechtssystem, weiß sie nicht mehr, wofür ihr Beruf steht. Hat es noch Sinn, sich für Regeln einzusetzen, von denen man weiß, dass sie von unverschämten Politikern ausgehebelt und missbraucht werden, wann immer es ihnen passt? Wozu ist das Rechtssystem dann noch nütze? Nur, um das ungehorsame Volk in seine Schranken zu weisen?

Dany fühlt sich leer. Sie hat keine Kraft mehr. Zumal sie heute Nacht erleben musste, wie ineffizient die offenen Grenzen der EU wirklich sind. Die deutsche Polizei hatte Caro von Stettens Jagdgewehr, den Rucksack sowie zwei leere Patronenhülsen vom Tatort mitgenommen, die im Gebüsch gefunden wurden. Als sie die Kollegen in Trier später anrief, um nach den Ergebnissen der deutschen Spurensicherung zu fragen, wies der dortige Diensthabende sie darauf hin, dass sie bis zum morgigen Tag warten müsse. Nur sein Chef dürfe darüber entscheiden und der habe heute frei.

Ab sofort wird es nicht nur eine luxemburgische Ermittlung sein, sondern eine europäische, und was das bedeuten wird, kann Dany nur schmerzhaft erahnen. Und von Caro von Stetten gibt es immer noch keine Spur. Die restlichen ihr zur Verfügung stehenden luxemburgischen Polizeikräfte suchten die ganze Nacht mit ihr zusammen die Grenzregion ab. Nichts. Schließlich beschlossen sie heute Morgen gemeinsam, Schluss zu machen. Sie waren alle am Ende und brauchten dringend ein paar Stunden Schlaf.

Obwohl die Fahndung europaweit ausgeschrieben ist, gibt es keine brauchbaren Hinweise. Da das ganze Land immer noch mit Festlichkeiten beschäftigt ist und somit auch die Mehrheit der Polizei, entschied Dany vorhin kurzerhand, es ihrem Team zu überlassen, ob es am Feiertag ins Revier kommen will oder nicht. Sie auf jeden Fall wird in ein paar Stunden wieder strammstehen.

KAPITEL 43

Donnerstag, den 23. Juni, 11 Uhr

Danys Teammitglieder sitzen gähnend wieder im Versammlungsraum. Sie sind alle gekommen, um bei den Ermittlungen zu helfen, trotz Feiertag. Die Stimmung ist niedergeschlagen. Dany steht auf und sieht ihre Kollegen an. Auch ihr ist nicht zum Feiern zumute.

»Ich bin mir mittlerweile sicher, dass Caro von Stetten die Flucht gelungen ist. Heute Morgen hab ich noch mal die Kollegen von Europol angerufen, aber sie haben noch keine Hinweise erhalten.«

Metty fügt hinzu: »Mein Team hat inzwischen ein Fläschchen Zyankali bei den Medikamenten der von Stetten gefunden, auf dem ihre Fingerabdrücke sind. Die Fingerabdrücke des Post-its mit den Flugdaten, den du von ihr erhalten hattest, stimmen außerdem mit denen überein, die wir auf dem E-Bike gefunden haben.«

Dany nickt zufrieden. Wenigstens etwas.

Marc wendet ein, dass es für ihn keinen Zweifel gebe, dass sie hinter den Giftmorden steckt.

»Einen zweifelsfreien Beweis, dass Caro von Stetten Charlotte Verhagen erschossen hat, haben wir aber noch nicht. Wir warten immer noch auf die Befunde der deutschen Polizei.«

Metty verzieht das Gesicht. »Natürlich könnte die von Stetten argumentieren, dass es nicht unbedingt sie gewesen sein muss, die das Gift verabreicht oder den Schuss abgegeben hat. Aber, come on! Die Beweislage ist erdrückend.«

»Trotzdem.«

Dany wendet sich an Marc. »Wie geht's den beiden Ministern?«

»Die haben wir außer Landes gebracht. Sie befinden sich unter strengstem Polizeischutz. Das Spezialteam kümmert sich um sie.«

Die stellvertretende Untersuchungsrichterin Leah Ebersbach, die gestern Abend ebenfalls zum Tatort kam, klopft an die Tür des Vernehmungsraums. »Guten Tag zusammen. Na, das ist ja ein schöner Schlamassel! Sie können richtig stolz auf sich sein!«, sagt sie ironisch. »Wie können Sie alle so seelenruhig hier sitzen?« Sie sieht das Team streng an, vor allem Julia, die noch immer angeschlagen ist und sich ganz klein macht. »Es wäre in Ihrer aller Interesse, Sie fänden die Schützin so schnell wie möglich. Wir stehen ganz schön unter Druck. Mein Telefon hört nicht auf zu klingeln. Alle wollen schnellstmöglich Ergebnisse. Vor allem der Polizeichef. Er hat sich übrigens geweigert, sich mit den Ministern vorläufig zu verstecken, wie er es nannte. Was haben die Straßensperren ergeben? Was sagt das Hubschrauber-Team?«

Dany, die eben noch locker auf einer Tischkante saß, hat sich unbemerkt zu den anderen an den Tisch gesetzt. »Es gibt keine brauchbaren Spuren. Gestern Nacht haben anscheinend in Trier zwei Jungs eine Rothaarige angepöbelt, aber dieser Hinweis hat sich später als unbrauchbar erwiesen. Doch wir bleiben dran.«

Leah Ebersbach sieht Dany nachdenklich in die Augen. »Der Journalist Tom Bach hat mit seinem neuen Artikel von heute Morgen bei mir das Telefon sturmklingeln lassen. Zuerst hatte ich den Oberstaatsanwalt an der Strippe, der von mir verlangt hat, unverzüglich Ermittlungen gegen den Innenminister, den Finanzminister, den Untersuchungsrichter und den Polizeichef einzuleiten. Später haben dann noch alle möglichen Journalisten versucht, mich zu erreichen. Schönes Desaster.«

Wahrscheinlich hat die Opposition im Parlament denen Feuer unterm Hintern gemacht, denkt Dany.

Leah Ebersbach fährt fort: »Es ist die Aufgabe des Untersuchungsrichters, diesen Anschuldigungen nachzugehen. Ich habe diese Anrufe nicht gebraucht, um mich daran zu erinnern. Deshalb bitte ich Sie, werte Kollegen, mir alles zukommen zu lassen, was Sie darüber haben. Von Ihnen, Frau Kerner, erwarte ich bis nächsten Montag einen genauen Bericht über die Sache. Und zwar nicht nur über die Skandale rund um die Familie Neubert-von Stetten, sondern auch alles, was es über die Giftmorde und den Fall Charlotte Verhagen gibt. Ich möchte mir ein Gesamtbild über die Situation machen. Schließlich geht es auch um den guten Ruf des Untersuchungsrichters und vor allen Dingen um den Ruf Ihrer öffentlichen Institution.«

Dany nickt.

Stimmt, denkt sie, dass der Polizeichef bei diesem Selbstmord auch eine Rolle spielte, hatten sie alle inzwischen wieder vergessen. Auch in ihrem unmittelbaren Umfeld würde sich wahrscheinlich demnächst so manches ändern. Das heißt, falls es zu einer Anklage kommen sollte.

Dany bezweifelt, dass es zu Verurteilungen kommen wird. Dafür sind zu viele hohe Beamte und Politiker involviert. Die Ermittlungen des Untersuchungsrichters werden sich wie üblich so lange hinziehen, bis Gras über die Sache gewachsen ist. Ohne die Zeugenaussage der Charlotte Verhagen wird es schwierig werden, ihnen etwas nachzuweisen.

Alle hier im Raum wissen es, doch niemand spricht es aus. Wie immer!

Allerdings wird es zu personalen Veränderungen kommen. Der Polizeichef wird diesen Vorwurf nicht überstehen. Wer auf ihn folgen wird und ob Leah Ebersbach den Brauer endgültig ablöst, das alles werden nicht sie entscheiden.

Dany schaut aus dem Fenster auf die Büste des ehemaligen holländischen Königs. Hoffentlich findet sie bald wieder mehr Zeit für sich und ihre Familie. Sie muss sich unbedingt um ihre Kinder kümmern und sie auf die bevorstehende Scheidung vorbereiten.

Auch mit Tom wird sie eine Weile brauchen, bevor sie sich entscheiden kann, ob und wie es mit ihnen weitergeht. Doch eins nach dem anderen. Sie steht auf, greift zum Handy und wählt noch einmal die Nummer von Europol.

EPILOG

Freitag, den 15. Juli, 14 Uhr

Einige Wochen später tritt Dany vor die Tür der Brasserie Guillaume und verabschiedet sich von Felix, zu dessen Geburtstag sie eben Hummer gegessen haben. Am vorigen Wochenende konnte sie endlich Zeit mit den Jungs verbringen. Sie nutzte die Gelegenheit, sich mit ihnen auszusprechen. Anton war zwar noch sauer auf sie, aber immerhin kam er. Wie sie richtig vermutete, war Felix eher erleichtert über die Scheidung. Es war schlussendlich dann auch ihm zu verdanken, dass Anton sie am Ende des Tages wieder umarmte.

Alles gut, fast alles.

Im Revier erwartet die Rezeptionistin Dany mit einem Briefumschlag.

»Der wurde soeben für Sie abgegeben, Frau Kriminalkommissarin.«

»Aha. Und von wem?«

»Die ehemalige Sekretärin Caro von Stettens hat ihn persönlich überbracht.«

Dany zieht die Augenbrauen hoch und sieht sich den Briefumschlag an. Kein Absender. Rasch eilt sie in ihr Büro. Seit sie vor drei Wochen die Fahndung nach Caro von

Stetten ausgeschrieben haben, kommen regelmäßig Hinweise herein, die sich aber jedes Mal als falsch entpuppen.

Umso aufregender ist nun dieser Brief. Bei ihrem Schreibtisch angekommen, greift Dany hinter sich in den Schrank, wo sie eine Box Plastikhandschuhe aufbewahrt, und zieht sich ein Paar davon über. Dann erst öffnet sie den Briefumschlag und entnimmt ihm einen handgeschriebenen Brief, mit elegant geschwungener Schrift, schön leserlich unterschrieben mit »Ihre Caro von Stetten«.

Schnell dreht Dany ihn wieder um und liest.

Sehr geehrte Frau Kerner,

wenn Sie diesen Brief lesen, hat sich meine Sekretärin an meine Anweisungen gehalten und Ihnen am 15. Juli um 14 Uhr denselben persönlich übergeben. Wieso der 15. Juli? Weil ich bis dahin über alle Berge sein werde. Sie können nach mir suchen lassen, aber Sie werden mich nicht finden. Ich hatte Zeit genug, meine Flucht zu planen.

Können Sie sich erinnern, als ich Ihnen erzählte, wie sehr mir das Kajaken in Zeiten der Not geholfen hat? Als man mir und Jonas nachstellte und ich auf dem Abstellgleis landete, fuhr ich jeden Abend zur Mosel und trainierte mit meinem Kajak. Am Ende war ich so gut, dass ich in zwei Tagen 60 Kilometer schaffte, mit einer Leistung von fünf Stundenkilometern. Für einen Profi mag das nicht viel sein, aber für mich als Spätanfängerin ist das eine stolze Leistung. Das brachte mich auf die Idee.

*Als ich den Mord von Charlotte Verhagen plante,
wusste ich, dass die Polizei nach dem Schuss alle
Straßenwege bewachen würde. Ich hätte keine
Chance zu entkommen. Deshalb plante ich meine
Flucht im Vorfeld gut. Ich platzierte mein Kajak am
Tag zuvor am deutschen Ufer im Gebüsch, nicht
weit vom Tatort entfernt. Dort lag es bereit, als ich
nach der Tat zu Fuß hingelaufen bin. Ich trug nur
dunkle Sportkleidung und einen Bananengürtel
mit dem Nötigsten.*

*Mit dem Kajak paddelte ich die hundert Meter
flussabwärts, wo die Sauer in die Mosel mündet.
Von Wasserbillig quer über die Mosel, was im Stock-
dunkeln gar nicht so ungefährlich war. Übrigens,
Ihr Hubschrauber flog mehrmals die Autostraßen
auf beiden Seiten der Mosel ab, dachte aber nicht
einmal daran, aufs Wasser zu leuchten!
Noch vor Mitternacht hatte ich die knapp fünfein-
halb Kilometer von Wasserbillig bis nach Konz in
den Hafen geschafft, wo mein Hab und Gut mit
genügend Proviant auf mich wartete. Wenige Tage
zuvor hatte ich unter falschem Namen ein Motorboot für die nächsten zwei Wochen gebucht und
mit Bargeld bezahlt.*

*Die darauffolgenden sechs Tage konnte ich unbe-
merkt die Mosel runter bis nach Koblenz und dann
den Rhein hinab bis in die Niederlande fahren.
Dort bin ich mit dem Boot die Maas bis nach Rotterdam hinunter, ohne von jemandem erkannt zu*

werden. An den Schleusen blieb ich unerkannt. Ich trug stets eine Kappe, mal abgesehen davon, dass sich eh niemand für den Namen des Skippers interessiert. Nicht einmal den Namen des Schiffes musste ich angeben. Und, ganz unter uns, Frau Kerner, wer denkt an eine Frau als Skipper, wenn ein ein-Mann-bemanntes, 35 Fuß langes Motorboot angefahren kommt? Also erreichte ich, ohne einer einzigen Menschenseele zu begegnen, am sechsten Tag meiner Reise Rotterdam, von wo aus ich mich in meine neue Heimat absetzte.

In den nächsten Wochen und Monaten werde ich sicherlich im Internet bei Gelegenheit nachlesen können, wie weit die Ermittlungen des Untersuchungsrichters offiziell fortgeschritten sind, aber wie wir beide wissen, wird nie alles an die Öffentlichkeit gelangen und die Täter werden nicht wirklich belangt werden.

Da ich mich über Sie erkundigt habe und weiß, welch Vorbild Ihr Vater für viele in juristischen Fragen war, hoffe ich, dass für Sie ebenso Integrität und Gerechtigkeit noch etwas bedeuten. Deshalb habe ich mich entschlossen, Ihnen diesen Brief zuzusenden. Also nicht nur, um Ihnen mitzuteilen, wie mir die Flucht gelungen ist. Auch nicht nur, damit Sie und Ihre Kollegen – wie wir so schön in Luxemburg zu sagen pflegen – Ihren Kopf zur Ruhe legen können.

Nein, es ist mir wichtig, dass die Öffentlichkeit die Wahrheit erfährt. Der Gerechtigkeit halber. Wie Sie wissen, hatten meine Familie und ich in den letzten Jahren eine sehr schwere Zeit. Dass man versuchte, uns politisch fertigzumachen, nun ja, das war uns bewusst, es gehörte zum Spiel dazu. Als man jedoch unseren Ruf und unsere finanzielle Situation grundlos zerstörte, fanden wir das kriminell, konnten es aber niemandem nachweisen.

Der Selbstmord meines Mannes im Oktober 2021 hat mir persönlich den Rest gegeben. Da meine Tochter in England studierte und nie zu Hause war, begann für mich eine schier unerträgliche Zeit. Was tut man als Frau, die die besten Jahre hinter sich hat, die beruflich wie finanziell am Boden liegt, deren Familienmitglieder entweder tot oder im Ausland sind und deren Freunde mit ihr gebrochen haben?

Frau Kerner, ich wurde zur Eigenbrötlerin und saß nur noch mit meiner Katze zu Hause, trank Rotwein und schaute Netflix. Erbärmlich war das. Dazu kam dann die Begegnung im November 2021 mit Charlotte Verhagen, dieser eingebildeten Idiotin, die mir tatsächlich voller Wonne den perfiden Vergeltungsplan ihrer Parteifreunde erzählte und mich hämisch auslachte, wie gut es ihnen getan habe, sich dadurch endlich an uns zu rächen.

Mein Entsetzen war unermesslich. Wie kann man jemanden so hassen? Ich verstand sie nicht. Wofür rächen? Dass Jonas Charlotte an der Uni nicht wollte? Dass ihr doppelter Flirt von damals aufgeflogen war? Dass ich mich gegen Mobbing und sexuelle Übergriffe von Männern wie Sinner im Beruf gewehrt hatte?

Doch plötzlich begriff ich es. Jonas und ich, unser Glück, unser Erfolg, unser Zusammenhalt, alles, was wir in unserem Leben erreicht hatten, zeigte ihnen, wie mittelmäßig sie selbst geblieben waren. Sie konnten es nicht ertragen. Deshalb mussten sie uns zerstören.

Zu Hause vergrub ich mich in meine Kissen und wurde fast verrückt bei dem Gedanken, dass sie ungestraft davonkommen würden. Wann hätte es endlich mal ein Ende?

Bis ich am 13. Dezember 2021 in den Straßen von Ettelbrück nach einem Meeting auf einen früheren Mitarbeiter traf und sich mir zufällig die Gelegenheit bot, mich an ihm wegen der ehemaligen Übergriffe zu rächen. Ich dachte an Philip Sinner, Charlotte Verhagen und deren Clique. Wollte wissen, wie es sich anfühlt, wenn man sich rächt.

Ich, die im Glauben erzogen wurde, dass man nur durch Fleiß und Rechtschaffenheit mit einem erfolgreichen Leben belohnt würde, war verblüfft, wie gut mir dieser erste Zufallsmord an Theo Glauber tat.

Mir eröffnete sich eine komplett neue Welt.
Zu dem Zeitpunkt war es mir egal, ob ich dafür ins
Gefängnis käme oder sogar in die Hölle, denn in
der lebte ich bereits.

Doch das Gefühl, das der Zufallsmord an Theo
Glauber bei mir auslöste, zeigte mir, dass das, was
mir meine Eltern beigebracht hatten, die falschen
Werte gewesen waren. Sie hatten mich mit ihrer
christlichen Erziehung nicht auf das vorbereiten
können, was das Leben für mich bereithielt. Im
Gegenteil.

Als mir das klar wurde, entschloss ich mich, meinen
Rachefeldzug fortzusetzen. Diese selbstgerechten
Menschen mussten bestraft werden, Frau Kerner.
Ihre sogenannten Opfer.

Also vergiftete ich am Abend des Umtrunks Philip
Sinner und Mike Foerster. Zehn Minuten vor dem
Ende der Rede des Ministers stand ich auf und ging
zur Toilette. Ich kannte die Rede gut. Schließlich
hatte ich sie selbst verfasst.
Wie ich aus Erfahrung wusste, würden beide wie
immer an ihrem Tisch neben der Toilette stehen
und in Richtung des Ministers schauen. Ich ging
hinter ihnen vorbei. Hinter mir befand sich nur
die Rückseite der Lobby. Niemand sah mich, wie
ich den beiden das Zyankali in ihre Gläser träu-
felte. Das Fläschchen entsorgte ich später bei der
Winzergenossenschaft in Grevenmacher. Ich stahl

mich dort kurz zwischendurch aus dem Gebäude und warf es in die Mosel.

Wie ich aus den Medien erfahren konnte, sind Sie schon über alles andere im Bilde.

Frau Kerner, ich suche keine Entschuldigungen für das, was ich im letzten halben Jahr getan habe. Ich möchte nur erklären, wie es dazu kam. Für den Fall, dass alles an die Öffentlichkeit gelangt, sollte jeder auch meine Version der Geschichte kennen. Ich habe meine Gerechtigkeit walten lassen und nehme das Leben nun so, wie es kommt. Tag für Tag.

Falls Sie mich verfolgen möchten, nur zu, es ist mir gleich.
Möglicherweise verstehen Sie mich jetzt besser, auch wenn Sie meine Taten nicht gutheißen können. Ich wünsche Ihnen in Ihrem Beruf alles erdenklich Gute. Verlieren Sie bei Ihrem Streben nach Gerechtigkeit nicht wie ich den Mut!
Losst Iech net klengkréien – lassen Sie sich nicht unterbuttern!

Ihre Caro von Stetten

*

Dany faltet den Brief nachdenklich zusammen und legt ihn vor sich auf den Schreibtisch. Eine Weile sitzt sie da, starrt verwirrt darauf und weiß nicht, was sie davon halten soll. Dann breitet sich unerwartet eine wohltuende Freude in ihr aus. Caro von Stetten ist davongekommen.

Sie lächelt verstohlen, zieht ihre Handschuhe wieder aus, schmeißt sie weg, steckt den Brief ein und verlässt das Revier. Langsam schlendert sie am Regierungsviertel vorbei, durch die schattige Rue de la Congrégation, am lärmenden Boulevard Roosevelt entlang und steigt dann die steilen Treppen hinab ins Petrusstal. In ihrer Tasche spürt sie den Brief, den ihre Hand die ganze Zeit nicht loslässt. Ganz unten im Tal angekommen, dort, wo sich selten jemand verliert, setzt sie sich auf eine Bank und nimmt den Brief heraus. Dany merkt, wie ein Schaudern durch sie geht, und verspürt eine tiefe Genugtuung. So muss sich auch Caro von Stetten gefühlt haben, als sie – wie sie es nannte – ihre Gerechtigkeit walten ließ. Sie liest den Brief noch ein letztes Mal, bevor sie ihn wieder in ihre Tasche steckt.

*

Der Krug geht so lange zum Brunnen, bis er bricht.

DANKSAGUNG

Für alle, die mir während des Schreibens eine wichtige Stütze waren.

Mein höchster Dank gebührt meinem Lebenspartner, für seine Geduld und den unerschütterlichen Glauben in meine Fähigkeiten.

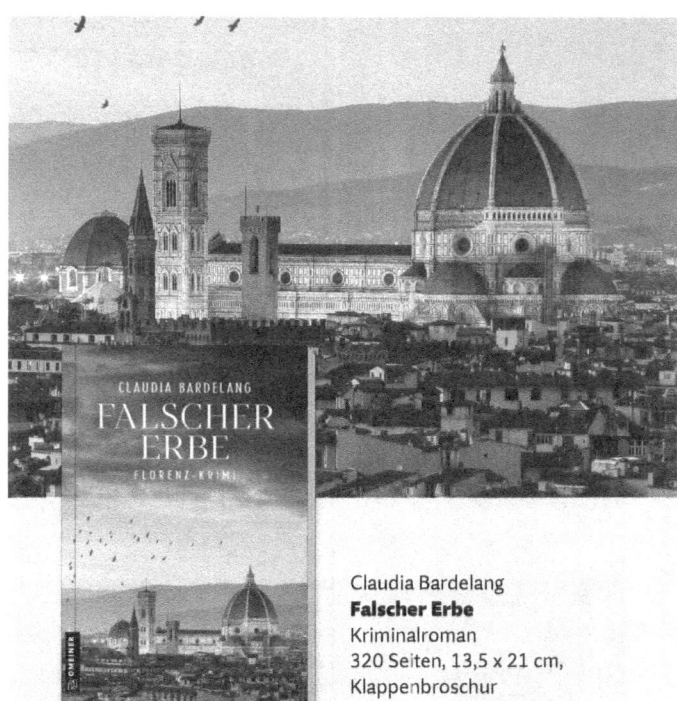

Claudia Bardelang
Falscher Erbe
Kriminalroman
320 Seiten, 13,5 x 21 cm,
Klappenbroschur
ISBN 978-3-8392-0696-6

Unweit einer Florentiner Polizeibehörde detoniert eine
Bombe. Durch die Explosion kommt Signora Ludovica
Buonarroti ums Leben, eine gut betuchte Dame mit
sagenhafter Kunstsammlung. Der Sprengsatz war in
einem Paket versteckt, das an Buanarrotis Nachbarn
adressiert war. Alessandro Filipepi ist ein alleinstehen-
der, exzentrischer Millionenerbe. Und er schwebt weiterhin in höchster Gefahr. Denn Commissario Lorenzo
Riani und sein Kollege Ispettore Torrini befürchten,
dass der Attentäter sein Werk nicht unvollendet lassen
wird …

GMEINER SPANNUNG

WWW.GMEINER-VERLAG.DE
Wir machen's spannend

Doris Althoff
**Der mörderische Verrat
am IJsselmeer**
Kriminalroman
288 Seiten, 13,5 x 21 cm,
Klappenbroschur
ISBN 978-3-8392-0681-2

Nach ersten Anlaufschwierigkeiten will die deutsche
Hauptkommissarin Wallis Windsbraut nun endlich in
ihr geplantes Sabbatjahr am IJsselmeer starten. Doch
prompt führt ihr Hund sie zu einer Leiche. Todesursache: unklar. Wieder gerät Wallis in die Ermittlungen
der niederländischen Polizie und auch ihr alter Opel
Kapitän, der Leichenwagen des ehemaligen elterlichen
Bestattungsunternehmens, sorgt erneut für Missver-
ständnisse. Kurz darauf gibt es den nächsten Toten.
Aber auf den ersten Blick scheint die beiden Opfer
nichts zu verbinden …

GMEINER SPANNUNG

WWW.GMEINER-VERLAG.DE
Wir machen's spannend

Göttlicher & Walter
Barcelona Eiskalt
Kriminalroman
384 Seiten, 12,5 x 20,5 cm,
Broschur
ISBN 978-3-8392-0672-0

Die Jagd nach einem erbarmungslosen Killer führt den Berliner Kommissar Josef Hadersucht nach Barcelona. Die Stadt gleicht einem Hexenkessel, denn die Volksabstimmung für die Unabhängigkeit Kataloniens steht bevor. In dieser aufgeheizten Stimmung fahndet auch Lucia Costa nach einem Serienmörder. Schon bald kreuzen sich ihre Wege. Suchen sie denselben Mann? Und wie viel Zeit bleibt ihnen, bis der Mörder erneut zuschlägt? Für Lucia Costa und Josef Hadersucht beginnt ein Wettlauf um Leben und Tod.

GMEINER SPANNUNG

WWW.GMEINER-VERLAG.DE
Wir machen's spannend

Mirjam Kul
Das weiße Gold des Amazonas
Historischer Roman
416 Seiten, 12,5 x 20,5 cm,
Broschur
ISBN 978-3-8392-0677-5

Brasilien, 1896: Taya wächst in einem Sklavenlager des
preußischen Kautschukbarons Heinrich Lorenz auf. Ihr
Bruder und ihr Vater gehören zu den vielen Indigenen,
die auf den Plantagen ausgebeutet werden. Taya ringt
um ihre Liebsten und um das Überleben ihres Volkes.
Eine schicksalhafte Begegnung mit Paul, dem Sohn
des Barons, verändert ihr Leben. Zwischen den beiden
entwickelt sich eine Liebe, die nicht sein darf. Paul und
Taya führen damit ihre beiden Familien an einen gefähr-
lichen Abgrund aus Lügen und Gewalt.

SPANNUNG

GMEINER

WWW.GMEINER-VERLAG.DE
Wir machen's spannend